蒋一谈短篇小说选（插图本）

鲁迅的胡子

蒋一谈——著

广西师范大学出版社
·桂林·

图书在版编目（CIP）数据

鲁迅的胡子：蒋一谈短篇小说选：插图本 / 蒋一谈著. -- 桂林：广西师范大学出版社，2021.9
ISBN 978-7-5598-4035-6

Ⅰ. ①鲁… Ⅱ. ①蒋… Ⅲ. ①短篇小说 - 小说集 - 中国 - 当代 Ⅳ. ① I247.7

中国版本图书馆 CIP 数据核字（2021）第 145029 号

**鲁迅的胡子：
蒋一谈短篇小说选**
（插图本）

LUXUN DE HUZI：
JIANG YITAN DUANPIAN XIAOSHUO XUAN
（CHATU BEN）

广西师范大学出版社出版发行
（广西桂林市五里店路 9 号 邮政编码：541004）
网址：http://www.bbtpress.com
出版人：黄轩庄
全国新华书店经销
天津图文方嘉印刷有限公司印刷
（天津宝坻经济开发区宝中道 30 号 邮政编码：301800）
开本：787 mm × 1 092 mm 1/32
印张：14 字数：142 千
2021 年 9 月第 1 版
2021 年 9 月第 1 次印刷
印数：0 001~6 000 册 定价：138.00 元
如发现印装质量问题，影响阅读，请与出版社发行部门联系调换。

目 录

- 发生（插图本） 蒋一谈 著｜张金旭 绘
- 林荫大道（插图本） 蒋一谈 著｜郝天墨 绘
- 中国鲤（插图本） 蒋一谈 著｜张金旭 绘
- 公羊（插图本） 蒋一谈 著｜郝天墨 绘
- 村庄（插图本） 蒋一谈 著｜姜继琼 绘
- 花的声音（插图本） 蒋一谈 著｜王蓓 绘
- 透明（插图本） 蒋一谈 著｜张金旭 绘
- 鲁迅的胡子（插图本） 蒋一谈 著｜张金旭 绘

发生

（插图本）

蒋一谈 著 | 张金旭 绘

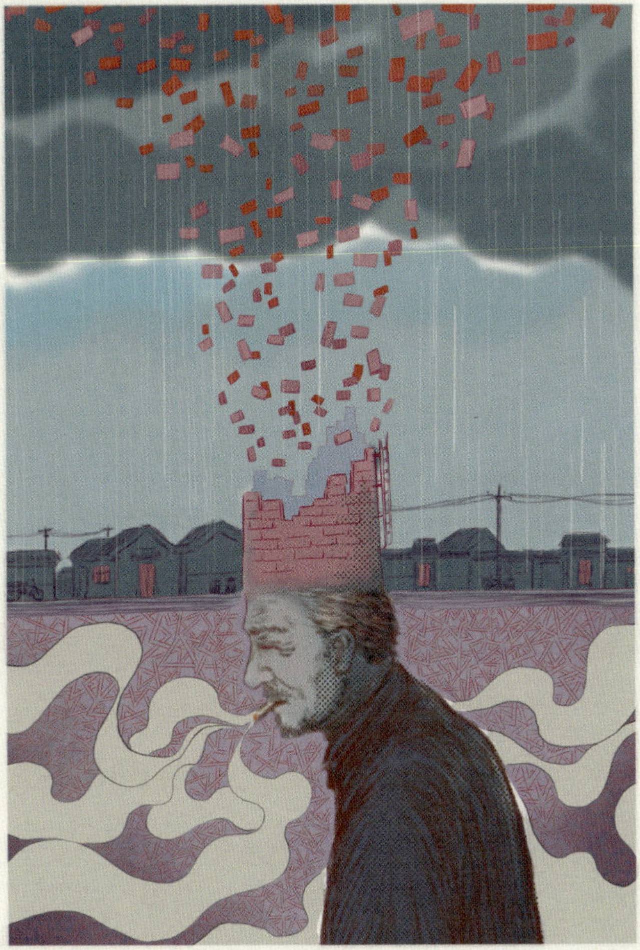

雨落下来,开始是凌乱的,后来变得有节奏了。他站在胡同口,默默看着几个工人站在烟囱顶端挥动铁锤,碎砖卷起的烟尘在雨雾里四散飘落。这根大烟囱是在他三十五岁那年竖起来的,如今三十四年过去了,街道和周围的建筑物变了又变,胡同也在变,那些临街的平房变成了一间间小商铺,而胡同里面那些老旧的房屋,等待着随时被拆除的命运。

去年春天的一个傍晚,他也是站在这个位置,两个二十岁左右的女生走过来,停下脚步,专注地望着烟囱。一个女孩说:"顾城十二岁的时候写过一首《烟囱》的诗歌,你还记得吗?"另一个女孩说:"记不全了。"问话的女孩轻声念道:"烟囱犹如平地耸立起来的巨人/望着布满灯火的大地/不断地吸着烟卷/思索着一件谁也不知道的事情……"女孩眯起眼睛,若有所思地点点头。

几个老街坊走过来,一边说话,一边感叹。

"拆了烟囱,咱们这条胡同也快拆了吧……"

"还真舍不得。"

"住楼房也挺好的。"

"我不稀罕楼房,我愿意住在这儿。"

"听说,前面那个寺庙也会被拆掉。"

"不可能吧?"

"那座寺庙上百年了,我奶奶小时候就在里面烧香。"

"唉……"

"拆就拆吧,我们也拦不住。"

他在一旁听着,没有加入对话,心里有些伤怀。

雨更大了。他往房檐里面挪了挪身子。一个戴黄帽子的工人边抽烟边跟路人打趣:"这年头,啥事都有啊。刚才有个姑娘,想买从烟囱上拆下来的砖头,买七十二块,有零有整,我们工头要了她五百块钱。"工人龇着牙,伸出五根手指头,"这姑娘没还价。买这些旧砖头干啥啊!"

雨打湿了路面,现在正在慢慢溅湿他的鞋面,他只是看着，没有把脚缩回去。春天的雨是温润的。他伸出手，触碰着雨丝。他这样想，如果时间在这个季节停下来也是挺好的，时间停下来了，一切也都停下来了，大家也都安生了。

  他叹了口气，眼神儿有些恍惚。三年前，妻子去世之后，他看待世界的眼神儿发生了明显的变化。他突然发觉自己老了，虚弱了，思维的能力被生生掠去了一大半。家里有三面镜子，一面在墙上挂了二十多年，一面放在桌上，一面摆在女儿的房间。他收起了桌上的镜子，放进了衣橱；那面固定在墙上的镜子，拆下来可能会裂掉，所以他尽可能视而不见——他不想在镜子里看见自己乱蓬蓬的头发和日渐衰败的脸。前年秋天，女儿出嫁后，家里只剩下了他一个人。女儿希望他把那间空房租出去，拿租金报名参加夕阳红旅行社，去外面散散心。女儿暗示过他，要是他还想找一个老伴，她会不太乐意，但也不会阻拦。他没有把空房租出去，也没有找老伴的心思，他只是想，女儿的房间在，屋里的摆设在，他什么时候想女儿了，可以打开房门进去坐一坐、看一看，这样心情会好受些。

昨天晚上，他一个人看电视剧，一个躺在病床上的垂死男人对女儿说："人这一生，十年是一张，花一张少一张，我还没花完七张，老天爷就把我的账号给封了……"男人的话像一块大石头，堵住了他的胸口。他关了电视，坐在院子里，坐了很长时间，觉得自己就像一根孤独的干木头。人这一生，既无常又没意思。他抬起头，看着夜空的月亮，好像看见妻子临死前痛苦的脸。他现在唯一遗憾的只有一件事：三年前，看着妻子躺在病床上活活受罪，他毫无办法，只能偷偷抹眼泪，像个废物。

这一夜，他躺在床上，昏昏沉沉的。半梦半醒的滋味已是常态，他吃了两粒安眠药，总算睡到了天亮。他望着灰蒙蒙的窗外，不知道接下来的这一整天该怎么过。吃饭、睡觉、看书、看电视、出去散步，无非就是这些。女儿出嫁前，他为女儿做饭洗衣，等女儿下班推门回家，叫他一声爸爸，心里有实在感。现在女儿出嫁了，他感觉自己的脚和手悬空了，生活的重心消失了，

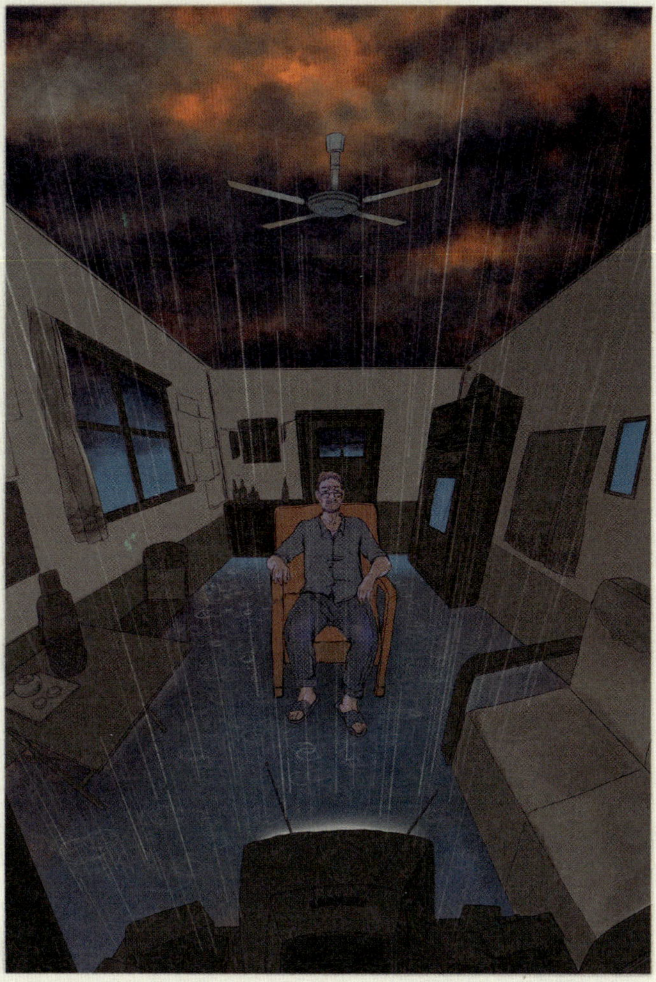

他不再有心情推开厨房门,做饭、吃饭的时间不再规律,他也不愿意主动去街坊邻居家串门聊天——都认识几十年了,还能聊什么呢?

简单洗漱后,他走出家门,走进胡同口的小吃店,买了一根油条、一份咸菜,喝了一碗豆腐脑。他抬起头,烟囱在一夜之间完全消失了。现在,他的视线已经没有烟囱阻挡,可以望得更远,可是又有什么意义呢?

天空彻底放晴了。他把被褥抱到院子里,挂在绳子上晾晒,做完这几个动作,后背竟出了汗。他在椅子上坐下,拿出一根烟,一个女孩的身影出现在眼前。女孩推着一辆自行车,摇摇晃晃的,车筐里有不少东西。她停稳自行车,走到邻居家门口,开始敲门。她轻声敲了两下,等待了几秒钟,又敲了两下,不经意回头看见了他,淡淡一笑。

"姑娘,这家人不常在城里住,现在可能在郊外。"他说。

"哦……"她后退半步,看着他,问道,"叔叔,那你家是四十七号，对吗？"她的声音很好听。他点点头。女孩从车筐里拿起一个用报纸缠裹的东西，慢慢走过来。他站起身，看着女孩，觉得女孩的年龄比自己的女儿小一些。

"叔叔，这是给你的。"女孩把手里的东西递过来。

"什么？"他有点意外。

女孩打开报纸，他看见一块红色的砖和一张烟囱的照片。砖面上写着一行字：豆瓣胡同四十七号。他接过红砖和照片，心里不是很明白。

"叔叔，你在这儿住了多少年？"

"四十多年了。"

"这块砖……是从大烟囱身上拆下来的。"

"哦……"他还是有点迷惑。

"我想送给你。"女孩说。

"为什么？"

"我想……把烟囱的记忆留在你家里。"

他眨眨眼，忽然明白了。"好，好！"

"谢谢。"

他笑着摆摆手。"不用谢。"

"得谢谢你,因为你帮我完成了一次艺术活动。"

"艺术活动?"

女孩点点头。"在这条胡同里,住着七十二户人家,我买了七十二块砖,一家一家送过去,我已经送了四十七块砖,四十七幅照片了。"

七十二户人家。他在胡同里住了这么久,今天还是第一次知道这个确切数字。不过,他也知道,这几年,很多老街坊把房子租了出去,胡同里住了不少外地人。"姑娘,坐,坐,喝杯茶。"他搬来椅子,让女孩坐下。他在一旁倒水的时候,女孩说:"两个月前,我看新闻,知道豆瓣胡同前面的烟囱要拆除了,我就在胡同里租了一间小房子,准备这个艺术活动。"

"就你一个人吗?"

"嗯。"

"这些砖很沉的。"

"没事,为了艺术,我不怕累。"

艺术。这个字眼儿扎进他的脑仁儿。在他的意识深处，只有绘画、音乐、电影、雕塑和文学作品，才是艺术。他把水杯放在小桌上，再次端详手里的这块砖。

"艺术……我不是太明白……"他有些不好意思，"你这是什么艺术活动？"

"从生活中来到生活中去的艺术。"

"从生活中来……到生活中去……"他小声念着这句话，想起当年的上山下乡运动，从农村中来……到农村中去……他笑了笑，点上一根烟。

"叔叔，艺术是无处不在的，就像生活一样……艺术也和生活一样，也都会消失，成为回忆。"

女孩的话让他想了又想，还是没有完全理解。

"你在这儿租了房？"

"特小的房间，写字、放砖用的。砖放在外面，我怕淋湿了。我住在十五号院。"

十五号院离他这里不远。他点点头。

"叔叔，你拿着砖和照片，我想拍张照，好吗？"

"好，好。"他发现女孩的胳膊肘有好几条划痕，还沾了不少红色粉末。

豆瓣胡同
DOUBAN HUTONG

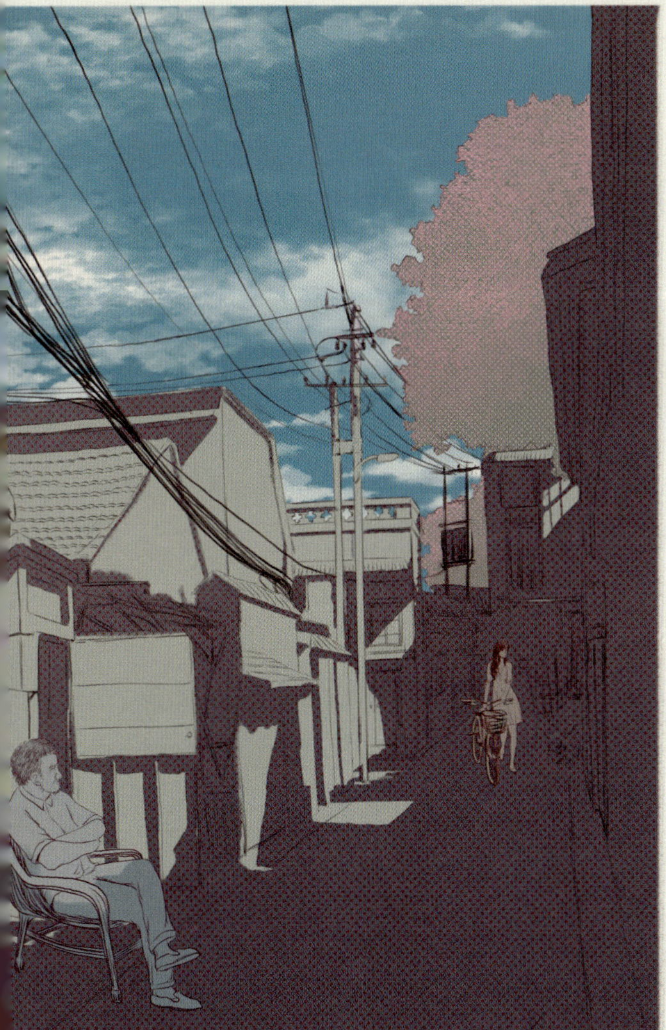

女孩拍完照片,站起身:"我得走了……对了,叔叔,我想把你邻居家的这块砖放你这里,等他回来的时候,麻烦你送一下,好吗?"

"没问题。"

"谢谢叔叔。"

女孩把那块砖拿过来放在桌上,脸上挂着笑。女孩脸上的汗珠似乎也在笑。他看着女孩推着自行车往外走,感觉到心情舒朗。他突然想起什么,对女孩大声说道:"姑娘,如果其他家没人,你就把砖头放我这里吧,我帮你送。"女孩停下脚步,回头看着他,抿紧嘴唇,用力点了点头。

他摩挲着砖头和照片,内心五味杂陈。整整三十四年过去了。他住在这条胡同,在这里结了婚,有了女儿,女儿长大了,妻子去世了,这根烟囱见证了他从一个小伙子慢慢步入了老年光景。男人老了,心里的那股劲儿也消退了,他只是没想到,这股劲儿会消失得那么快,好像对他一点也不留恋,好像在他身体里生活了几

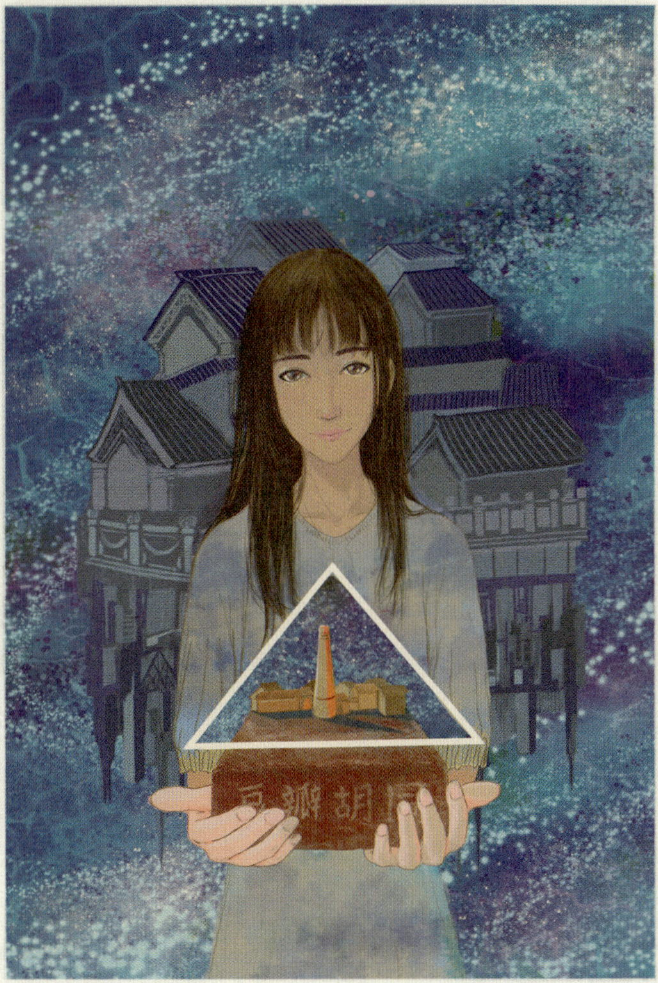

十年，腻味了，想尽快逃离他。

他把红砖和照片放在书架上，琢磨着女孩的话：艺术和生活一样，无处不在……艺术也和生活一样，都会消失，成为回忆……他眯着眼，思来想去。

傍晚时分，女儿回到了家，给他带来了平常爱吃的带鱼。他非常高兴，在狭小的厨房里为女儿炒菜做饭。女儿看见书架上的红砖和照片，扭头说道："爸，你也有这砖头啊。"

"一个姑娘送来的。搞艺术的。"

"她没骗你钱吧？"

"骗我钱？"他脸上带着笑，小声念叨了一句。

"我刚才听见他们在说砖头的事。"

"说什么？"

"说那个女孩怪兮兮的，还有人把砖头和照片扔出来了。"

他放下手里的刀，提高声音说道："说这话的肯定是外地人，他们不懂，别听他们乱说。我觉得女孩挺好的，人家在做艺术。"

"艺术？"女儿笑出了声,"咱们这条胡同还有艺术？"

他不再说什么。锅里的油翻滚着,等着他把带鱼放进去。女儿一边翻看手机,一边说:"爸,我今天不在家吃晚饭了,老板刚发来短信,让我去陪客户。我走了。"他看着翻滚的油,眉头微微皱了一下。听见女儿的脚步声越来越远了,他叹了口气,伸手关了煤气,找出保鲜袋,把带鱼装进去,然后走进屋把保鲜袋放进了冰箱。

他洗手,不停地洗手,好像洗手是他今晚最重要的事。他顺手洗了一把脸,也不擦,让水珠顺着皱纹往下淌。天色渐渐暗下来,他听见了谁家的欢声笑语,心里更显空落。他打开电视,调了几个频道,又把电视关上了。屋里非常安静。他和妻子的合影照摆在衣橱上面,妻子笑吟吟地望着他,似乎在跟他说话:"我在那边挺好的,你放心吧。"此刻,只有抽烟能平复心情,他抓起烟盒,烟盒空了;他继续找烟,烟盒还是空的。他忽然气急败坏起来,一脚踢翻了小板凳,愣愣地站在那

20

儿。或许过了两三分钟,他慢慢弯下腰,扶正小板凳,走出屋门买烟。大街上来来往往的都是陌生人。

夜色彻底笼罩了整条胡同。他没有目标地往前走,或许过了两三个十字路口,他随着人流右拐,穿过斑马线,接着往左拐去。不知不觉,他走到了护城河边,那里人头攒动,看不清人脸。他顺着栏杆走下去,在一个僻静地停下脚步。河面倒映着对岸楼顶上的霓虹灯,灯光组合出的图形随波荡漾,一会儿模糊,一会儿清晰。他看着河面,眼神儿开始发虚,那些光影似乎在向他发出暗示和诱惑,老伴走了,女儿大了,也没什么牵挂了,跳下来吧,跳下来吧……他闭上眼睛,脚底下轻飘飘的,有一股力量正在生成,想托举他跨过栏杆,耳边的蚊子好像也在为他欢呼,他感受到了轻盈,同时感受到了深深的哀伤……三四个相互追逐的孩子撞醒了他,他抓紧栏杆,身体半蹲下来,额头上汗涔涔的。他不敢在岸边继续停留,急急忙忙走到路边,拦住了一辆三轮车。

他没有感受到死亡的解脱,也没有感受到继续活下去的理由。城市的光影在眼前晃悠,这些绚烂和迷人的气息跟他毫无关系。三轮车夫一路蹬踏,嘴里哼着小曲,他忽然很羡慕眼前这个靠卖力气赚钱的年轻男人,他有家人要养活,这是他继续生活下去的最大理由。事实上,在过去的年月里,他吃过很多苦,也没有赚过很多钱,日子一天接着一天,却是实实在在的。他闭上眼睛,想大醉一场。

他在胡同口下了车,多付了一倍的车费,三轮车夫很诧异,他摆了摆手。街上灯光明亮,胡同里显得灰暗,众多的飞蛾扑向墙上的灯泡。他忽然想去看看那个女孩,她住在十五号院,就在前面菜市场左边的小胡同里。他加快步伐往前走。十五号院是一个大杂院,大门敞开着,一条小狗蹲在那儿,朝他摇尾巴。他顺着亮灯的窗户往里走,一个女人正好推门出来,差一点发出尖叫。"你……你找谁……"她的声音在发抖。

"我住在前面……来找一个朋友……"

女人似乎认出了他,在暗影里点了点头,随后拉上了门。

他继续往里走,看见一小扇亮灯的窗户。他轻手轻脚走过去,看见女孩正在砖上写字,心脏竟怦怦跳动起来。女孩忽然伸了个懒腰,他急忙屏住呼吸,后退了半步。他再次慢慢靠前,移动视线,发现桌上的方便面、半瓶矿泉水和一包打开的饼干。他不知道接下来该做什么,有一刻,他想出去给女孩买点吃的,可是又觉得太唐突;他也不敢敲门,生怕惊扰了女孩。他犹豫了好久,最后决定转身离开。

他是带着笑离开的。胡同里没有了人影,也没有更多的光照,一块砖头绊了他一下,他没有像往日那样骂骂咧咧的,而是弯下身拾起半截砖头。借着胡同里的光,他看见写在砖头上的四个字:豆瓣胡同。门牌号不见了。他知道,这是一块被人扔掉的砖。他往家走,邻居家的灯光还是没亮,他在门前侧耳听了一会儿,没有听见其他声音。回到家,他在屋子里站了好一会儿,脑子里一直闪现着女孩的身影。他洗漱完毕,在床上躺下,女孩的影子还在眼前晃悠。隐隐的春雷从天际传来,好像又要下雨了。他闭着眼,嘴角带着笑意,等他慢慢睡着的时候,已是子夜时分。

雨在前半夜飘落下来,静悄悄的。第二天早晨,雨停歇了。他忽然在半梦半醒之间听见了女孩的声音:"叔叔……你在家吗?"他马上清醒了,急忙坐起身,回应道:"在!在!"他下床穿衣,揉了揉脸,用力整理头发,打开了房门,没看见女孩的身影。他走出屋门,四周静悄悄的,房檐上的雨滴落在手臂上,让他意识到刚才是在做梦。他落寞地走回屋,在床沿上坐下,再也没有了睡意。他在想,女孩把砖都送出去了吗?

他洗漱完毕,急急忙忙前往十五号院。女孩不在房间,五六块红砖摆放在窗台下。昨晚撞见他的那个女人,正在水池边洗涮拖把,她直起身,说道:"昨晚你就来过吧?女孩走了,今天一大早走的。"

"哦。"他回头看着女人。

"你认识这个女孩吗?"

他欲言又止,往门外走去。女人的声音跟在他的身

25

后:"女孩真不容易,一个人把这些砖往各家送,还有人不领情,把砖扔出来。"他停下脚步,回转身。

"不要就不要呗,扔什么呀。"女人接着说。

"是!是!"

"窗台下的砖是女孩捡回来的。"

"她还会回来吗?"

"可能不回来了吧,屋里的东西都收拾干净了。"

"我……我想要那几块砖。"

女人愣了片刻,笑起来,低头继续涮拖把。他紧走几步,蹲下身,使出全身的力气抱起湿漉漉的红砖,一步一步往外走。路边停着一辆三轮车,他把双手放在车座上歇息,调整着呼吸。这些年,他还是第一次干这种体力活儿。回到家之后,他把砖小心翼翼放在桌上,一屁股坐下来,大口喘着气,双手和双臂沾满了粉屑,在不停地发颤。他抓起茶杯,一饮而尽。眼前的红砖是实实在在的,他一路辛苦抱回家,可是为什么要这样做呢?他想给自己一个解释,可是又实在想不明白。他兀自笑了,笑了很长时间。

红砖上的门牌号已经模糊不清。他努力辨认，隐约看见六十七号，这是老孙家的门牌号。其他的门牌号无论如何辨认不出了。他找出一张报纸，把红砖包好，走出屋门，走向老孙的家。他控制不住自己的情绪，觉得这是他今天必须要做的事——非如此不可。老孙拉开门，脱口而出："你这老哥们儿，见你一面真他妈不容易！"他指了指老孙，把手里的砖放在桌上。

"这是啥？"

"你扔出去的东西，我帮你捡回来了。"

"我扔出去的东西？"

"真想不起来了？"他解开报纸，红砖露了出来。他接着说："烟囱在胡同对面立了三十多年，现在拆了，一个女孩买来砖，送给咱们留个念想。"

"我想起来了！"老孙一拍脑门儿，"那天我恰巧不在家，是我的新租户扔出去的，他不懂，还以为女孩有精神病，砖里有毒呢！"

他摇了摇头，看着老孙，说道："老孙啊，我们应该感谢那个女孩，人家不图什么，就是想把我们过去的回忆留存下来，这是她的好意。这砖……也是艺术。"

"艺——术？"老孙拖长了音调。

"是艺术。"

老孙哈哈大笑起来。"我不懂，这砖头能有啥艺术。"

"我越琢磨，越觉得这是艺术。"他说，手指摩挲着红砖。

老孙瞪大眼睛，竖起大拇指，说道："你这老哥们儿，真行！"

他轻叹一声，说道："在这条胡同里住了几十年，不瞒你说，我还是第一次思考艺术的事……"他摇了摇头，语调渐渐变弱了，"还真是第一次思考艺术的事……"他摸了摸红砖，站起身。

"这块砖，我收着了，你放心吧！"

"收好，收好！"

"这么快就走啊，抽根烟再走吧。"

他摆了摆手，默默走了出去。

接下来的日子里，他的心情是平和的。摆放在书架上的红砖,被他擦得干干净净,上面的纹理和缝隙清晰可见。他欣赏着这几块红砖,嗅闻着砖土的气息,思绪会飘出去很远。但他还不知道女孩的名字,这是他心里的遗憾。这一天,女儿回到家,看见书架上又多添了几块砖,脸色马上变了,想把砖扔出去,他拦住了,两人为此争执了几句,女儿气呼呼离开了家,他喝了一晚上的闷酒。

他不知道自己是何时上床睡觉的。时间到了后半夜,他突然醒了,浑身不自在,肌肉酸胀难受。屋里的灯亮着,屋门半开着,酒瓶和酒杯滚落在地上。他闭上眼睛,知道自己受凉感冒了。感冒药在抽屉里,伸手就能够着,他没有去拿。他觉得恶心,肠胃不停地翻腾,头垂在床沿上干呕了好几次。此刻的夜晚是最寂静的,就像一大桶凉水,将他内心的孤寂和伤感冲刷了出来,冲得满屋都是,把他的眼眶也冲湿了。他想接着睡,就这样昏沉沉睡过去,再也不要醒来。

当他迷迷糊糊醒来的时候,已是下午时分。屋里的灯灭了。他挣扎着直起身,慢慢下床,穿上衣服,看见一个女孩站在门外。

"你是……"他走到门口。

女孩转身，笑着说："叔叔，你醒了。"

他认出了女孩，却又不敢相信自己的眼睛。他扶着门框，浑身虚弱无力。女孩急忙扶住他，问道："叔叔，你病了？"

"昨晚受点凉……"

"吃药了吗？"

他摇摇头，在椅子上坐下，拉开旁边的抽屉，取出感冒药。女孩倒了一杯水，他接过茶杯，没有看女孩，或者说，他在努力回避女孩的眼神儿。他吃了药，喝完杯中水，长长地喘了一口气。

"我是来给你送照片的。"女孩拿出照片，举到他面前。照片上的他，一手举着红砖，一手举着照片，笑吟吟的，他的身后是那堵垂挂着青草的老墙。女孩的身影和语气让他的精神好了许多。

"姑娘，你……你叫什么名字？"

"夏天。"

"夏天?"他以为自己没有听清。

"夏天。叫我小夏,或者小天,都行。"

"好……好……"他觉得叫她夏天更好听。

夏天突然发现了书架上的几块红砖,她抑制着呼吸,没有马上起身走过去。

"夏天,谢谢你……"他由衷地说。

"为什么?"

"你……你让这条胡同有了艺术……"

夏天低下头笑了。

"这条胡同,说不定什么时候就不见了……"他的语气弱下来。

"我听说过几天,前面那座寺庙也要拆掉了。"

"唉……"

夏天抬起眼帘望着他:"叔叔,你喜欢这样的艺术吗?"

他点了点头,笑了。"喜欢,可是不太懂。"

夏天也笑了。

"我有一个女儿,比你大一些。"

"我今年二十五岁。"

"我女儿二十九岁,我要孩子晚。"

"哦。"

"我女儿去年结的婚,你还没结婚吧?"

"嗯。"

"你有男朋友吗?"

"他在荷兰。"

"河南?"

"他是荷兰人。"

他点了点头。"他做什么工作?"

"艺术,他是艺术家。"

"你做什么工作?"

"我没有固定工作,我现在做的就是我的工作。"

"我不是太明白。"

"我的理想就是做一名艺术家。"

"这工作能挣钱吗?"

夏天笑了笑,说:"这是一份需要花钱的工作,我做工赚钱,然后养自己的艺术。我和男朋友有共同的理想。"

他陷入了沉思。

"大学毕业后，我可以找到稳定的工作，可是我喜欢自由，喜欢想象，喜欢从庸常的生活里发现趣味和美妙的东西。我很感谢我的男朋友，如果没有遇见他，我不会选择这样的生活方式。"

他看着夏天，等待她继续说下去。

"你想看看我男朋友的艺术作品吗？"

"好！好！"

夏天从背包里拿出电脑，放在桌上，然后找到文件夹，打开一幅幅图片，给他慢慢展示。第一个作品：风车。他看见欧洲美丽的景致，鲜花、白云、羊群、树林，还有一排排风车，矗立在田野里，显得威风凛凛；风车转轮上面吊挂着一面面四方形的大镜子，风车转动，大镜子也在转动，不停地闪闪发光，白云倒映在镜子里，远处的羊群、汽车和行人，倒映在镜子里……他看入迷了，但在这一刻，他只是感觉到神奇，并不明白为什么要在风车转轮上装上硕大的镜子。万一镜子碎了,该怎么办呢?

夏天看出了他的疑惑,对他说,在艺术家眼里,这个世界永远是多维的,我们看得见美丽的大自然,但我们眼里的大自然永远是平面的,是局部的,或者说,我们眼里的美丽,包括忧伤,都是局部的,因为人类的认知能力是有限度的;而风车上的镜子,能帮助我们看见不曾看见的,帮助我们发现不曾发现的。当然,镜子是脆弱的,易碎的,而镜子里的这个世界,不也是扭曲、脆弱、易碎的吗?听完夏天的解读,他好像明白了许多。

第二个作品:水床。看见这个标题,他这样说道:"我知道水床,我在家具城看见过。"

夏天笑了笑,打开文件夹,点开作品视频:洁净的欧洲城市,晴朗的天空,绿莹莹的树林,男男女女在愉快地行走。镜头转向街道边的一个池塘,十几个工人拖来一块巨大的绿草皮,慢慢覆盖在池塘上面,他们蹲下身,用工具固定好草皮,然后闪到一旁。一个过路的男生首先被吸引过来,他前后左右看了看,试着踏上草皮,草皮一下子塌陷下去,随后又弹起来,他吓了一跳,后来觉得草皮是安全的,便索性躺下来,开始在上面打滚。草皮随着他的动作上下起伏,像翻腾的绿波浪。更多的行人走过来,在草皮上面走,草皮陷下去、弹起来,陷下去、弹起来,他们也都笑起来。

看着这一幕,他有一种既愉快又眩晕的感觉,他也想在草坪上走,也想躺下去,闭上眼睛,让阳光照在脸上,那些在眼皮上闪烁跳跃的光线,像水面的波光。他闭上眼睛,内心充满了感动。当他睁开眼睛的时候,工人们正在拉走草皮,那片池塘重新恢复了原样,四周静悄悄的,一个人也没有了,仿佛什么事也没有发生。

"我……"他迟疑了片刻,接着说,"我好像明白了你说的话……从生活中来,到生活中去……"他拿出一根烟,看了看夏天,又想把烟放回去。

"你抽吧,我不介意。"

他点上烟,眉头渐渐舒朗。"真是艺术家啊!只有艺术家才能想出来啊!"他连连感叹,神情很兴奋,"我也想做这样的事,可是我老了,不行了……"他自嘲地笑

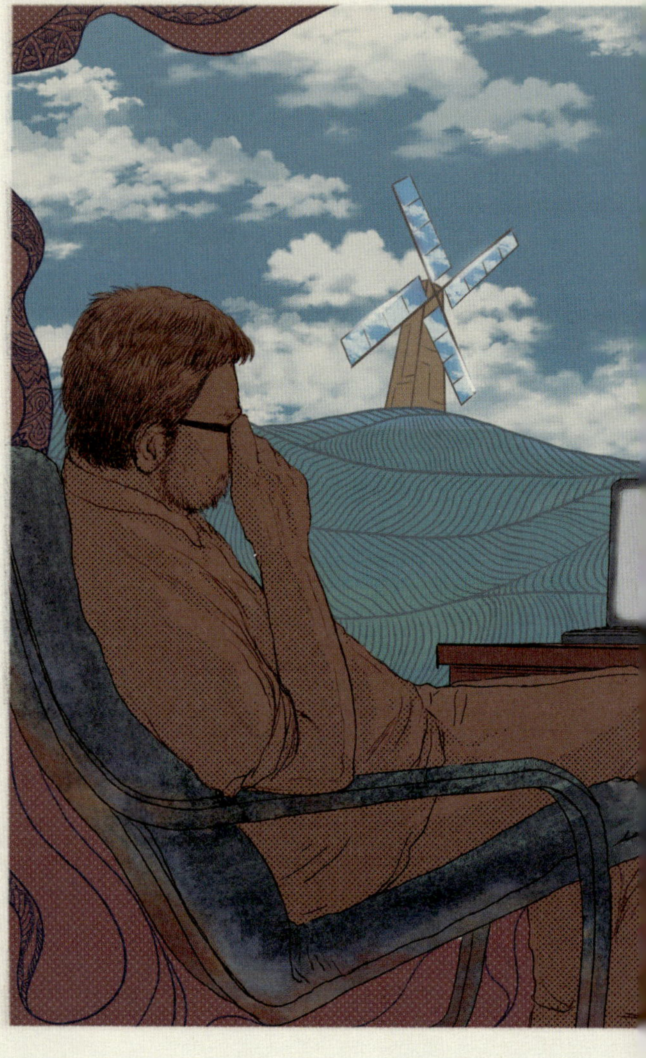

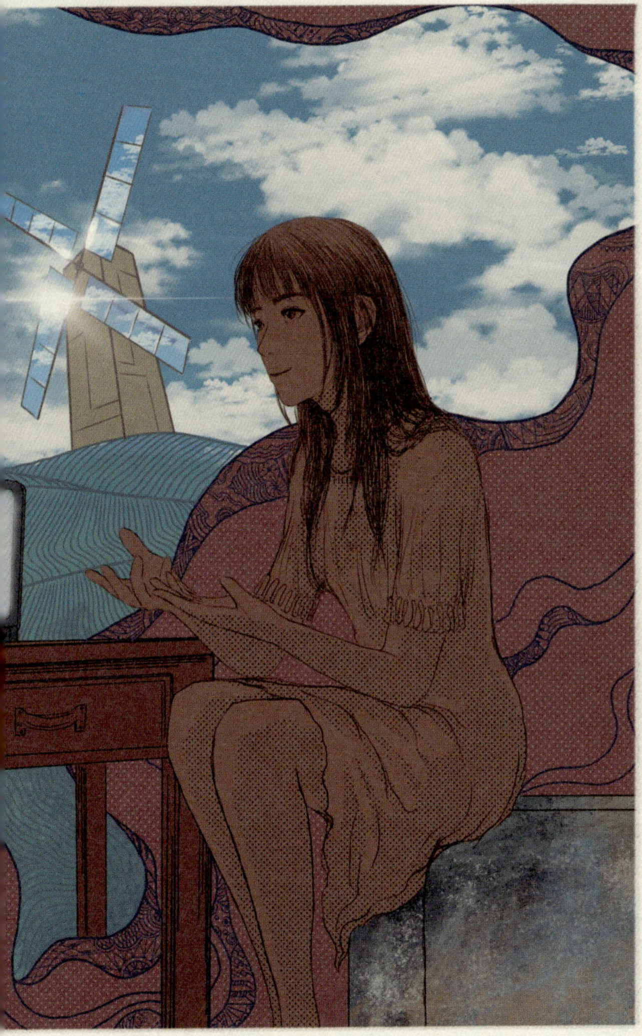

了笑。

"你真想做吗?"

他点点头,随后摆了摆手。"我哪行,我可没那脑子。"

"你可以试一试。"

他连连摇头,神情竟有些羞涩了。

"艺术也是生活实践,这种实践能让人更热爱生活。"

他看着夏天,眨了眨眼睛。

"想一想你最熟悉的生活环境,那里一定有你的艺术灵感。"

"我最熟悉这条胡同。"他肯定地说。

"那就从这条胡同想起吧。"夏天笑着说。

他静默了一会儿,忽然转过眼神,对夏天说:"怎么想都行吗?"夏天看着他,说:"按道理讲是这样的。这条胡同是生活区域,你可以多想能够简单操作,并且能够快速完成的艺术实践活动,不需要动用过多的道具,不需要改变现在的环境,却能让人感受到出其不意的新意和另一种胡同味道……"事实上,在讲述这段话时,夏天想到的是自己的父亲,她想帮助眼前这个男人,完成一次艺术实践活动。她的脑筋在急速转动,脸上渐渐浮现出笑意。

"你笑什么?"

"嗯……我刚才也在想艺术创意呢。"她有些小得意。

"说说看?"

"我想先听你的。"

"我……我能行吗?"

"不试怎么能知道自己行不行呢?"夏天调皮地笑了。

夏天留下电话号码,收拾好背包,准备告辞。他想请夏天吃晚饭,夏天说,等下次见面的时候再吃吧。两个人约定,三天之后见面,各自拿出胡同艺术实践方案。他把夏天送出胡同口,看着她慢慢走远,消失在人群里,忍不住在心里说:"谢谢……谢谢……"他回转身,望着这条狭长寂静的胡同,脑海里闪回着下午观看过的艺术活动图片和视频,已经开始迫不及待地寻找灵感了。

豆瓣胡同。他看见钉在墙壁上的这四个字，突然有了第一个闪念：他去超市买几十袋豆瓣酱，然后站在胡同口，分发给那些穿过胡同但不在这条胡同里生活的人，让他们牢牢记住，在这个偌大的城市，还有一条小小的豆瓣胡同。这个想法怎么样呢？他站在那儿，仰起脖颈，嘴巴半张的，死死地盯着胡同标牌，整个人看上去像一个傻子。他越想越觉得这个想法既实在又巧妙。他兴冲冲走进小饭馆，点了一小瓶二锅头，一盘羊头肉，美美地吃起来。

这一夜，他睡得很踏实。第二天一早，当他走进超市，看见一袋豆瓣酱标价十二元时，心里又有了不踏实。买五十袋豆瓣酱，需要花费六百元，而他一个月的退休金只有一千八百元。他思前想后，决定给夏天打个电话。夏天告诉他，这个想法很棒，他听了非常兴奋。不过，他随后在夏天的语气里听出了迟疑："将豆瓣胡同和豆瓣酱联系在一起，是艺术实践常用的方法，但是……这个艺术活动需要两个最基本的条件。"

"什么条件？"他有些紧张。

"既然是实物派送,派送数量最关键,如果派送的数量太少,参与的人数也会很少。"

他沉默不语,不知道该如何表达了。

"叔叔?"

"……"

"你在听吗?"

"我在听……一袋豆瓣酱十二块钱,买多了我买不起。"他的语调可怜巴巴的。

"如果花费太多,可以先不做这个艺术实践,一定会有其他想法的。"

"可是……可是我很喜欢这个想法。"

"喜欢和实践,是两码事,"夏天笑起来,"我已经有构思了。叔叔,加油!"

挂了电话,他在豆瓣酱摊位前站了好久。一位服务员走过来,问他需要帮忙吗。他问服务员,有没有小袋包装的豆瓣酱,炒一个菜用一小袋那种,包装越小越好。服务员笑着摇了摇头。他转身离去,嘴里一直念叨着。

天色暗下来，但时间尚早，他决定在胡同里转一转。蔬菜摊和水果摊前已经没有了人，小吃店里倒是挺热闹，两个小伙子光着膀子拼酒，嘴里吐出的尽是糙话。两条小狗相互追逐着，跑在后面的不小心撞上自行车，撞得挺厉害，躺在那儿半天没起来，跑在前面的小狗折返回来，在同伴身上嗅来嗅去，喉咙里发出嘤嘤的声音。如果胡同里的灯泡再多些，光线再亮些，小狗不会撞伤的，他这样想。

胡同里越来越暗了。前面几十米处有一家咖啡屋，透出红色绿色紫色混合的光线。他慢慢走过门前，看见一对情侣坐在里面接吻，忍不住笑了。若在以往，这一幕会让他难为情，让他心生感慨，觉得自己老了，与这个时代和城市格格不入了，被生活淘汰了。可是现在，他的思绪有了微妙的变化，看着眼前这对接吻的年轻人，他眼里的光柔和了，同时心里涌动着祝福，并发出了一声愉快的叹息。正当他准备转身返回的时候，咖啡馆门前悬挂的彩色灯泡吸引了他的目光。他突然有了新的想法，他想买一些彩色灯泡，挂在这条胡同里，每隔二十米挂一个,买十个灯泡就行,花不了多少钱,路人既可以得到光亮,夜晚的胡同也会显得有活力。他很兴奋,暗暗佩服自己的艺术想象力。

出了胡同,马路边有不少生活用品店和五金商铺。他花了一百块钱买了十个彩色灯泡,心满意足地往家走。一路上,他都在默记墙上哪个灯泡是坏的,哪个位置应该装上一个新的灯泡。他决定先把这个想法放在心里,等见到了夏天再告诉她。回到家,他一边洗澡,一边唱歌,唱到一半的时候,他才意识到自己已经有好几年没有唱过歌了。

为了等待这一天,他清扫了房间,理了发,剃了胡须,换上了干净的衬衫,去茶叶店买来了上等的花茶。他清洗好茶具,在桌上摆好两个青花瓷茶杯和一个茶壶。下午的阳光照在桌上,顺便把他的影子投射在地面上。愉快的影子。他的心里充满了期待。他点上一根烟,飘在半空的缕缕烟雾和光影混合在一起,在墙壁上变幻出缥缈无常的图形。现在的世界是静谧安详的,这或许是一个新的起点。

夏天来了,他先是看见了她的影子,急忙站起身,有点语无伦次了:"夏……夏天……你来了!"夏天背着包,手里抱着一个纸箱子。她把纸箱子放在一旁,用手背擦汗,说:"叔叔,天越来越热了。"

"快喝茶,"他说,然后急忙改口,拉开了冰箱门,"我给你拿矿泉水。"

夏天一口气喝了大半瓶矿泉水。他看着夏天,突然有点心疼。夏天坐下来,咯咯地笑了,说:"叔叔,你做事情真投入啊!"

他不好意思地笑了笑,看着地上的纸箱子,说:"这里面……"

"是我的道具。"夏天晃了晃脑袋。

"道具?"

"嗯。"

"我也买了道具。"他大声说。

"拿出来看看。"

他从抽屉里掏出一个纸袋,从里面取出彩色灯泡,一个一个放在桌上，动作非常小心。夏天一下子就明白了。"我……我想在胡同里挂上这些彩色灯泡……我觉得这些年，这条胡同的气氛太沉闷、太压抑了，我想改变一下。"他神情激动地说。

夏天抿紧嘴唇，点了点头。"你想挂多少彩色灯泡？"

"先挂十只，以后灯泡坏了，我再买。"

"嗯……"夏天在思考。

"你觉得怎么样？"他皱着眉，追问道。

"你想做一名胡同电工吗？"

"什么意思？"他非常迷惑。

"叔叔，你的想法很好，可是想法太具体了，或者说太有规律可循了。"

"我不懂。"他喘了一口气。

"你实施了这个艺术活动，后续会发生什么，大家都会知道的。"

"……"

"这种艺术实践，需要打破规律，出其不意，快速实施,然后快速消失。"

这一刻,他越来越不明白了。"你的意思是说……我把灯泡挂上去之后,就是完成了艺术实践,即使后来灯泡坏了,我也不用去换新的,是这样吗?"

"差不多。"夏天郑重地点点头。

"可是……我还想着给胡同照明呢,胡同里光线太暗,路人不方便。"

"叔叔,这是另外一个话题。"

"我还以为,这个想法很好呢。"他点上一根烟,狠抽了一大口。

"叔叔,你会给灯泡接线吗?"

"我们家电线改道,都是我做的。"

"好!"夏天一边说,一边打开纸箱子,从里面掏出一卷细细的电线,一个白色的瓶子。

"这是什么?"

"发光电线和感应液体。叔叔,我们可以合作完成胡同灯光装置。"夏天掏出笔,一边在纸上画图形,一边对他讲解,"这是胡同,我之前发现,到了晚上,胡同里会很暗，尤其是这一段胡同，差不多是中央位置，五十米长，没有一个灯泡照明。我看过了，这个位置恰好有一个灯座，我们在那里接上发光电线，把电线拉下来，穿过地面，再把电线粘在另一面墙上，然后再把你买的彩色灯泡挂在胡同的两面墙壁上。做完这些，我们只完成了一半。我们要在发光电线周围的地面上喷洒感应液体，路人的脚踏在上面，电线和灯泡会闪闪发光，脚步离开感应液体之后，发光电线和灯泡会马上熄灭。"

他啧啧称奇，同时问道："经过的人……会不会被吓着？"

夏天笑了："不会害怕，只会惊奇。"

"那……那以后呢？"

"感应液体的有效期为六个小时。"

"你是说，到了后半夜，这个艺术实践就不存在了，就消失了，对吗？"

夏天点点头，笑了。他也跟着笑了。

他们决定今晚就做这个灯光装置。在等待黄昏降临的时间里,他们聊了很多很多。夏天告诉他,她想在那座即将消失的寺庙里做一次艺术活动,她的想法得到了一家艺术基金会的支持,基金会负责人承诺,如果这次活动成功,会和她签署一份长期合约。他为夏天感到高兴,同时忍不住问道:"你做这个艺术活动,我能帮上忙吗?"他很想感谢夏天。

夏天想了想,说:"寺庙差不多荒废了,你扮演一个和尚吧。"

"和尚?"他哭笑不得。

"扮演和尚要剃光头发的,算了,我再找人吧。"

他没有继续接话。夏天说:"做完这个活动,我去荷兰见我男朋友……"她边叹气边把纸箱子里的道具拿出来,"我们分别三个月了……"

他不知道说什么好了。

"叔叔,这些道具是留给你的,希望能给你带来快乐。"

"这是什么?"

"纸月亮。"

"纸月亮……"他摩挲着折叠起来的纸片。

夏天撑开纸片，纸片变成了一个圆圆的球体，上面还有一个开口，里面有一个灯座。她把一白色的小灯泡拧在灯座上，说："这个灯泡可以连续充电，放在上面，按下开关，可以自动发光三个小时。"

"真好看！"

"雾霾天太多了，月亮都是灰蒙蒙的。我做了一个纸月亮，一个艺术月亮。"

"艺术月亮……好……好……"不知怎的，此刻的他很感动。

"十五号院前面有一条窄巷子，宽度正好和纸月亮的尺寸相符，你用一根绳子，把纸月亮吊悬在巷子中间，路过的人只有把纸月亮抬起来，或者移开，才能侧身通行，也就是说，谁想穿过这条窄巷子，就得抚摸纸月亮，转动纸月亮，和纸月亮来一个亲密接触。"夏天双手环抱纸月亮，噘了噘嘴唇。

他沉浸其中，想象着夜晚的那一幕，纸月亮悬挂在半空中，发出明亮静谧的月光，他的周身顿时寂静无

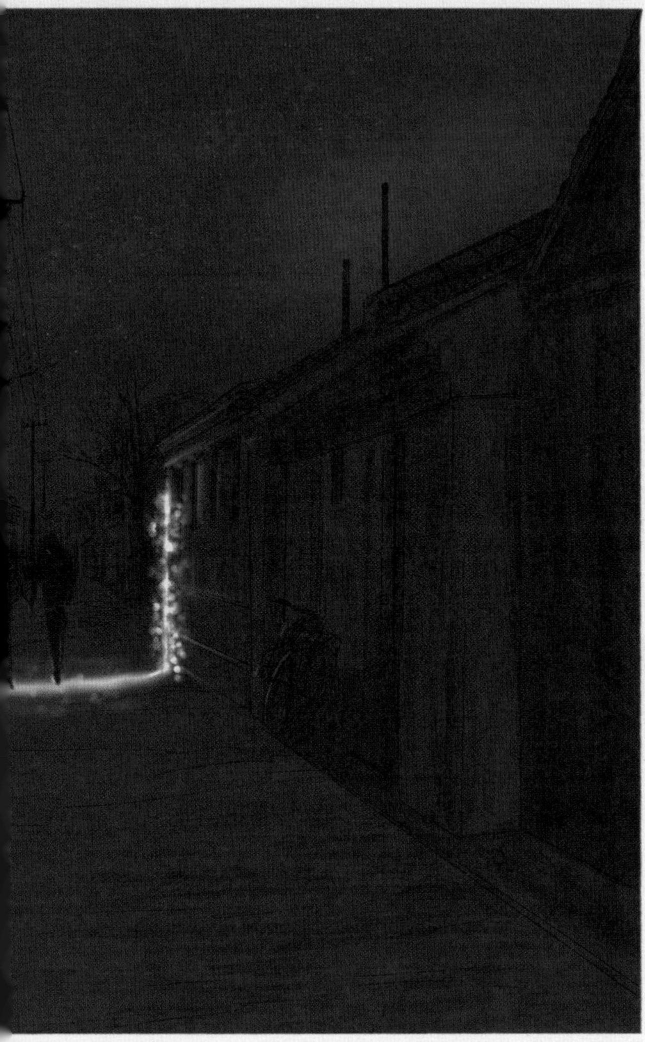

比。他听见了自己的心跳。

"纸月亮……会不会被人偷走?"他忽然有点担心。

"有可能,艺术实践存在多种可能。"

"那就太可惜了。"他的眉头皱起来。

"消失也是一种美……"夏天意味深长地说。

"可是……可是……"

"叔叔,你可以想象纸月亮飞走了。"

他想了想,释然地笑了。

黄昏降临,他们在胡同口的小饭馆里吃了一顿简单的晚餐。他突然觉得,他一定要为夏天做点什么,或者说,他想先为夏天扮演一次和尚,然后再考虑灯光装置的事。他对夏天说:"我刚才看见一位老朋友,好久没见面了,我去跟他打个招呼,你慢慢吃啊。"他走出小饭馆,一路小跑,跑进了街边的理发店。他急乎乎招呼理发师,赶快理发,剃个光头,越快越好!

活到六十九岁,他从未剃过光头。秃瓢,秃瓢。他嘿嘿笑着,摸着光脑袋,脸上洋溢着满足感。当他走进小饭馆的时候,夏天正在低头打电话。他悄悄坐下来,看着夏天。夏天挂了电话,猛然间看见这一幕,嘴巴迅速张开,眼睛瞪得大大的。笑意在她的嘴角绽开,随后开始微微颤抖,她垂下眼帘,不想让他看见眼里的泪花。她深呼吸,深呼吸,深呼吸,把眼泪压了回去。

"叔叔……谢谢你……"

"快吃,快吃。"他把话岔开,嗓子眼儿里有一团棉絮。

两个人默默吃饭。过了一会儿,夏天告诉他,在寺庙里举办的艺术活动取名"青苹果"。他在想,是这个季节吃的青苹果吗?

"叔叔,你喜欢吃青苹果吗?"

"喜欢吃。"

"我也喜欢。"

"为什么取这个名字呢?"

"我们去寺庙烧香,希望生活平平安安啊。"

他一下子就明白了。苹果。平安。

"我要买一百零八个青苹果。"

"佛珠好像也是一百零八颗吧。"

"叔叔,你好厉害。"

他不好意思地笑了。他在想,他在这两三年笑的次数,也没有这几天多。

"我们两个人,把青苹果摆放在寺庙的院子里,按照佛珠的样子摆出来,一个半圆形,或许再绕一个弯,两个弯……每一个走进寺庙烧香的人,可以拿走一个青苹果……可以自己吃,也可以送给其他人……"夏天的眼神儿望向半空中的某一处,神情相当安然,"拿走一个,少一个,拿走一个,少一个……青苹果被一个一个拿走了,这个艺术活动也完成了……"他手举筷子,完全听入迷了。

"叔叔?"

"……"

"叔叔?"

他醒过神,脱口而出:"我要去做衣服!"

夏天笑了:"我已经找到裁缝店,明天去做,两天就能做好。"

"太好了!"他激动地拍了一下桌子。

如果本愿是纯粹的,现实发生的一幕幕就是真实自然的。身穿僧服的他,心绪平和,轻轻擦拭着青苹果,夏天接过来,一一摆好。寺庙的屋和墙,已经斑驳不堪,缕缕烟雾从主殿前的大香炉里飘出来。在这个过程中,基金会的工作人员走进来,在墙上放置了一台微型摄像机,然后朝夏天挥挥手,离开了寺庙。又过了一会儿,一个老太太走进来,手里举着一把香,径直走到香炉面前,默默点香,默默上香,默默祈祷。老太太转过身,看见眼前的和尚,问道:"您是新来的法师吗?"他站起身,笑了笑。"唉……听说这庙要拆了,"老太太说,走到寺庙门口,接着说道,"这庙里好多年没法师了……"

他们两个人相互对视,沉默不语。十几分钟之后,青苹果摆出了佛珠的模样,夏天拍了拍手,边笑边说:"叔叔,现在摆好了,我们两个人等待吧。"

"好!"

他们坐下来,静静等待着。

最先走进寺庙的是一条黄色的小狗,好像是流浪

56

狗，对周围的环境充满了警觉。它站在那儿，望着两个陌生人，一动不动。夏天朝它招手，小狗渐渐放松，绕着圈子走过来，走到青苹果面前，开始用爪子触碰。

"小狗狗，想吃就吃吧。"夏天小声说。

小狗抬头看她一眼，随后快速咬住一个，撒开腿跑出了寺庙。夏天抿紧嘴唇，看了他一眼，他点了点头，抑制着笑意。他在想，在寺庙里做活动，应该神情庄重。

随后进来的是一对年轻的恋人。他们举香敬拜，然后深情拥抱，在耳边喃喃低语。他们几乎同时看见了地上的苹果。"苹果！"女孩非常激动，眼泪差一点流出来，"这个寺庙太好了！平平安安，事事平安，太好了！"

"这些苹果，是卖的，还是送的？"男孩问夏天。

"送给有缘人。"夏天说。

这对恋人拿走了四个苹果，两个放进了背包，然后一人拿着一个边吃边往外走。他们在门口消失几秒钟之后，男孩跑了回来，在寺庙门口朝他们挥手，大声说："谢谢！谢谢！祝你们事事平安！"

五六个小孩跑进来了，其中一个是老街坊的孙子，男孩一眼认出了他,嘎嘎笑起来:"爷爷成和尚了,爷爷成和尚了……"

他也笑起来:"你爷爷呢?"

"爷爷成和尚了,爷爷成和尚了……"男孩喊叫着跑出了寺庙。

男孩的爷爷走进来,不敢相信自己的眼睛,一步一步往前走,身体是僵硬的,语气里含着紧张:"老哥,你……你这是怎么啦……出家啦……别想不开啊……"

他笑了笑,迎了上去。"我在参加一个艺术活动。"

"艺术活动?"老街坊满脸狐疑。

"我在扮演一个和尚。"

"真的假的?"

"真的。我没有出家。"

老街坊掏出两根烟,递给他一根,他看了看夏天,把接过来的香烟揣进了衣兜。

这群男孩坐在那儿,每个人都在吃苹果。一个男孩在寺庙门口大喊:"快来吃苹果啊!快来吃苹果啊!"喊到嗓子冒烟。很多人涌进来,他跟进来的老街坊解释，一个一个地解释，真像一个做错了事情的和尚。

青苹果，越来越少，越来越少,最后只在地面上留下淡淡的印痕。看着这一幕,夏天笑了,眼眶湿润了。

他们两个人，一路无语往前走。

走进熟悉的小饭馆，夏天说:"叔叔,我想请你吃顿饭。"

"不用，叔叔请你。"

"不，这次我请客。"

"好吧……"

小饭馆里的服务员,看见他进来,哧哧笑个不停。

一个说:"伯伯,你以后不能吃羊头肉了。"

一个说:"伯伯,你也不能喝酒了。"

他其实很想喝点酒,可是身上的僧服让他了却了念想。明晚再喝吧,他在心里说。

"葱、姜、蒜、韭菜、洋葱……书上说,和尚也不能吃这些有味儿的蔬菜。"厨师探出脑袋补充道。

他故意沉下脸,说:"有完没完?"

大家再次笑起来。片刻之后，夏天小声说道："叔叔，我刚才收到短信，基金会的负责人说我很有想法，决定和我签约了。"

"好！好！"他由衷地高兴。

"你今天累吗？"

"不累，一点不累。"

"你想今晚做那个灯光装置艺术吗？"

"好啊！"

他们快速吃完盘中餐，此时的天色刚刚接近黄昏。他们抬着木梯，手拿工具，来到胡同中央。几乎家家户户都在做饭吃饭，四周无人。他们用最快的速度布置电线，挂上彩色灯泡。一两个路人走过来，好奇地看他们一眼，跨过电线，继续走自己的路。夜色渐渐弥漫，从光影里走过来的行人，走进这段胡同，好像消失在了黑洞里。他们俩把感应液体喷洒在电线周围，悄悄躲在远处，夏天手拿照相机，屏住呼吸；他紧贴墙根站着，感受到从未有过的紧张感。

一个女人走过来，他们看着她一步一步消失在黑暗里。二十几秒过后,彩色的灯泡突然在胡同里闪耀起来,女人发出一声尖叫。灯光灭了,接着又开始闪烁,女人再次叫出了声,不再是先前的尖叫,而是好几声惊叹。夏天连续拍照,抑制着笑声;他捂住嘴巴,可是笑声还是透过指缝传了出来。女人一会儿踏上感应液体,一会儿又跳出来,身影像在玩游戏,彩色灯泡一明一灭,绚烂的光影在胡同里回旋。

"真好啊!"他在心里说,"真好啊!"

女人大声笑起来。彩色光影消失了。周围安静下来。

"叔叔,你想试一下吗?"

"好!"

"你去吧,我给你拍照。"

"好!"

他走过去,越接近目标,他的步伐越小了。他闭上眼睛,一小步一小步走过去,好像在黑暗的时间隧洞里穿行,但他一点都不担心。五颜六色的光影亮了,在眼皮上面跳跃,他感受着,从内心深处感受着,时间仿佛虚无了,他的身体异常轻盈。夏天走过来,站在他的对面。他睁开眼睛,夏天咯咯笑起来。

他们穿过胡同,默默往前走。身后突然传来一个男人的叫声:"我操!"这个男人被突然而至的光影迷惑了,他来回走了几次,最后悠闲地坐下来,掏出一根烟,慢慢点燃。他和夏天,看见一团一团彩色的烟雾在胡同里升腾起来。

夏天的手机响了。她接通电话,用英语和对方交谈,语气里满是渴望。他一句也听不懂,但他知道,电话的另一端是夏天的异国男友。挂了电话,夏天的神情既兴奋又黯然,好像变了一个人。"我……我想马上见到他……"她喃喃自语。

夏天告诉他,这次去荷兰,三个月之后才能回来。他走在胡同的阴影里,心有不舍;但在分别的时候,他努力笑出了声。

"夏天,我很佩服你。"

"叔叔,我回来后来看你。"

"好……好……"他想说更多,可是已经无法表达。

夏天消失在夜晚的城市里,他顺着夏天消失的方向走过去,走了好久,似乎想追回什么。他的这身和尚装扮,引得路人纷纷驻足观望,仿佛在欣赏一位精神迷乱的出家人。

"和尚也会有心事……"

"和尚也是人。"

"修行不易……"

深夜时分,他回到了胡同口,豆瓣胡同的标牌在城市的夜色里依旧醒目。他在小商铺里买了一瓶二锅头,内心感慨不已:自己只是一个退休工人,想不到会和艺术扯上关系,真是不可思议,不可思议!他连连摇头,同时也在庆幸。

又有一个人踏上了感应液体。灯泡闪耀着,色彩回旋着。他脸上带着笑,手里拿着酒瓶,慢慢走过去。他仰起头,看着墙上的彩色灯泡朝他眨眼睛——这是我亲手买来的彩色灯泡,是我亲手挂上去的,他心满意足。眼前的胡同世界是灿烂的世界,他不出声地笑起来。

他走进前面的黑暗里,慢慢坐在地上,手举酒瓶,啜饮了一小口,让脑袋抵住墙壁,闭上了眼睛。现在是春天,女孩叫夏天,而夏天越来越近了。他笑了笑。又有人走过来了,好像是两个女人,一边走路一边聊天,他听见了,脚步声越来越近了,他等待着这一刻。两个女人踏出了光亮,大声尖叫着,后来开始啧啧称赞。他再次闭着眼睛笑了。一个女人发现了他,走过来,蹲下身,轻声问道:"大叔,你坐在这儿,没事吧?"

他摇了摇头,轻声说道:"我没事,谢谢你……"

两个女人走了,他渐渐坠入自己的梦。他看见一个女人穿过黑夜走过来,纸月亮挡住了路,女人踌躇片刻,先是抚摸纸月亮,然后抬起纸月亮;在她侧身而过的一瞬间,纸月亮照亮了女人的脸,他看得非常清楚,那是他妻子的脸……

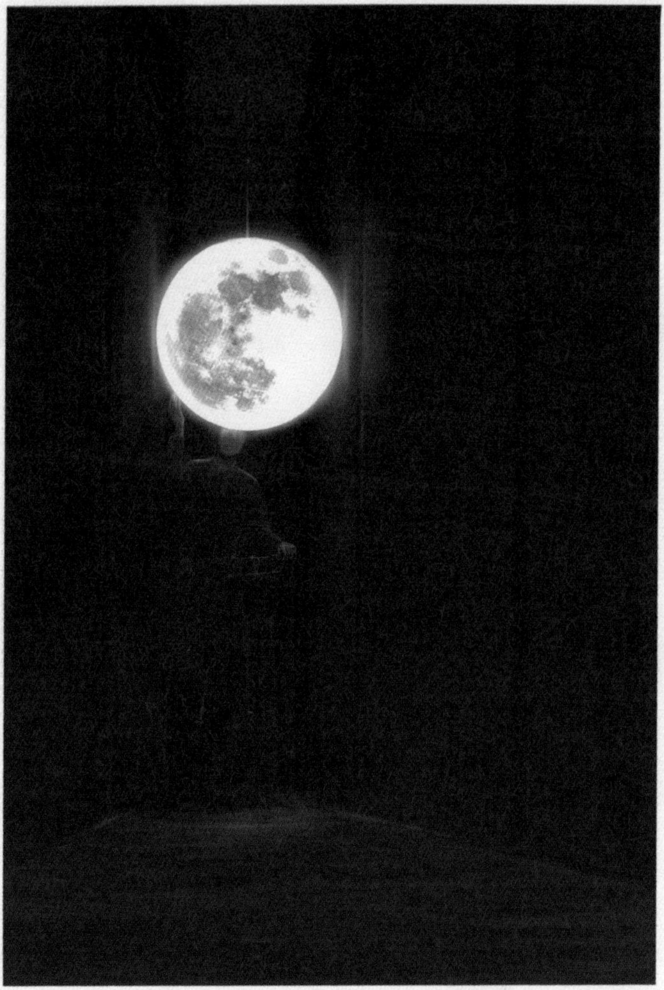

透明

（插图本）

蒋一谈 著
张金旭 绘

这个男孩叫我爸爸，我不是他的亲爸爸。他这样叫我，希望我能像对待亲生儿子那样对待他，可是我现在做不到，不知道以后能不能做到。我没有儿子，只有一个女儿，她今年五岁，和我前妻生活在一起。

男孩比我的女儿大两个月，帮我点过烟、倒过茶，还帮我系过鞋带，我心里挺高兴，对他却亲近不起来。我对他说谢谢，他会摆摆手，说不客气。我在想，他以前也是这样对待爸爸的吗？我最终没有问他，还是找机会问问他的妈妈吧。

他的妈妈，也就是我现在的情人杜若，三年前和朋友一起创办了一家西式茶餐厅。我们在一次朋友聚会上相识，后来开始交往，彼此之间也有了好感。一段时间之后，她主动向我表白，希望能生活在一起。

可是我对婚姻生活有了恐惧。我的前妻曾这样评价我："你不适合结婚，应该一个人生活，你还没有成熟。"

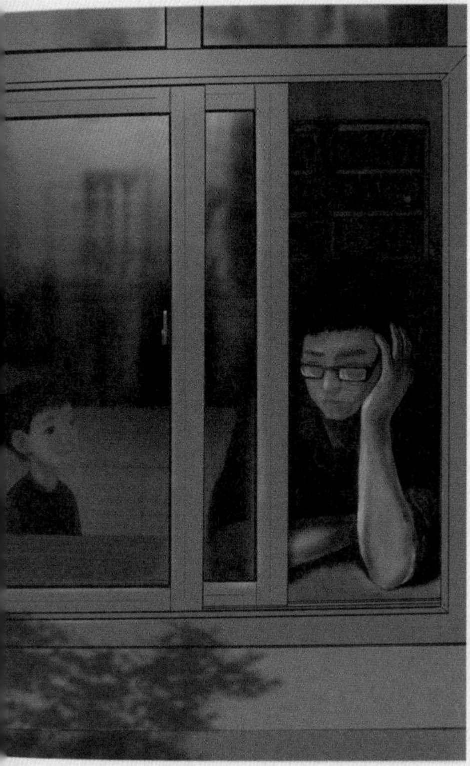

我知道女人需要什么样的成熟男人。我承认，我对现实生活有种恐惧和虚弱感，害怕去社会上闯荡，不愿意去竞争。每周总有那么一两天，我拿着公文包上班，走进地铁站，被潮水般的人流拥挤，恐惧和虚弱感会增强很多。

我每天按时上下班，在家里负责做饭、洗碗、打扫卫生。我喜欢待在家里上网、看书、看电视，不喜欢和朋友同事交往。我还是一名文学爱好者，喜欢写小说，写给自己，从不投稿。每到周末，我会带着女儿去公园或者图书馆。我喜欢这样的家庭生活，平平淡淡的居家日子才能让我有踏实感和安全感。

有一点真实却又奇怪，我爱女儿，可是在女儿四岁大的时候，我才有做父亲的微弱感受。看着眼前这个小女孩，我的亲生女儿，她是真实的、可靠的、千真万确的，没有一丁点水分。可是对我而言，"父亲"这个身份，或者说这个词语轻飘飘的，我伸手能抓住，又能看见它从我的指缝间飘出去。或许我还没有成熟吧。我希望自己成熟起来，坚强起来，但是这一天还没到，我的第一次婚姻生活就结束了。

我不怨恨前妻,一点都不。我知道问题所在,没有资格去抱怨她。我希望她离开我之后,不再怨恨我,忘了我。在她眼里,我在家里扮演一位丈夫和父亲的角色——我没有家庭的长远规划,没有自己的事业规划,没有女儿未来的成长规划。我承认这是事实。当她说我是一个胆怯的男人,没有生活的勇气时,我反驳过她。后来关于勇气的话题,我们之间又争吵过两次。每个人对勇气的理解不一样。我认为,这些年我在做一份自己不喜欢的工作,为了薪水工作,看上司的眼色工作,为了家庭生活工作,这本身就是我的勇气。或许她理解的男人勇气,就是能追着梦想去生活,即使头破血流也是好样的。我没有她需要的那种勇气和梦想。我梦想待在家里,可我没有经济能力去选择。

我对杜若的好感也源自这里。她理解并接受我平平淡淡的生活理念,对我的事业没有苛求,最重要的一点,她从未把话题转向婚姻层面,也没有探寻我的第一次婚史。她越是这样,我越是对她充满好感。她看过我的写作笔记,说我有写作天赋,应该试着去投稿。有一天,她对我说:"我爱我的儿子,希望你也能对他好。我们在一起生活,可以不结婚,你也可以不用上班,就在家里看看书,写写东西,照顾我们,我能养活你。你认可这个孩子,认可他叫你爸爸就可以了。"我点点头。杜若也没有给我多讲过去的生活经历,只说叮当的爸爸是她过去的情人,叮当从没见过他的爸爸。杜若对我很好,我能实实在在感知到。我知道,她希望我能把她对我的好,通过我的身体再传递给她的儿子。我希望自己能够做好。

离婚后我把房产留给了前妻,自己租了一套家具电器齐备的一居室。我接受了杜若的建议,提前解除了租房合约,然后辞职待在杜若的家里。每天早晨,我拿着菜篮子去早市买新鲜蔬菜、鸡鸭鱼肉,和卖菜的砍价,回家的路上和大爷大妈聊天,顺便帮他们抬抬重物。我翻看从书店买来的菜谱,学会了二十几道新菜肴的做法,看着杜若和叮当有滋有味地吃饭,我很有成就感。

我每天擦洗马桶两次，马桶和洗面盆一样洁净。杜若和叮当的衣服每天换一次，我洗好后熨好、叠好。我还买了最新型的樟脑丸，放在衣橱里。我发觉自己比以前更会学习了，站在镜子面前，我好像重新发现了自己的价值。我在想，如果前妻能够这样理解我、对待我，我不会主动提出离婚，而且那个时候，我已经开始试图改变自己的性情和对待生活的心态，可是她没有体察到。我们两个人只是被生活拖疲了，在现实面前妥协了。我很清楚，前妻对生活的忍耐力超过我，是我首先选择了逃避，在离婚的问题上她没有太多的责任。

和杜若生活了几个月之后，我对自己还是不太满意。叮当叫我爸爸，我脸上挂着笑，心里还是对他亲近不起来，不过他提什么要求我都会尽可能满足，比如他把我当马骑，在屋里爬来爬去；他还喜欢把脚丫子放在我脸上蹭来蹭去，那个时候，我会想到女儿的小脚丫。有一天晚上，我正在淋浴间，叮当推门进来，非要和我一起洗澡，我想拒绝，却没有说出口。我背对叮当，叮当嘻嘻笑着，小手在我身上抓挠，我非常紧张，全身起

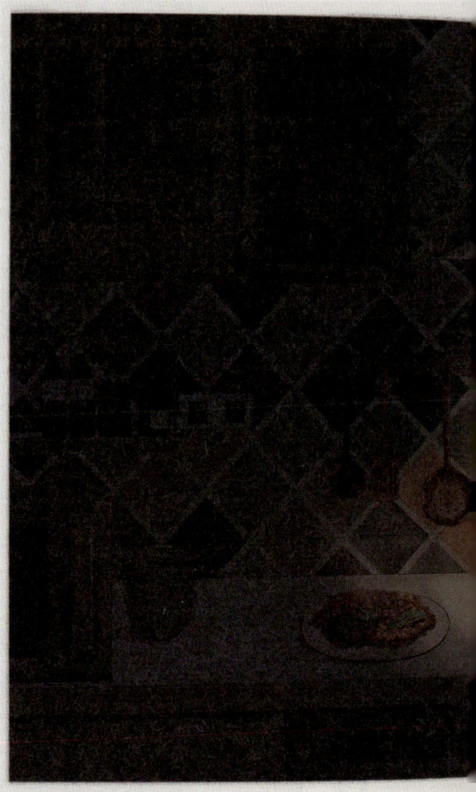

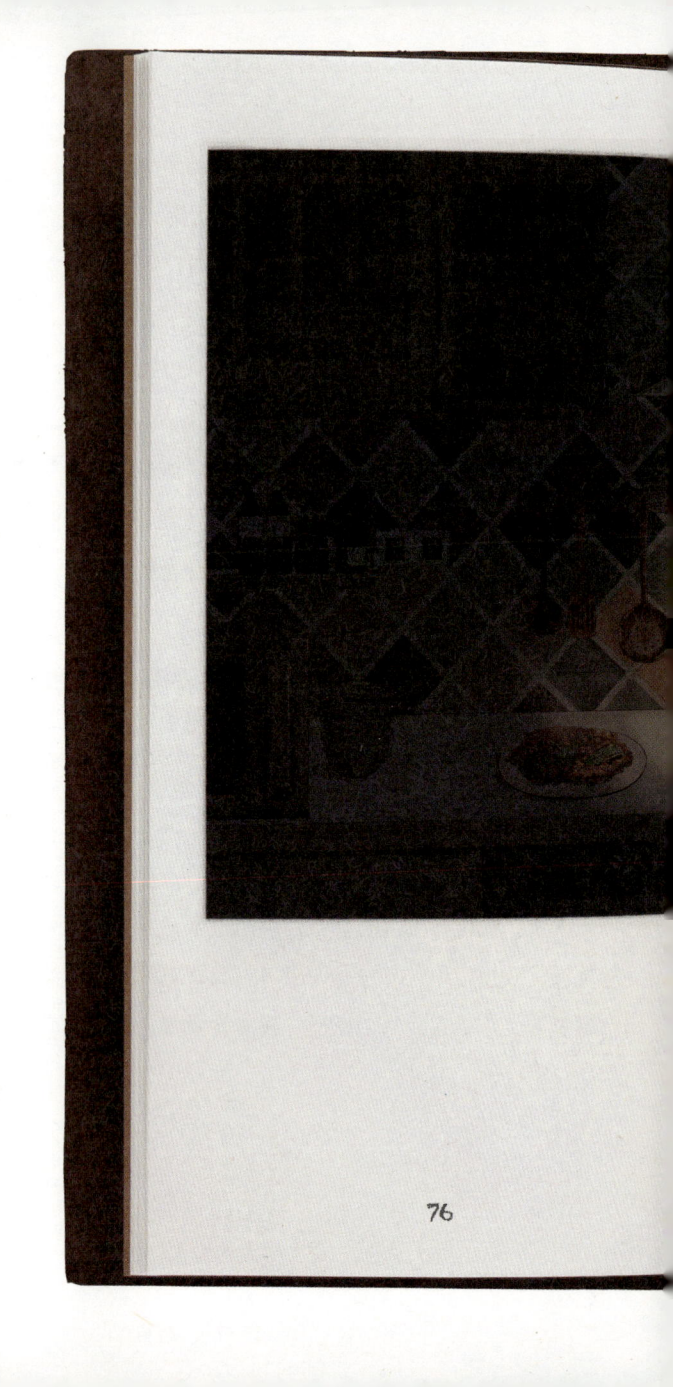

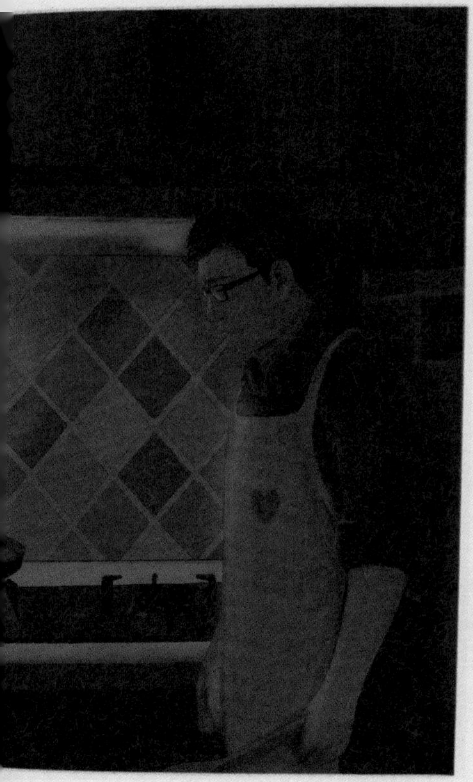

了满满的鸡皮疙瘩。躺在床上的时候，杜若搂着我，说我真是个居家好男人，她很知足，我也第一次说出了心里话，我说："我不是什么居家好男人，只是不想和社会多接触，我喜欢待在家里，待在一个感觉安全的空间里面。"杜若没有说话，只是紧紧地抱着我。杜若对我身体的需求大于我对她身体的渴望，但我总是竭尽全力满足她。

杜若心思细密，体察到了我在家里的微妙尴尬。有一次，我听见她在客厅和儿子说话："叮当，叔叔和妈妈生活在一起，他就是你的爸爸。妈妈说过，见到爸爸你要叫他，多叫他，你做得很好。今天，妈妈想对你说，以后不要叫得太勤，一天叫几声就可以了。"

"为什么？"

"爸爸有点害羞。"

叮当大声笑起来。

"小点声，爸爸在睡午觉。"

"爸爸会害羞。"

"你喜欢他吗？"

"喜欢。"

"喜欢他什么？"

"喜欢他和我一起搭积木……喜欢他在地上爬让我骑……喜欢他……对了妈妈，他还说要带我去海洋馆呢！"

杜若没有继续说话。过了一会儿，我听见她轻轻推开门，走到床边，为我掖了掖毛巾被。我假寐。她在床边坐下，坐了很长时间。等她出去的时候，我睁开眼睛。我在问自己："你爱杜若吗？你真喜欢这样的生活方式吗？"我喜欢这样的生活方式，但我还没有真正爱上杜若。

我带着叮当去海洋馆。我喜欢那片藏在地下的人造海洋。这些年，我没少去那里。我喜欢那里的寂静，更喜欢小而柔软的海洋生物。透过穹形玻璃，我会把自己想象成静若处子、悠然漂浮的海洋小生物。

我拉着叮当的小手，他蹦蹦跳跳很高兴；我叫他的名字，他有点失落，但没在小脸上表露出情绪。我们默默往前走，他突然小声说："小朋友的爸爸喜欢叫他们

透明

'儿子''儿子',他们的爸爸不习惯叫他们的名字。"我握了握叮当的小手,停下脚步,望着他,一时语塞。我笑了笑,说:"好……好……"然后继续往前走。叮当的小手让我想起女儿的小手,心里不太好受。

观看海豚表演的时候,叮当站在那儿大呼小叫。海豚表演结束后,他坐下来,微皱眉头,问我:"爸爸,海豚现在在干吗?"

"在休息。"

"海豚的海洋房间在哪儿?"

我笑了笑。叮当继续说:"不过,我觉得海豚休息的时候不一定快乐。"他的情绪慢慢低落了。

"你说得对,海豚不一定快乐。"我摸了摸他的头发。

我们顺着长长的扶梯转入地下。此刻,小海马在我眼前的海水里漂游,如果不是叮当抓我的衣袖,小海马甚至让我忘记了他的存在。周围穿梭的人群忽然让我对叮当抱有歉意之情,我急忙抓紧他的小手,随后抱起他。看着走在前面的一对父女,我想到女儿。我想起去年的某一天,我抱着她一起注视漂游的小海马,我们旁边站着一对父子,那个爸爸正给他的儿子讲解:"儿子,你的脑袋里也有一个小海马。"

"真的吗?"男孩有八九岁,眨了眨眼睛,摸摸自己的脑袋。

"每个人的脑袋里都有一个海马,大人有大海马,小孩有小海马。"他的爸爸继续说。

女儿贴着我的耳朵,小声说:"真的吗?"她也摸了摸脑袋,眼神里充满惊奇。我以为这个男人会讲海洋童话故事,没想到他这样说道:"人类的大脑皮层下面有个内褶区被称为海马区,海马区非常非常重要,它掌握一个人的记忆转换,能将瞬间记忆转换为长期记忆。"

"哦……"他的儿子点点头。女儿没有听明白,不停地嘻嘻笑,两只小手玩弄着我的头发。

我醒悟过来,木然地望着叮当,想象着大脑皮层的皱褶。此时此刻,再次在我脑海里长久定格的是三幅画面:我拉着父亲的手去幼儿园,一边走一边吃着棒棒糖;我女儿刚出生时睁一只眼闭一只眼的神情;我和前妻各自拿着离婚证,一路沉默走向破裂的家。

叮当累了，趴在我的肩膀上睡着了。我一只手搂抱着他，一只手提着一大包水果和蔬菜。我走累了，路边有石凳，我没有坐下，继续往前走。不知怎的，我想体验这种极度的无力感，这种感受好像是另一种意义上的快感，胳膊酸胀、手指似乎要被拽断的快感。在这之前，我没有这种体验，总觉得在生活面前，差不多就行，没必要折磨自己。我继续往前走，汗珠在眼角滑落。

我在照顾另一个男人的儿子。我和这个男人非亲非故，我和他的儿子没有血缘关系。我突然很厌恶自己，甚至产生了荒诞抑或邪恶的欲念：我把熟睡的叮当放在石凳上，一个人走进旁边的咖啡馆，边喝咖啡边观察他醒来之后会怎么样。他会哭吗？可能先会东张西望，然后才会哭。如果叮当一直坐在石凳上等我，我想我会走过去，可是发生另一种情况呢？他往前走，寻找我，走出了我的视线，我会跟在他后面吗？我不敢继续想下去。一个事实明摆着，杜若相信我，相信我不会伤害她的儿子。我也想到女儿，如果前妻遇到一个男人，那个男人会这样故意对待我的女儿吗？我无法想象女儿一个

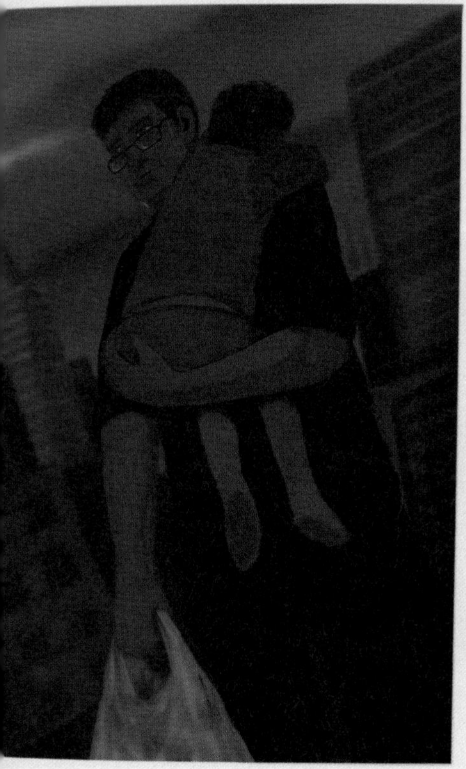

人迷失在大街上的情形。我有些羞愧。

走进家门的时候,叮当醒了。他叫了一声妈妈,跑进客厅。杜若提早回来了。叮当连续叫了几声妈妈,杜若沉默不语,往日的她不是这样的。我把水果蔬菜收拾好,发现杜若神色不安地坐在沙发上,叹了两口气,手指不停地揉搓太阳穴。之前我和她有约定,我不过问她的工作,所以遇到今天这种情况,我保持沉默比较好。我削了一个苹果,一分为二,分别递过去。在自己家里,对待前妻和女儿,我很少这样殷勤。叮当抓起苹果,猛咬了一大口。"洗手去!"杜若冲着叮当大声喊道。叮当一下子愣住了,含在嘴里的苹果瞬间减速,慢慢转动着。

"好,洗手去。"我的语气是平缓的。我拉着叮当,走进洗手间。之后,我让叮当一个人进了小卧室。我走进客厅,说:"你歇会儿,我去做饭,今晚吃海米炒冬瓜、香芹炒牛肉丝。想吃馒头,还是蒸米饭?"

杜若看着我,一句话也不说。我进了厨房,把蔬菜放进洗菜盆,打开水龙头。水哗哗流淌,我静止不动。

洗菜盆是我新买的,和我家里的那个一模一样。女儿最喜欢吃海米炒冬瓜,前妻不让女儿多吃,怕她上火。这个时间点,她们娘俩可能也在吃饭吧。她遇见男人了吗?在意识深处,我无法想象她和另一个男人生活在一起。前妻是一个有事业心、性情古板的女人,也是一个慢热的女人。我几乎能够断言,至今她还是一个人生活。杜若走进厨房,咳嗽了一声,轻声说:"今晚我们点餐吃吧……都累了。"我回头看她一眼,淡淡笑了笑。

外卖送来饭菜,我们三个人默默吃饭。叮当低着头,嘴巴小心翼翼吧嗒吧嗒着。杜若摸摸他的脸蛋,说:"妈妈刚才批评你,对不对?"叮当撇着嘴,眼泪瞬间滚落下来。我把纸巾推过去,杜若拿起一张,轻轻擦拭叮当的脸颊,眼里含着特别的情绪,似乎有话要说。我放缓咀嚼的动作,等待着。"茶餐厅……可能做不下去了……"她顿了顿,侧转眼神,望着我,"股东说要移民,需要钱,想撤资……我知道这是托词,现在茶餐厅竞争大,生意不好做,做其他投资获益更大。"我点点头,我也不知道自己为什么点头。"我想租一个

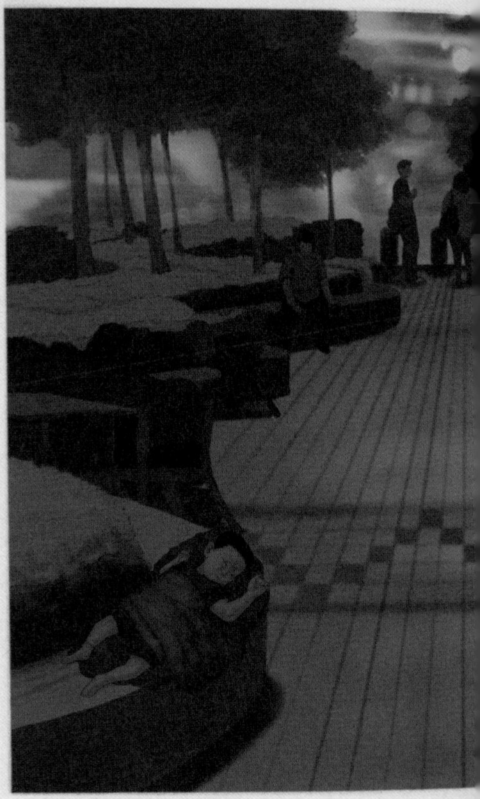

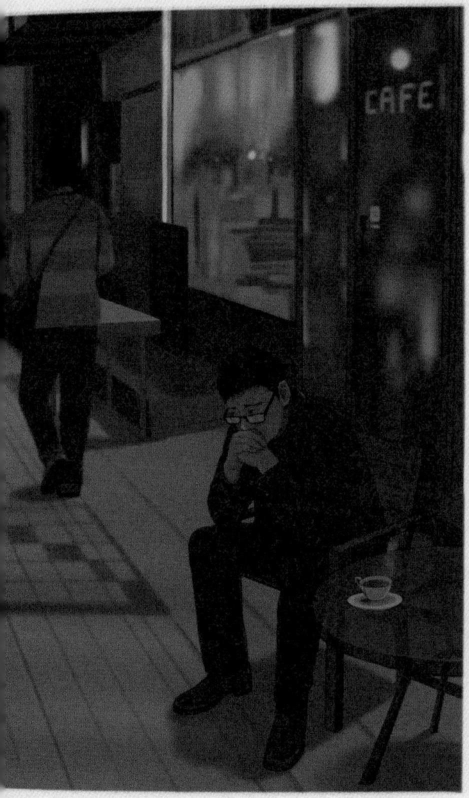
CAFE

小点的地方,我不想放弃。"她长长地舒口气,仿佛在给自己鼓劲儿。

"我相信你。"我望着她,劝慰她。

她用力抿紧嘴唇,眼神在半空中游离,似乎在控制眼泪。

我在厨房洗刷碗碟,杜若给叮当洗澡。我收拾完毕,坐在客厅,杜若陪叮当读童话书的声音从小卧室里传出来。白雪公主和七个小矮人的故事。女儿也喜欢这个故事。过去的一幕又在眼前闪现。我闭上眼睛,身体靠躺在沙发上,渐渐陷入了幻觉,感觉这里是过去的那个家,沙发靠垫是牛皮的,扶手是木头的,我抱着女儿看动画片,前妻在书房里准备第二天的会议材料。

不知过了多久,杜若的声音飘进我的脑海。

"你在笑什么呢?"她站在我眼前。

我坐直身子,揉了揉脸。"刚才眯了一会儿。"

"叮当睡了。"

"今天睡得挺早。"

"他说今天玩得很开心……你今天也累了吧？"

"你想吃苹果吗？我削一个。"我插话道。

杜若没有拒绝。削苹果的时候，我暗暗佩服自己，和杜若在一起，我才学会如何关心女人。一个苹果，分成两半，客厅里飘浮着苹果香。杜若取来两个酒杯，倒上了干红。

"你能帮我吗？"杜若忽然问我，递给我红酒。

"什么？"我不太明白。

"如果我一个人开餐厅，你能帮我吗？"

我转动酒杯，不知道如何回答。

"我曾经答应过你，你待在家里，不用想挣钱的事，可是现在……我一个人怕忙不过来……"

"……"

"家里可以请个保姆。"

"我不是这个意思，我担心自己能力不够，怕帮倒忙。"

"我觉得你行。"

我摇摇头，喝了一口红酒，笑了笑。

"我已经看好餐厅位置，面积有现在的三分之一大，能摆十几张桌子。现在的餐具和桌椅都能用上。我需要一个餐厅经理,以前那个经理是股东的表妹,已经辞职走了。"

"具体干什么呢?"

"其实就是一个影子,老板的影子,你不用干什么,待在那儿就行。"

我点点头。

"服务员都是以前的,很听话。有你在,我可以出去和投资商谈判,争取多开几家分店。"

"你有这么大的信心?"

杜若看看我,专注地看着我,眼神那么坚定,那么充满期待;我同时在她的眼神里发现一股欲望,想吞掉整个房间的欲望。

"你想知道我开一家什么样的餐厅吗?"她说。

我点点头。

"去把客厅的窗帘拉上吧。"

我迟疑了一下,站起身,拉上纱帘。

"两层都拉上。"

我回望她一眼，把厚窗帘拉上。

"请把灯也关掉。"她一直望着我。

我把客厅灯和走廊灯关掉，只留下角落里的落地灯。在这样的灯光氛围下，红酒杯荡漾着奇异的色泽。我忽然很想和她做爱。我咽口唾沫，喝干杯中酒，又倒了一杯，酝酿着情绪。杜若举着酒杯，身体凑近我，示意我举起酒杯。我举起酒杯，看见她的手伸过来，摸了一下我的膝盖，接着伸向落地灯开关。"啪"，柔和的声音，落地灯灭了，屋里一片漆黑；"当"，清脆的声响，杜若的酒杯触碰我的酒杯。

"你想在黑暗里和情人喝红酒吗？"

我碰了碰她的酒杯，以示回答。

"你想在黑暗里和情人吃西餐吗？"

"我还没体验过。"

"你可以在黑暗里亲吻情人，抚摸情人。"

我的膝盖碰掉了茶几上的电视遥控器。我摸黑捡起来，放回茶几上面。我感觉到杜若越来越近的呼吸，散发红酒气息的呼吸，她骑跨在我身体上，环抱着我的脖颈。

"我想开一家黑暗餐厅,让大家在黑暗里喝红酒,吃西餐,你喜欢吗?"她的鼻尖触碰我的鼻尖,"你负责管理黑暗餐厅,好吗?"

"黑暗餐厅?这名字是不是……"我的呼吸已经不能顺畅。

"你有更好听的名字吗?"

在黑暗里,我和杜若的声音有幽远的味道。

"黑色餐厅,怎么样?"

"黑暗不是更有力量吗?"

我同意她的解释。

"餐厅里一片漆黑,怎么点菜?"

杜若笑了,说:"在前台点菜,那里有光线。"

我为自己的愚笨感到羞愧。

"顾客会不会碰掉盘子?"

"有可能,不过盘子是塑料的。我们会在前台讲解用餐方法,现在的人很聪明,喜欢新鲜,他们一定喜欢这样的创意餐厅。"

我的手开始用力抚摸她。我们在沙发上做爱,压低声音做爱。后来我们相拥躺在沙发上，杜若告诉我，如果叮当的爸爸没有因车祸死去，他们将是一对非常幸福的情人。他们相信感情，不相信婚姻，叮当是他们的非婚生子。"遇见你，我很幸运，"她不停地亲吻我，"我给叮当找到一位爸爸……我也找到一个男人……"可是我的心里却是怪怪的。我对杜若有了新的认识，但心里还没有真正爱上她。

一切似乎都在杜若的安排下行进。保姆来到家里的第二天，黑暗餐厅装修完毕。杜若带着我参观，让我牢记各个台面的数字编号，前台至食品操作间的距离，酒屋至前台的距离。

点餐台设置在外面的玻璃房里，有六台触感操作电脑屏幕，里面储存着菜品和酒水照片，图片可以左右自由拉动。休息座椅前方立着一个悦目的就餐说明标牌：请不要大声说话；请关闭手机；桌子下面靠左的位置有呼叫器；请放慢用餐动作，味道才会出来。

我的工作职责就是监督管理服务员，接待服务好重

94

要客人；同时，我必须首先牢记餐厅的各个位置，然后仔细训导服务员。杜若曾对我说过，我可以提薪水要求，我说等餐厅营业一切正常后再说吧。正像杜若预想的那样，餐厅一开业，很多人前来体验。我们一天忙到晚，身体很疲惫，心里很愉快。有些顾客不太文雅，经服务员劝说后，说话的声音明显小了；也有客人在黑暗里去洗手间，不小心和其他客人相撞，相互争吵几句。不过没发生什么大意外，一切看上去挺顺。

　　那天，黑暗餐厅打烊之后，我和杜若留下来。她问我的感受，我说比在家做饭累多了。我们在黑暗里笑，笑声落下来，我们也沉默了。屋子里非常安静，我们在倾听黑暗的声音。我第一次感受到，真正的黑色就是伸手不见五指，味道非常醇厚，远远超出我的想象。身在城市，彻底的黑已经很难遇见，黑黢黢也变成了一个遥远的词语，到处都是灯光，到处都是灯光留下的遗产，换句话说，在城市的夜晚，我们可以随处看见自己的影子，虚弱的影子。有了光亮，我们才不会害怕，可是光亮多了，我们变得更坚强了吗？

回去的路上，杜若对我说，如果我能在黑暗餐厅长期做下去，做一两年，她可以给我干股。我明白她的意思。"咱俩这样做下去，前景应该挺好的。你考虑一下，再告诉我想法。"她接着说。我知道，杜若并没有完全信赖我，我没有理由否认这一点，也不想要花招欺骗她。

我完全熟悉了自己的工作。客人多的时候，我还客串过调酒师。随着时间的推移，来这里就餐的客人素质越来越高，餐厅里弥漫着的黑色气息令人舒适惬意。我可以在餐厅走廊里自由行走，脚步轻柔，几乎没有声响。有一次，一对情侣正在小声倾诉衷肠，我移步经过他们的餐桌，停下脚步倾听了一分钟，他们没有丝毫察觉。我越来越喜欢这份工作，我甚至想写几篇与黑暗餐厅有关的小说。

接下来的日子里，一旦有闲，我就开始构思故事。我会把灵感记录在空白的点餐纸上，同时训练自己在黑暗里写出文字尽可能整齐的小说笔记。那天，当我沉浸在想象里的时候，一个细弱的声音飘过来——在黑暗里待久了,耳朵异常敏感,同时想象力比往日更为丰富——是个女孩的声音,虽然只是轻轻的两个音节"妈妈",可是她的声音却像一片细嫩的小树叶,飘在我的眼前,飘进我的耳朵。我站起身,循着刚才的声音走过去。"妈妈,我害怕……"是我女儿的声音。我悄然靠近,喉头顿时干涩了。

"有妈妈在,不怕。"前妻小声说道。

站在她们母女俩旁边,我控制着呼吸,控制着情绪,但没有控制住眼泪。她们看不见我,感觉不到我的存在。和前妻离婚已有十个月,这期间我没有见过女儿。我打过两次电话,她告诉我,因为工作忙,还要去国外进修,女儿送回老家让父母亲照看了。

"沙拉好吃吗?"

"好吃。"

"妈妈看不见你,你也看不见妈妈,好玩吗?"

"不好玩。我想看见妈妈。"

"吃完饭,就能看见妈妈了,你要好好吃饭。"

"嗯。"

我在心里默念着女儿的名字:"囡囡……囡囡……囡囡……"

"妈妈,我想爸爸了,他什么时候回家啊?"

前妻停了一会儿,说:"爸爸也想囡囡。快吃饭,好吗?"

"我想爸爸。"

"外婆家好玩吗?"

"不好玩。"

"你在电话里不是说挺好玩的吗?"

"我说不好玩,外婆会不高兴的。"

"外婆最疼囡囡了,是吗?"

"嗯。"

有一瞬间,我想抚摸女儿,她的身体离我有半米远,我伸出手即可。我在犹豫。女儿的声音让我缩回手臂。

"妈妈,爸爸什么时候回家啊。"

"吃完饭,我打电话问问他,好吗?"

"现在就打。"

"餐厅里不能讲电话。"

"妈妈,你快点吃。"

"你不喜欢这里吗?"

"现在有点喜欢了。"

一位去洗手间的顾客在黑暗里撞到了我。"对不起,对不起。"他说。我稳住身体,屏住呼吸。突然响起的声音让前妻和女儿静默了好一会儿。女儿哧哧笑出了声:"妈妈,有人在说对不起。"前妻也笑了。

我走回前台,坐下,长长地喘了一口气,眼神一直望着刚才的方位。那块区域一会儿幽暗,一会儿明亮,仿佛要从周围的世界里分离出来。女儿的面庞是清晰的,她长大了,长高了,我看不清前妻的神情。服务员和收银员的交流告诉我,她们正在结账。等她们出去,我可以透过休息室的玻璃窗观望她们。我的确这样做了,但只看见她们的背影。我的心脏怦怦跳动。她们一直往前走,走到街角,然后拐弯,消失了身影。我掏出手机,注视着屏幕。我等待着,没等来前妻的电话。

第二天上午,我拨通了家里的电话。前妻告诉我,女儿刚回到北京,我可以随时回家和女儿见面。我回到家里,家里的陈设几乎没有改变。女儿从屋里跑出来,扑进我的怀里,我们抱在一起,抱了很长时间。我和女儿都哭了,我默默流泪,女儿哭出了声。十个月过去了,好像过去了好几年。

我一个人抱起女儿,来到小区花园,女儿问了我好多问题,我编故事哄骗她。这些故事迟早会露底的。女儿在玩秋千,看着她,我想到叮当。两个孤独的孩子。我很想让他们两个人在一起玩,但这只是臆想。两个孩子都叫我爸爸,我该怎么办?我摇了摇头,不经意回头,发现前妻站在阳台上,正朝我们这边搜寻。我垂下眼帘,抱起女儿,给前妻发短信,说想带着女儿出去走一走。她提醒我,别忘了给女儿喝水。

我抱着女儿,漫无目标地往前走。眼前的车流、行人、树木和建筑物,好像都是飘浮物,它们飘过来、飘过去,与我无关。此刻的世界,只有我的女儿是实实在在的。走了两条街道,也许是三条,女儿说饿了,她的话给了我提示,我没有犹豫,打车前往黑暗餐厅,希望

101

能在那里见到杜若。我希望自己能够更真实地面对她。

杜若正带着未来的投资商参观餐厅。她看看我,看看我的女儿,脸上的表情非常平静。我带着女儿在休息室坐下,叮当突然推门而入,大声叫喊着跑过来:"爸爸!我刚才把鱼灌醉了……"他的声音渐渐变弱了。我没想到叮当会在餐厅。女儿正在喝水,没听见叮当说了什么。叮当的眼神里有疑惑,他走过来,问我:"她是谁?"

"她叫囡囡。"

"他是我爸爸。"女儿说。

叮当一把抢走了女儿手里的水杯,说:"他是我爸爸。"

"他是我爸爸!"女儿哭起来。

"他是我爸爸!"叮当也哭了。

杜若走进屋,让服务员领走叮当。她轻轻握住囡囡的手,说道:"你女儿挺漂亮的……像她妈妈?"她掏出纸巾擦拭囡囡脸上的泪痕。

"囡囡,跟阿姨出去玩,好吗?"我说。

服务员抱走了囡囡。我和杜若面对面坐下,两个人沉默了几分钟。

"你能把叮当当成自己的儿子,我也可以……"

我摇了摇头。

"你不相信我?"

"相信。"

我们相互对视,等着对方说话。

"你要离开我了吗?"杜若问我。

我看着窗外,一只小鸟像一颗子弹急速飞走。小鸟在我的世界里消失了,我也在小鸟经过的世界里瞬间消失了。瞬间。生活的瞬间。瞬间的力量。很多时候,瞬间的思绪能改变人很多很多。

"请不要现在离开我……"杜若的眼睛是红的。

"叮当也离不开你了……"她叹口气,接着说。

"……"

"你也离不开女儿,我能感觉到。"

"我没那么好。"

"我已经习惯你了……"

我们又开始沉默。水族箱里的氧气作响。屋门拉开又关上的声音。杜若走了出去。

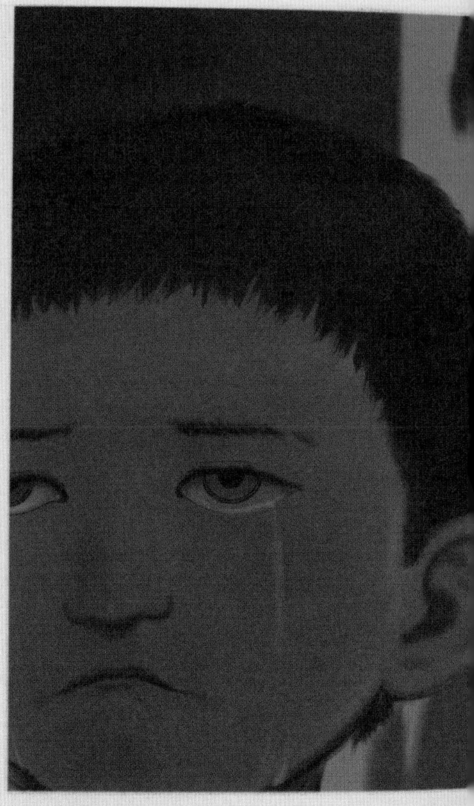

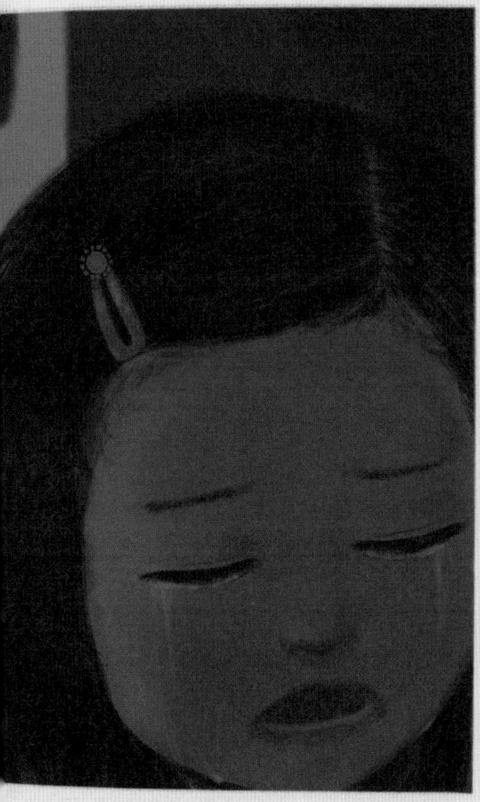

我把女儿送回家，前妻已经准备好了晚饭。我们三个人，像往日那样，我坐东边的位置，前妻坐对面，女儿挨着妈妈坐。我心里忽然有很多话。女儿手舞足蹈地吃饭，前妻说女儿好久没这么高兴了。我捏了捏女儿的小脸蛋。

"我昨天看见你们了。"我说。

"在哪儿？"

"黑暗餐厅。"

"我喜欢那里！"女儿欢呼。

"你也在那儿吃饭了？"

我点点头。"你现在怎么样？"

"什么？"

我笑了笑。我想她明白我的意思。

"你呢？"她说。

我还不想说出杜若的名字。

"你……不怨我吧？"我说。

"离婚是你先提出来的，我能说什么？"

"你当时也没阻拦。"

"当时你很认真。"

我点点头,表示赞同。

"我觉得自己会拖累你的生活。"我解释道。

"你害怕面对现实,这是你的性格。"

"有时候……也害怕面对你。"

"我有那么可怕吗?"

"无形的压力吧。"

"我们都在为家庭付出,可又觉得自己比对方付出得多。"

"我其实挺佩服你的……"我说,给前妻夹了一筷子菜,"离婚前我已经有变化了,你没发现。"

"我们都太在意自己的感受。我说你幼稚,其实我也挺幼稚的。"

"你说过我不成熟,不适合结婚,适合一个人生活。"我笑了笑。

"可能吧。两个人在一起时,会不自觉地依赖对方,现在一个人面对生活,反而学会了独立。我不怨你。真的。"

"我挺讨厌过去的自己。"

"我们喜欢恶语伤人，喜欢伤对方的自尊。你也说过我是个不太懂浪漫的女人。我的生活观的确比你现实，"前妻给我盛了一碗汤，接着说，"我们之间的确出了问题，但我们都没有耐心和时间去解决，也没有经验去借鉴，自己的生活只能自己去实践。"

我抬起头，静静地注视着前妻。

"的确，每个人都需要试着改变自己。"我说。

"可能都太年轻了吧。我们还没经历七年之痒就分开了。"她笑了笑。

"你现在还是一个人吗？"

"两个人，我和囡囡。"

我一时无语。

吃完晚饭，我陪女儿看电视动画片，前妻在厨房洗刷碗碟。电视柜上面摆放着我们一家三口的合影照片，还有木雕茶叶罐、青花瓷水果盘、飞镖盘、动物卡通挂画……在眼前一一闪过。今晚，我想看着囡囡上床睡觉之后再走。前妻从厨房里出来，走进客厅坐下。我们的眼神注视着女儿，时而交错一下，看上去很自然。我能感觉出来，前妻的情绪比以前柔和沉静许多，举手投足更显舒缓有致。

时间不早了，女儿打了呵欠。我和前妻相互协助，帮着女儿刷牙、洗脸、洗澡。我用毛巾被裹起女儿，把她抱进小卧室，亲了亲她的脸颊，祝她好梦。后来，我们俩走到客厅，就这样坐着，谁也没有说话。墙上的时钟发出嗒嗒的声响。过了好一会儿，我说我走了，她迟疑了一下，看了看时钟，点了点头。我默默起身，拉开房门，慢慢走向电梯，按下电梯按钮。屋里的光线在楼道投射下细长的光影，光影消失的时候，电梯门开了。我下楼，在小区里走了两圈，走了很久。我抬头望着熟悉的窗户，心里有暖意，更有怅然。

来到杜若的家门口，我掏出钥匙，靠在门框上想了又想，还是把钥匙插进了锁孔。这些时日，杜若对我很好，我对她心存感激，但心里明白，我对她的情感还不是真正的爱，也不是依恋；我同时也很清楚，这份情感的滋味虽然还很单薄，像一层散发诱惑的薄纸，却又分明朝着一片亮光飞去。

屋里亮着一盏落地灯。叮当已经入睡,杜若在等我。

"回来了?"

"你还没睡。"

我洗了洗手,来到客厅坐下。气氛有些怪异。

"你会和前妻复婚吗?"杜若看着我,脱口而出。

我搓着手指,笑着摇摇头。

"别骗我。"

"不会复婚。"

杜若递给我一杯红酒。我喝了一大口。

"我……"我看她一眼,迅速低下头。

"想说什么都可以。"

"我不想离开你……我也想念以前那个家……我……"我语不成句。

杜若垂下眼帘。

"我和前妻……可能都需要改变……"

"你想说……你后悔离婚了吗?"

"不,我不后悔。"

"那你想说什么?"杜若握酒杯的手指在颤抖。

"我女儿也需要爸爸……"

"我懂。"

"我想……我想一周回去住几天……"

"我猜到了。"

"但我不会和她复婚。"

"那你和她是什么关系?"

"双方都没有压力的关系。"

"像我们这样?情人?"

"没有压力,就不会对对方有太多期待。"

"没有期待,也就没有责任。"

"把女儿养大成人,是最大的责任吧。"

"我理解。"杜若一饮而尽,又倒了一杯酒。

"谢谢。"

"你前妻知道你的想法吗?"

"还没告诉她。"

"她会同意吗?"

我沉默,继续沉默。

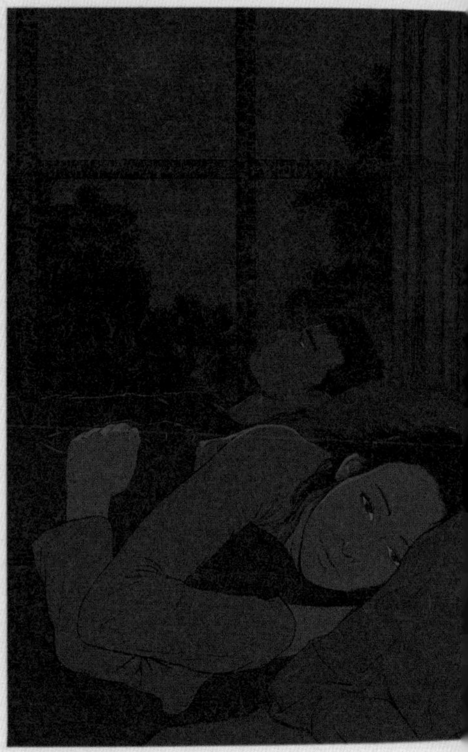

"她会同意吗？"杜若追问。

"可能会同意……"我点点头，再次点点头。我觉得我了解她。

"你想和两个女人做爱，拥有两个情人，对吗？"杜若直视着我的眼睛，我回避了她的眼神。杜若等着我说话，可我还没有组织好词语。她站起身，走进卧室。我听见卧室洗手间里水流的声音。

我一个人坐在那儿，连续喝了两满杯红酒。没有了水流的声音，屋里安静下来。我闭上眼睛，忽然觉得自己看清了什么。我关闭客厅灯，走进外面的洗手间，洗漱完毕后，我推开卧室门，慢慢走过去，和杜若并排躺在床上。

"睡了吗？"我轻声问道。

卧室里更显寂静。我听见杜若清醒的呼吸。

"可是我对你已经有了感情……"杜若压抑着呼吸，慢慢舒出一口气。

"我……是不是很自私？"

"你只是想得到更多。"

"我这样做……你会讨厌我吗？"

"会讨厌你，但现在还不会。"

"……"

"现在这个家，你可以随时来，如果有一天我换了门锁，你就别再来了。"

"我知道……"我说。

中国鲤

（插图本）

蒋一谈 著 | 张金旭 绘

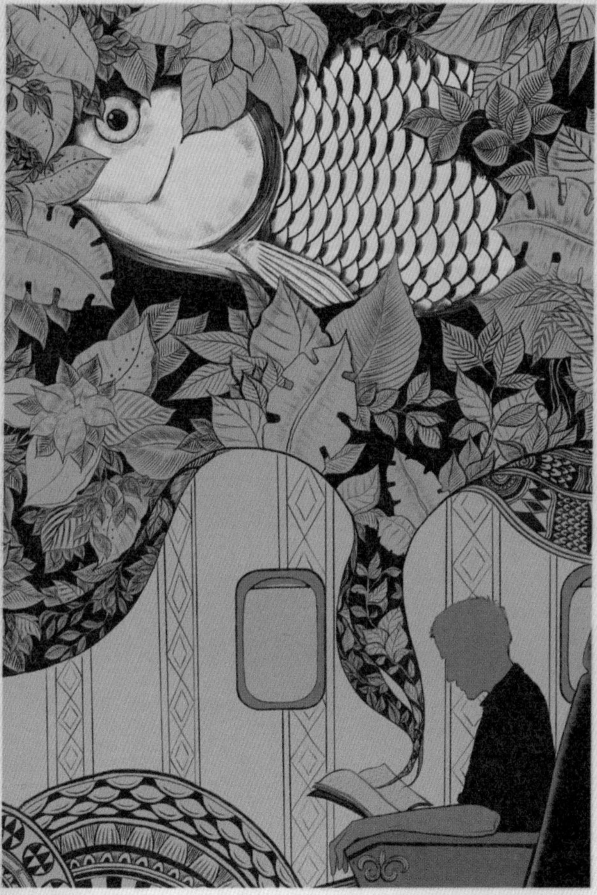

每个人都有一颗属于自己的星星
有了目标和希望,你的星星
才有可能升起来、亮起来……

我是个写作者，今年四十五岁，按理说正处在写作的黄金期，可我明显感觉到了力不从心。女儿在美国芝加哥读大学，我很想念她，在这个夏天的深夜，我带上简单的行装，从北京登上了美国联合航空公司的班机。

坐在机舱里，我从钱包夹层取出女儿的照片，在心里默念着这三句诗歌，忍不住自言自语："女儿，你是老爸的目标和希望，写作也是老爸的目标和希望。"我长舒一口气，期待这次旅行能给我的写作带来灵感，让属于我的星星尽快升起来、亮起来。

我的旁边空着一个座位，空间增大了，心情更显轻松。我翻看着飞机上几本《时代》周刊杂志，除了普京冷漠超酷的脸和温家宝既平静又复杂的面容，我没有兴趣看其他内容。我紧靠在座椅上，屈腿用膝盖顶着前面的座椅后背，这样坐着更舒服些。在即将沉入梦乡的当口，我感觉膝盖抵到了一个硬物——如果没有这个意外

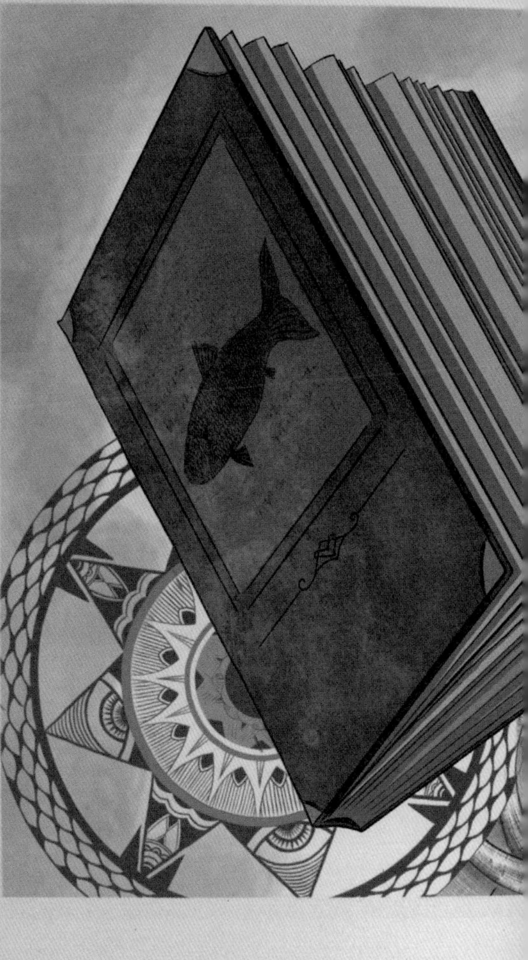

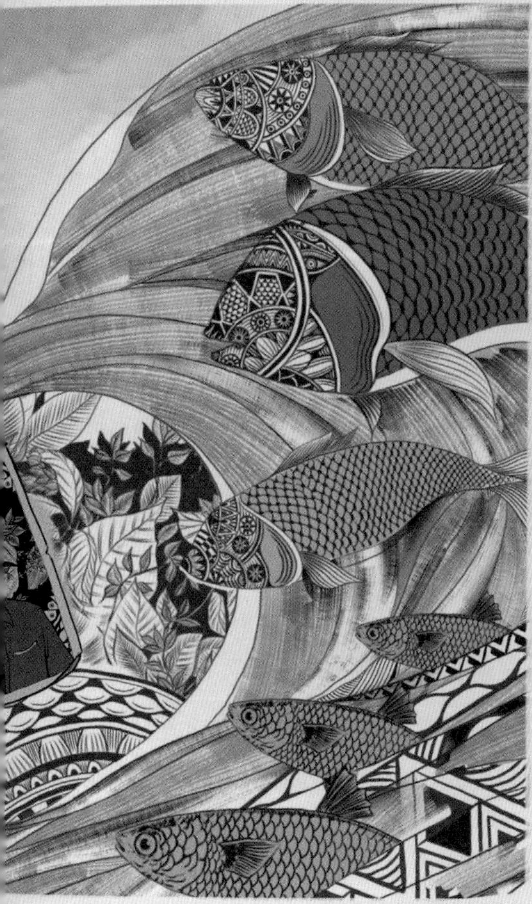

的触觉,我想我会先睡一两个小时。我从杂志储藏袋底部取出一个黑色硬皮本子——是这趟航班为客人准备的《圣经》?我读过《圣经》,翻看一眼就知道是不是。不是《圣经》,也不是飞机上的常规读物,因为笔记本扉页上有一幅鲤鱼素描,图画下面粘有一张西方中年男人的肖像照片。男人头发稀疏,戴着眼镜,一副学者模样;他眯着眼,脸上带着笑意,可这笑无法掩饰他目光里的忧伤情绪。

我确信这是某个旅客遗留在飞机上的私人物品。笔记本右下角还有一行淡淡的铅笔字,是一个英文单词:Nick。这或许是主人的名字——这个男人就是尼克?有一刻,我想把笔记本交给那个金发碧眼的高个儿空姐,不过我很快决定不必这么做——每个人都会有的好奇心此刻跳了出来,随便翻看一下再交给她也不迟。笔记本里前半部分的文字书写疏朗整齐,后面的字迹有些潦草,笔画加粗用力,带有恣意的疯狂。我的英文阅读能力远远高于听说能力,个别生疏的词汇用随身携带的翻译词典可以解决。

我开始读第一页，开篇的几句话一下子吸引了我——他的叙事朴素自然，是我熟悉并喜欢的语感，且充满回忆之情，就像一个老朋友在讲给我听。他是这样写的："每个人都有父亲，每个人的父亲都经历过痛苦。我的父亲是位专栏作家，他爱写作，也爱鱼，到头来他不是死在案头，而是死于非命——他的死与中国鲤鱼有关。我正在从芝加哥飞往北京的航班上，看着窗外的浮云，我触景生情，想给父亲写篇文字。整个飞行需要十几个小时，时间足够。"此时此刻，我被莫名的兴奋感控制住了。我急切地捧起笔记本，把身体调整到最舒服的姿势，一字一句细读默念起来：

每年一到夏天，父亲的眼神就会明亮许多。他喜欢写作，为报纸杂志撰写专栏是他的主要工作，由此他在小镇上颇有点名气。写作之余，父亲喜欢研究各种鱼类，家里的墙壁上挂满了鱼的图片；除了"专栏作家"这个身份，镇上的人还称他为"鱼教授"。说来奇怪，父亲不会游泳，也从不垂钓，但这并不妨碍他挚爱鱼，还要写《生活在美国的古老鱼种》这类科普书籍。

我叔叔是个老钓客。他三十岁出头,小我父亲九岁,两人的性情差异很大。他经营一间酒吧,一年四季牛仔打扮,留着两撇胡子,吃住都在酒吧里面;他还组织成立了一个垂钓俱乐部。在我的记忆里,父亲除了教我认识鱼(很遗憾,对这类知识我是左耳朵进右耳朵出),还时常提醒我,经常去酒吧的人大都不怎么样,现在不能去,以后长大了也不要常去。至于叔叔成立垂钓俱乐部,他的评价只有三个字:祸害鱼。

叔叔钓鱼总会叫上我——他说对男人而言,钓鱼是天底下最有趣的爱好,守着这条大河,永远有钓不完的鱼。叔叔每钓上来一条鱼,就扔到岸上,我负责抓起来放进鱼篓。他让我乖乖坐在岸边,不能离开他的视线,说河里的大鱼会吃掉不听话的孩子。他的话让我发慌:真的有大鱼吗?大鱼长什么样呢?

那一年真让人难过,夏天过去没多久,我母亲去世了,六岁的我还不太懂失去母亲的悲伤。父亲很难过,

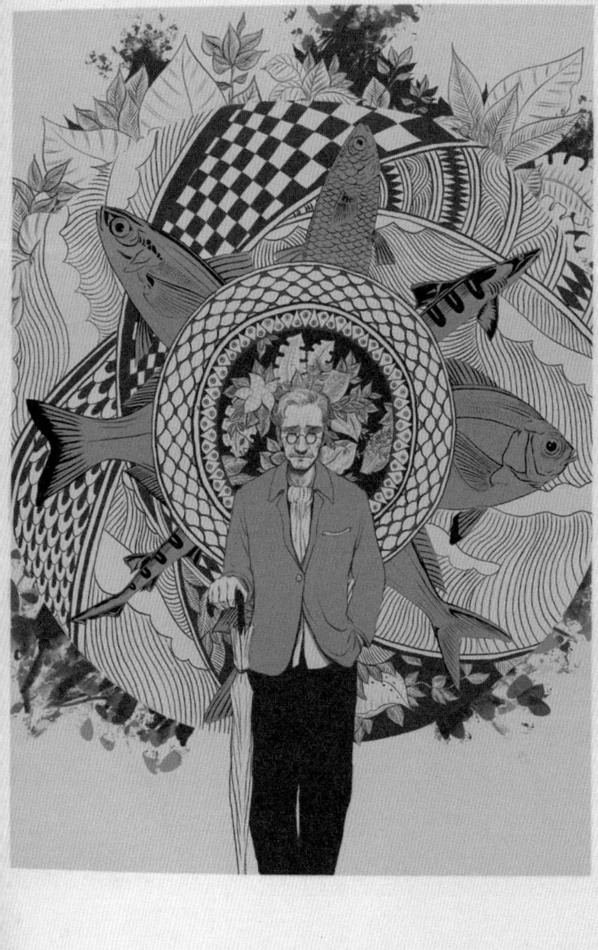

躲在书房里抽烟,要不就去河边默默看鱼。叔叔给我父亲抱来几箱啤酒,对我说酒能解愁。那晚父亲第一次喝多了,他带着醉意为我母亲写了一篇文章,一直写到深夜,边写边念出来。我想他会在报纸上发表这篇纪念文章,第二天起床后我在地板上看见了一小堆灰烬。我还没有上学,也不想打扰父亲,就一个人待在房间里,待烦了就往外面跑,没目标地跑。有一天我跑得更远,一直跑到镇上的图书馆。我在图书馆门前站了很久,却不敢进去。图书馆管理员是一位四十岁左右的女士,她笑眯眯地招手让我进去,问我叫什么名字。

"尼克。"我说。

"我叫露西。你想读什么书?"她说。

我支支吾吾。她转身走向书架,拿来一本书对我说:"想看鲸鱼的书吗?"我点点头。

她的声音和我母亲的一样甜美。这本图画书告诉我,骑在鲸鱼背上,再大的风浪都不怕,再深的大海都敢去。我在图书馆度过了一个难忘的下午。

几年之后,我才渐渐明白,逝去的只能留存在记忆里,永远不会再回来,母亲也永远不会再回来,即使我骑着鲸鱼去追;而父亲又和一个女人住在了一起——这个女人比我母亲年轻很多,只是看着我不会笑。她叫艾米,说来到这个家她很高兴。可我不这么想,因为她后来动不动就去叔叔的酒吧,喝到很晚才回家,有一次她还喝醉弄丢了钥匙,是我大半夜起床开的门。父亲经常唉声叹气,却没有办法。每次看见父亲暗自伤神,我会泡杯咖啡端过去,这时候,父亲会摸着我的脑袋,喃喃低语,说我母亲是个好女人。

那天父亲和我从河边回家,远远地看见垂钓俱乐部的那群人有说有笑,还看见几缕烟雾在空中飞舞。一个人大声说这条鱼又大又肥,烤起来吃一定香极了。我跑过去看,草地上躺着一条尾巴还在颤动的大鱼。一大排钓竿斜靠在树上,全都滴着水,树下的烧烤架子在冒烟。我第一次看见这种鱼,它的嘴巴一开一合,扁扁的,嘴唇旁边长出两条长长的胡须。它的身体有我的身高这么长。叔叔拿着刀,夸张地笑着。这条鱼乖极了,虽然活着,却没有再挣扎。一个秃顶男人走过来说:

"我这辈子还没见过这么大的鱼!"艾米说:"这是什么鱼?"一群人狂笑起来,其中一个说:"你男人是鱼教授,没在床上告诉你?"她也不恼怒,接着说:"我觉得它的肉一定美味。"

这时我听见父亲的声音:"它是湖鲟,是一种古老的鱼类,在地球上有一亿年的历史,我们又叫它化石鱼,不能杀它!"可是叔叔的刀已经刺进大鱼的胸膛,它的身体一下子血肉模糊了。我恶心得想吐。父亲愣愣地站在那儿,丢了魂一般。父亲阻止不了叔叔,第二天他写了一篇文章,登在小镇的报纸上,指名道姓抨击我叔叔不人道。从那以后,父亲和叔叔的关系可想而知,往日的亲密似乎正在一去不返。不过我谁也不想得罪:一个是我永远的父亲,他爱我,我也爱他;另一个是我的叔叔——我也只有一个叔叔,他常带我玩,还会讲笑话,再说他的酒吧里总有我爱吃的各种冰激凌。话又说回来,那天的经历的确让我开始厌恶钓鱼。我甚至对河里的鱼充满了少年的同情。那天我看见的那条死湖鲟还进入过我的梦,一个小噩梦,梦见湖鲟把我叔叔和艾米一口吞下了肚。

　　少年的同情心让我一有机会就偷偷溜进叔叔的酒吧,趁他不注意的时候弄坏垂钓俱乐部里的钓鱼用具。我会把大鱼竿的渔线换成细的,让他们钓鱼的时候抛不远也难钓上大鱼;我还会把鱼篓剪破,给鱼留出逃跑的缺口。想必叔叔知道是我干的,后来他把全部用具放进最里间的储藏室,加了两把锁,只当什么事也没发生。我虽然不能再使坏,可心里的高兴劲儿就别提了。我说过叔叔的酒吧里有各种冰激凌,放学回家路过我会跑进去拿一个吃。那天,我猛地推开门,看见艾米正和叔叔拥抱在一起跳舞。我看呆了,愣在那儿。我和他们对视,手足无措,拼命咽口水。叔叔一言不发地看着我,只是笑了笑。艾米咳嗽几声,喝了一口啤酒背对着我。我跑出来,直接跑回了家。思前想后,我没有把看见的告诉父亲,怕他再写文章把家丑说出去。现在想想,我真是幼稚得可笑,父亲即使知道了也不会这样做的,或许是父亲把精力都放在写作和鱼身上了,对艾米很少关心才会这样吧,我这样想是因为我曾在电视上听

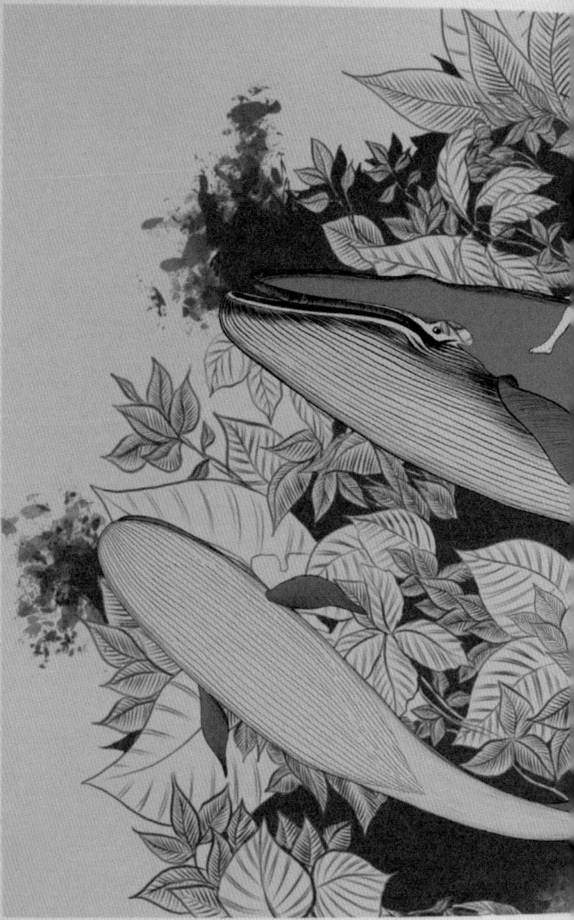

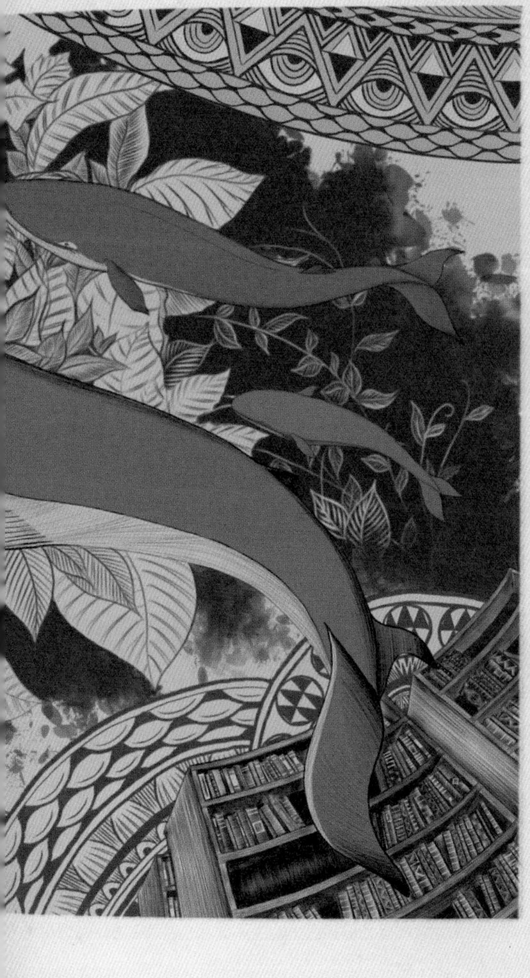

见一个女人哭着说过这样的话:"你不关心我,我就关心其他男人。"我晚上睡不着,瞎琢磨,没人告诉我答案,大人的世界真复杂啊!艾米后来离开了我父亲。离开那天,她把墙上鱼的图片撕扯下来,对我父亲大喊大叫:"你是个废物!你和你的鱼睡觉去吧!你这个自私自利的老男人!"艾米摔门跑出去了,她没往酒吧的方向跑,此后我在小镇上再也没见过她。说实话,艾米除了不喜欢笑,不喜欢和我多说话,倒没伤害过我,我们之间可以用相安无事形容。我至今还会偶尔想起她,父亲是不是这样我不知道,不过他的神情比以前快乐多了。他对我说,这辈子再也不找女人了,女人让生活不清净。我想起母亲,从脖子里掏出项链坠,打开,露出母亲的照片给他看。父亲看了一会儿,默默坐下,不再说话。我走到院子里,看见树上鸟妈妈正在给孩子们喂食,马上想起母亲,忍不住亲吻母亲的照片。

这年夏天天气异常,没有降雨,很多树木奄奄一息,水流明显放缓。父亲回到家,把一个玻璃瓶放在桌上,坐下后死死盯着这个瓶子,告诉我说河里的藻类越来越多了，是工业废水造成的。瓶子里的藻类，含有化学物质，生长速度很快，若再不想办法，污染面会越来越大，鱼吃了会影响后代的基因繁殖。"必须尽快把受污染的水生藻类围起来……然后净化它……"他握着拳头说。过了几天，父亲急匆匆地回到家，说明天要和镇政府的鱼类专家一起飞到中国购买鱼苗。

"要去中国购买鱼苗？"我不解。

"中国鲤鱼喜欢吃水生藻类，即使被污染的藻类也是它们的美餐。有了中国鲤鱼，被污染的藻类会被吃掉，河里的水就会变清洁，我们这儿的原生鱼类，比如湖鲜、鳟鱼就会更好地生长。"

"鲤鱼吃了会死吗？"

"吃得越多，它们就越壮。"

父亲的中国之行非常顺利。我亲眼看见他们把活蹦乱跳的鱼苗倒进围起来的漂浮着众多藻类的大片水域里面。那天他们在岸边喝了很多酒。

"鲤鱼肉好吃吗？"旁边的人问我父亲。

"刺太多，肉太硬，不好吃。"父亲说，"可是中国人爱吃。"他夸张地笑了笑。

"鲤鱼喜欢吃这东西,真脏啊!"另一个说。

"鱼肉肯定不干净!"

"我不会吃这种鱼。"

"我也是。"

"它们把脏东西吃完需要多少时间?"

"一年吧,半年也说不定。鲤鱼生长速度很快,两三个月就能长半尺长。不过它们的个头无法和咱们的相比,太小了。"父亲比画着,神情兴奋。他说这样做全是为了美国原生鱼类的健康生长。他盯着水面,神色开始变得严肃。"千万不能让中国鲤鱼游到其他水域,它们的繁殖能力很强。"他扫视着大家。

"没问题,围栏很高。"相关负责人说。

父亲虽然是业余"鱼教授",可他的知识面极广,又很勤奋,他的预见再次得到验证:没过半年,那些藻类明显减少了,水面变得清澈。看着水里大群的鲤鱼,我有些不舒服。这些鲤鱼吃脏东西,身体会难受吗?我拿出面包,丢在水面,看它们雀跃着争食。这些鲤鱼

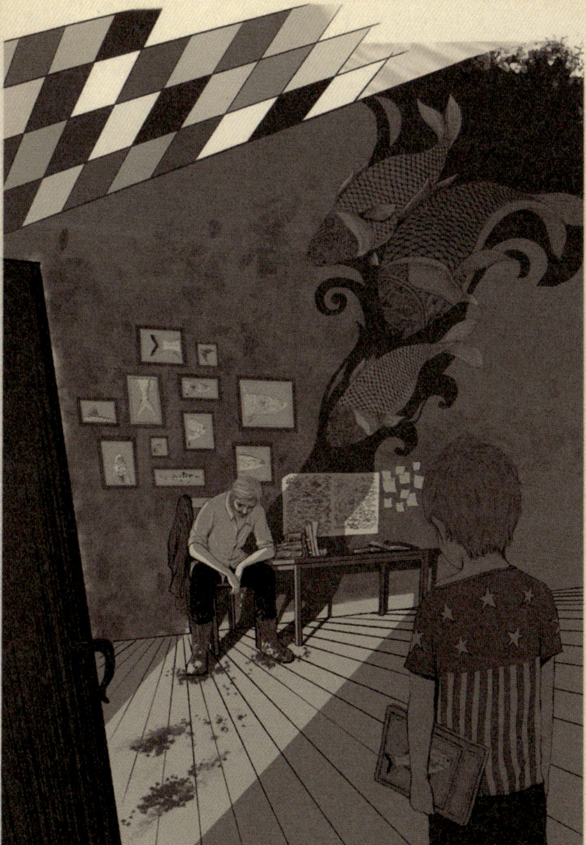

已经长大,欢快地跳出水面抢食。父亲走过来对我说:"中国鲤鱼不喜欢吃面包,它们喜欢吃中国馒头。"这些日子,父亲每天都是乐呵呵的,写了好多专栏文章,读者也很爱读。他的《生活在美国的古老鱼种》一书写作进展也很顺利。

第二年的夏天来了。我记得那晚的雨很大,下了整整一夜,几乎能把窗玻璃击碎。第二天一大早,家里的电话响个不停,我听见父亲的脚步,不久又听见他开门出去的声音。我趴在窗口看着他开车消失在大雨里。大雨一直持续到下午,父亲还没有回家。我去叔叔的酒吧,他没在店里,店员说垂钓俱乐部的全体成员都去河边抓鱼去了。

"抓什么鱼?"我问。

"你不知道?雨太大,中国鲤鱼顺着水面跳出来了。必须抓回来,不然以后的麻烦就大了。这是你父亲亲口说的。"我还是不明白。店员开始笑,他的笑不怀好意。"你父亲一大早来到酒吧,求你叔叔和他的朋友帮忙抓鱼。"我瞪他一眼,使劲拉上门走了。我手里举着伞,伞松垮垮地靠着肩膀,任凭雨水冲刷,只是个摆设,雨把我大半个身子淋湿了。我坐在家里,望着窗外,看见的是一团黑。深夜时分,雨敲打玻璃窗的声音才变得稀落,我躺在沙发上睡着了,茶几上有我吃剩下的大麦片。父亲推门进屋,我惊醒后以为家里闯进一个陌生的泥人。他瘫坐在椅子上,目光呆滞,像个败将。

"爸爸……"

他看我一眼,叹口气。

"鲤鱼跑了多少?"

"不知道,可能有一半……几千条吧……"他失望地摇摇头。

"应该不会有事的。"我说。

他双眼无神,盯着空中的虚无,喃喃自语:"一条鲤鱼……每年产卵三次……每次产卵两万个……两万个……"他举起脏手捂住了脸。

我不知道如何安慰他。

"我的上帝,我或许犯了一个大错……"

父亲的失落情绪持续了一整夜。他一夜未睡,天一亮,他草草洗了洗脸,胡子也没刮,开车去了镇上的印刷公司,赶印几百张鲤鱼的宣传画。我和他一起去的,帮他把宣传画张贴在小镇街道两旁的公示栏里。我至今记得宣传画上的说明文字:

女士们,先生们,如果你们喜欢垂钓,请你们仔细辨认这种鱼:中国鲤鱼。它们逃跑了。它们的繁殖力很强!如果我们不齐心协力,若干年之后,它们会泛滥成灾,吃光河流里的食物。它们会沿着伊利诺伊河直接进入五大湖,到那时,我们本国的原生鱼类(湖鲟、鳟鱼等上百种鱼类)的生存环境就会岌岌可危!让我们行动起来吧!抓住它!或者吃掉它!!

他把剩余的一大摞印刷品抱在怀里,急匆匆赶往叔叔的酒吧。叔叔看着我们,一脸无所谓的神情。"这是鲤鱼成熟后的图片,请记牢它的模样。请告诉你的朋友们,钓上来怎么处置都行,少一条是一条。谢谢!谢谢!"父亲连连说道。

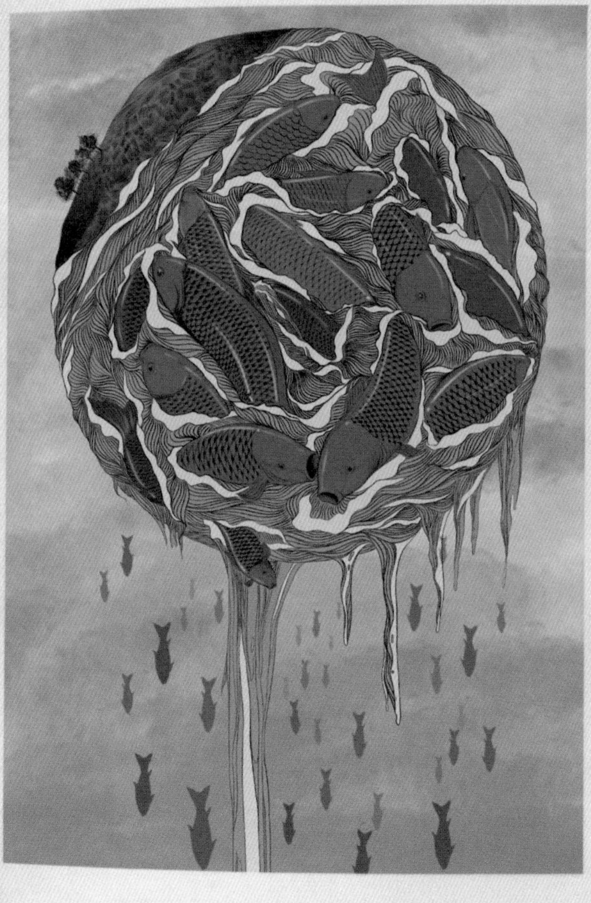

"昨晚我快被淋感冒了。"叔叔说。

"是的,你辛苦了。"

"这鱼真有这么大的危害?"叔叔看着宣传画说。

"它的繁殖能力太强大了!"

"钓上来怎么处理?烤着吃行吗?"

"随便你吧,你想怎么样都行。"

"会有人买来吃吗?"

"或许吧,"父亲说,他牢牢地盯着叔叔,"即使有人要买,也必须先把它杀死,不能让活着的鲤鱼逃离你的视线,这是唯一的办法!"叔叔惊诧地望着他。那天我感觉到父亲身上散发出一股罕见的杀气。后来父亲病倒了,我想是急病的。他的很多朋友来到家里安慰他,可是效果不大,他说来年鲤鱼的数量没有泛滥成灾,他的心病自然就好了。

我们都等着夏天的到来。日子慢慢往前走,父亲神色黯淡,衰老许多。我实在不明白逃跑的鲤鱼会如此伤害他的神经,可是父亲的回答几乎一样:"你不懂……以后你会懂……"

"可是中国鲤鱼也是鱼啊?"

"不是我们的原产鱼种。"

"原产鱼种?有什么区别吗?"

"区别很大!"他急得咳嗽起来。

"区别到底在哪儿?"我追问。

"你会把其他男人当成你的父亲吗?"他凝视着我。

我摇摇头。

"我也不会把其他男孩当成我的儿子。"他喘口气,双手拍了拍膝盖,似乎不想说而又必须要说,"它们是中国的鱼,不是我们的……它们生在中国……"

"美国不是它们的家,是你把它们带来的。"我脱口而出。

父亲听完我的话,神情有些无助,无助之中又有委屈,眼神也渐渐黯然。

冬去春来,河里的冰块悄然融动,父亲坐不住了,手持一根木棍,蹲在河边敲打河里的冰块。他看见了几条中国鲤鱼的影子,我也看见了。他咬紧牙齿,两颊的肌肉在

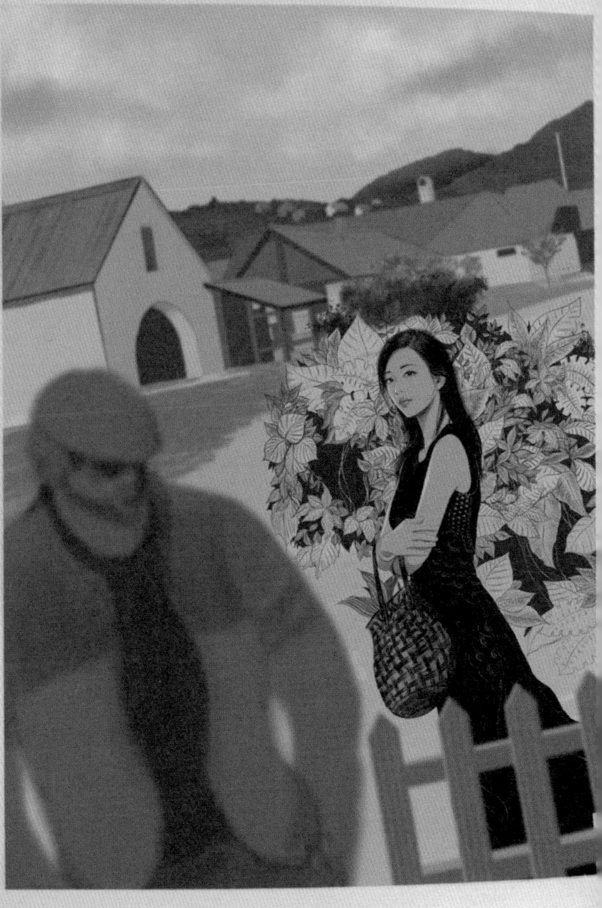

颤动,激动地点着头说:"不多!不多!感谢上帝!"

但愿如此。树枝已经开始发芽,那些在微风中颤动的小嫩叶给树木带来新的生命周期,也给凝视它的人带来希望。小镇的生活节奏依旧,人们似乎忘记了中国鲤鱼逃跑这件事,贴在告示栏上的宣传画早已被新的招贴画盖住。没逃走的中国鲤鱼在新的围栏里安然无恙,体形日渐肥硕。父亲的那本书已经写完了第一稿,他说过完这个夏天就可以交给出版社了。我记得很清楚,那天我一个人在家。叔叔拉着一个女孩的手来到我家,左手提着一条大鲤鱼。他把鱼挂在院子的木栅栏上,走进屋,对女孩说这是他侄子,接着又把女孩介绍给我。"尼克,我的女朋友。"他笑了笑,拉着女孩坐下来。

"你是……中国人吗?"我问她。

女孩点点头,笑起来的神情有点羞涩。我也笑了笑,目光一直盯着她。"小子,不能这样看女孩。"叔叔说完大声笑了,笑得我不好意思地低下头。这女孩长相清秀,穿着裙子,头发很长,黑幽幽的,很漂亮。

"告诉你爸爸,鲤鱼吃起来味道很不错。"叔叔说。

女孩站起身,移动步子看着墙上的照片,她看见了母亲的单人照,回头望着我。

"我妈妈……她去世了……"我说。

女孩若有所思地垂下眼帘,继续看下去。

"我爸爸……他出去了……"我的话让她微微一笑。她看见了我在学校身穿橄榄球衣的照片。

"真帅!"她赞叹道。

我知道这是她的礼貌回应。我一点不帅,长相普普通通,只是看上去比较健康而已,不过她的话仍让我很高兴。叔叔站起身,说去湖里划船,问我去不去。我盯着女孩摇摇头。"小子,你够聪明。"他哈哈笑着说,拉着女孩走出屋门,突然又大叫起来:"滚开!滚开!"一只啃噬鲤鱼的野猫惊恐地跑远了,蹲在草地上回望着我们。女孩一边对猫说着"你好",一边慢慢走过去。叔叔把鲤鱼提起来,递给我,盯着我小声说道:"尼克,我和艾米只是跳了一次舞,什么事也没发生。"他接着提高声音说道:"红烧鲤鱼,味道不错,我已经学会怎么做了,你想学就去我那儿。"女孩站在院门口,一直看着跑远的那只猫。我忍不住小声问叔叔:"她叫什么名字?"

"嘿,他在问你叫什么名字呢。"叔叔望着她,高声说道。

女孩笑了笑,说:"蓝。"

"她叫蓝。"叔叔伸开手掌抚弄着我的头发。我发现叔叔的眼神比以前柔和多了。他们拉着手消失在拐角,我回过神,把鲤鱼放在草地上,松了松穿过鱼鳃的那根绳子。鲤鱼的皮肤有了皱褶,鳞片闪着光,我突然发现鱼鳃动了一下,它还活着。我跑进屋,找来一个盆子,可是鲤鱼太大,放不进去。它的尾巴开始摇摆。我知道鱼离不开水,拽来院子里的皮管子,打开水龙头,往鲤鱼身上浇水。它躺在那儿,明显感受到了,因为它的眼睛在动,在盯着我看。它在感谢我吗?我不知道,只是感觉到它的情绪平稳了,鱼鳃的开合变得有节奏,整个身体似乎在享受水流的按摩。从脑袋到尾巴,水在慢慢流淌,我的手臂酸了,就换一只手。水流过我的脚边,在院子里汇集,然后流出院子,像我家里的小溪。那只猫又回来了，喵喵叫着，远远地望着我。我伸出手臂在鱼身上比画着，它比我的手臂还长。真大啊。我一点也没发觉父亲早就站在我的身后了——我先是看见一把刀，接着看见他的粗手腕。我抬头看着他，说鲤鱼是叔叔送来的。父亲沉默着蹲下身，一只手按住鱼身，把刀锋横放在鱼的鳃部，一用力，就像切开一个信封，一股鱼血顺着刀刃渗了出来。鱼尾在全力挣扎，鱼的眼睛还在看着我。我抬头看着父亲，可是阳光正好对着我的眼睛，我只听见猫的惊叫。他一把提起鲤鱼，走过去把它挂在木栅栏上。这个过程中，我一直是蹲着的，思维也是僵硬的。此时，父亲的背影在我眼里显得陌生。我站起身，飞快跑进自己的房间，站在窗前，父亲在对猫说话："我去拿把钳子，把它的皮剥下来，你们吃起来方便。"他进屋的时候，野猫又增加了四五只。它们小心翼翼走过去，谁也不敢冲在前面。我推开窗户，扔下一把玻璃球，想吓跑它们，可是玻璃球无声地淹没在草丛里，野猫没有听见。父亲拿着钳子走到木栅栏旁边，弯下腰，夹住鱼鳃开口处的鱼皮，用力往下扯，他用力过

149

猛,只扯下一小块,他继续夹住,继续扯,我看见一大片白白的鱼肉露了出来,感觉自己的眼角在抖动。"吃吧!你们吃吧!吃净它!"父亲说。野猫在兴奋地叫。父亲的声音在院子里消失了,他进屋开始洗手,然后传来脚步上楼的声音。我跳上床,用毛巾被蒙住脑袋,在被子下面听见他推开门。他叫了一声"尼克",靠近床,坐下来,手里抖动着报纸。他沉默了一会儿,叹口气,说道:"尼克,报纸上说了,中国鲤鱼已经弄瞎了两个人的眼睛,砸伤了三个人的脑袋,划伤了几十个人的胳膊。中国鲤鱼太多了,有两三家机构为了治理河流污染,也买了中国鲤鱼鱼苗,不是我一个人才有这个主意。伊利诺伊河的中国鲤鱼数量最多,那里游人多,食物多,每公里河段至少有几百条鲤鱼。伊利诺伊河岸边下周会举办抓捕中国鲤鱼比赛……"他收起报纸走出门外。他的脚步声在楼下消失之后,我掀开毛巾被,下床走到窗前。野猫们蜷缩在地上,闭着眼,左右晃动着脑袋,陶醉、贪婪地咀嚼。它们已经吃完了鲤鱼的下半身。我看见父亲拿着报纸走出院子,朝叔叔的酒吧方向走去。我下楼,朝野猫吐了几口唾沫,吓跑它们。我用报纸包住残缺不全的鲤鱼尸体,鱼脑袋无力地垂着,下半身露出的鱼骨头被猫舔得发亮。我把它扔进垃圾桶,又在桶盖上压了一块石头,不愿意看见它被野猫吃得精光。一个小时过后,父亲回到家,满脸怒容,把家里的门摔得啪啪响。"为了一个中国女人,真有你的,真有你的……唉……"父亲反复叨唠着这句话,把手里的报纸撕得粉碎。一天后,我路过酒吧,店员告诉我,我父亲那天在酒吧愤怒到极点:他去找叔叔商量组建一个队伍去伊利诺伊河参加抓捕中国鲤鱼的比赛,叔叔拒绝了。父亲问他原因,他沉默不语,最后说他不会阻拦别人参加比赛,但他不会去。回到家里,我走进父亲的书房,他颓然坐在椅子上,地板上散落着几十幅古老鱼种的手绘图片。中国鲤鱼泛滥,古老鱼种面临生存危机,这是他最担心的。我蹲下身,慢慢收拾着这些图画。"你出去,让我一个人静一静……"他背对着我,无力地摆了摆手。我起身,刚走出屋门,又听见他的声音:"尼克,你会跟我一起去参加比赛吗?"那时候我刚满

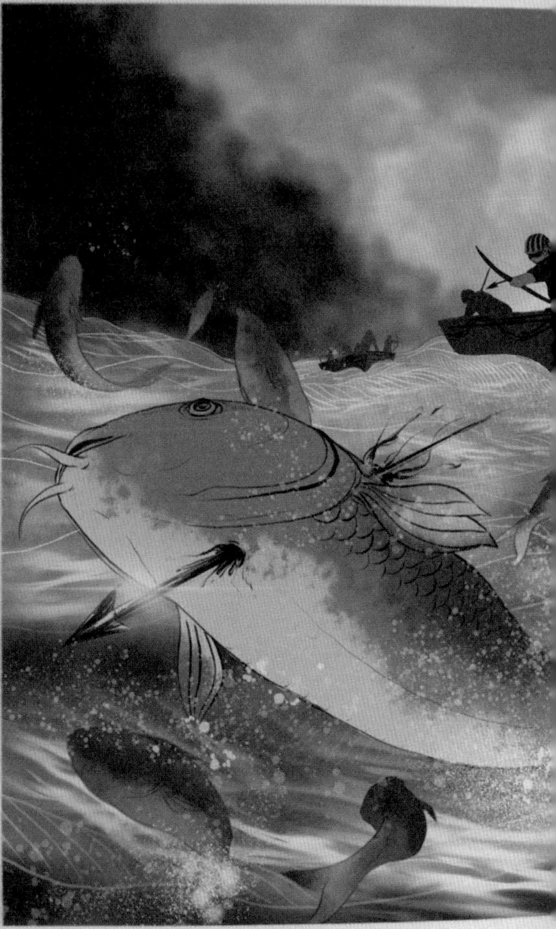

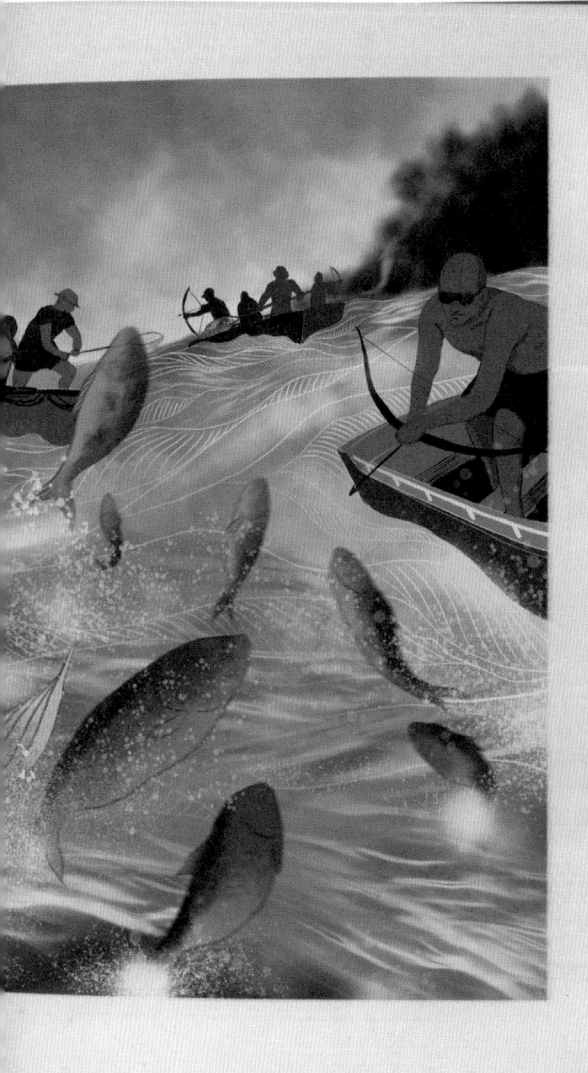

十二岁,但已经能感受到父亲渴望得到支持。

"爸爸,就我们两个人……"我说。

"我们可以加入别的参赛队伍。"他说,静静地望着我,眼神闪烁着某种希望。我点了点头,只是不想让他失望。

接下来的几天,父亲仔细准备着行装和比赛用具,买了一把鱼叉和一个小号渔网,还为我准备了一个头盔,说能避免被中国鲤鱼撞伤。出发这天,父亲开车,我坐在后座,几乎一路无语,车里弥漫着莫名的紧张气氛,好像我们父子俩正在奔向战场。中途在一家加油站吃完午餐,汽车突然打不着火,我们至少耽误了两个小时。下面的行程只能一路飞驰。比赛在下午三点开始,晚上还要举办篝火庆祝活动。我们赶到伊利诺伊河岸边时,人群完全挡住了视线,我们听见了马达引擎的低沉轰鸣。父亲说引擎声告诉他比赛还没开始。我和父亲挤进人群,一个肥胖的女人正在大声宣布比赛规则:"今天共有九艘参赛船只,每艘船最多乘坐六人;比赛时间一小时,比赛区域在这两千米的河道内;决胜规则,看哪艘船抓捕的鲤鱼最多；比赛用具自备。鲤鱼听见引擎声会跳出水面，你们要当心！"

"能用枪吗？"一个男人大笑着说。

"不能！比赛规则已经写明白了！"肥胖女人说。

"我要射死它们！射死它们！"一个浑身刺青的秃头男人扬着粗壮的胳膊，挥舞着一把弓，大喊大叫，"我们队必胜！"人群尖叫。一个男人不服气地说："他们为什么能用弓箭？"

"箭是绑在弓上的，有线连着，只能射出十米远！"

"我用棒球棍打死它们！"人群里爆发出一声呐喊。

"把中国鲤鱼斩尽杀绝！"

参赛人员纷纷举起手里的武器：鱼叉、船桨、木棍、铁棍、渔网、弓箭……父亲紧紧搂着我，呼出的气息有一股异味。他突然举起手里的鱼叉，高声大喊："我是专程赶来的！我想参加比赛！我不要奖品！"人群一阵哄笑。"上我们的船吧！"一个胸脯高耸的女人鼓掌欢迎，父亲连连道谢，又嘱咐我在岸边不要乱走动。

九艘船，五十几个人坐在各自的船里，一切准备就绪。父亲坐在船头,一手握紧鱼叉,一手举着渔网,一脸凝重地看我一眼。我说不出他当时眼神的含义,但时至今日,只要一闭上眼睛,他的眼神就会定格成一幅画,一幅五味杂陈的画。马达引擎一齐剧烈轰鸣,刺激着耳膜,水波在船边震荡,眼看着十几条中国鲤鱼急促跳出水面,又慌忙窜入水中。"比赛开始!"胖女人尖叫一声,随后跑动着跳进一艘船。人群一下子涌向岸边,都想近距离地观赏这场捕杀。我被挤倒在地,只能透过人缝寻找父亲。没有找到。周围是越来越密集的呼喊声和跳跃的人群。我在人缝里看见飞起的鲤鱼和四溅的水花,鲜血在空中飞洒,还有射入水面的密集弓箭,以及在水面交叉挥动的木棍和鱼叉。其中一把鱼叉正好刺中一条胖鲤鱼,或许这把鱼叉就是我父亲的!他正在捕杀!我感觉到呼吸急促,那一刻,我真希望自己也在船上捕杀,这是一种什么样的猎杀体验?我甚至有点嫉妒父亲。"杀!杀!"我想我喊出了声,因为我喊出"杀"字时两手死死抓住了前面一个女人的大腿根。她恼怒地转动肘部,猛击我的脑袋,把我击昏在地。不知过了多久,我醒过来,躺在那儿晕沉沉的,听不见声音,眼前的人群融在一起,像模糊黏稠的流动画面;不时有人低头看我一眼又闪开了,他们嘴里念念有词,可我不知道他们在说什么。我慢慢坐起来,看见水流没过我的小腿,几十条血迹斑斑的鲤鱼尸体在我腿边横七竖八地躺着,人群纷纷涌向河面。我的视线渐渐清晰——但还是有点眩晕,他们抬着一个男人奔跑到岸边,救护车鸣叫几声,急速跑远了。我迷迷糊糊,嘴里喊着"爸爸""爸爸",我的声音跑进我的耳朵。我在筋疲力尽、神色惊慌的人群里寻找父亲,只看见浑浊的水面、漂浮的死鲤鱼和折断的鱼叉、渔网、木棒……我大声喊着父亲,有人走过来安慰我,因为我说出了父亲的相貌特征。我想,你已经知道我父亲的结局——躺在救护车里的那个男人就是我父亲。他站在船头,手举鱼叉,奋力刺鱼,至少捕杀了二十多条中国鲤鱼。他太兴奋了,呼喊着(或许还喊了我的名字),三四条惊恐的鲤鱼猛地从水里蹿出来,直接砸中了父亲的眼睛和太阳穴,他的身体在船头痛苦地弹跳起来,一支飞向鲤鱼的箭刺穿了

中国鲤

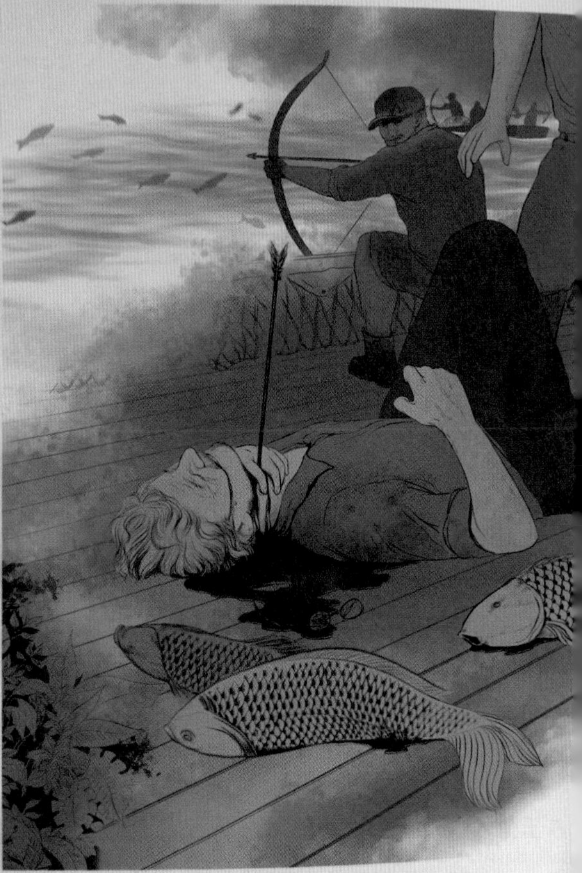

他的脖颈……他死了。照片上的男人就是我父亲,那一年他四十二岁。

我后来又见过蓝一次,她给我做红烧鲤鱼吃,我不敢吃,坐在那儿直干呕;她也没有勉强。我记得那天叔叔也没有吃鱼,他望着窗外,神色凝重,喃喃自语:"要是我在场……他就不会死……"再后来,蓝和叔叔分了手。她最终离开了美国。

空白页,还是空白页。我长舒一口气,紧紧握住笔记本。机舱里一片昏暗,只有我的头顶亮着阅读灯。望着窗外的夜幕,无奈而又莫名的情绪慢慢包围了我——中国鲤鱼漂洋过海来到美国,却面临这样的命运!

我随即陷入另一种思索——我的本能思索,这种思索或许是杞人忧天,或许是庸人自扰,可我无论如何都控制不住:我想到一百年前被美国商人带去修筑铁路、挖掘金矿的中国劳工,他们为了生存,远走他乡,付出千辛万苦,最后得到的是歧视和被驱逐的命运……我想到现实,想到千千万万个中国人和中国家庭移民美国……我也想到我的女儿,她会在美国学习,毕业后留在美国工作,努力获取绿卡……可是未来将会怎么样呢?我不知道,只有命运能够解答。

公羊

(插图本)

蒋一谈 著 | 郝天墨 绘

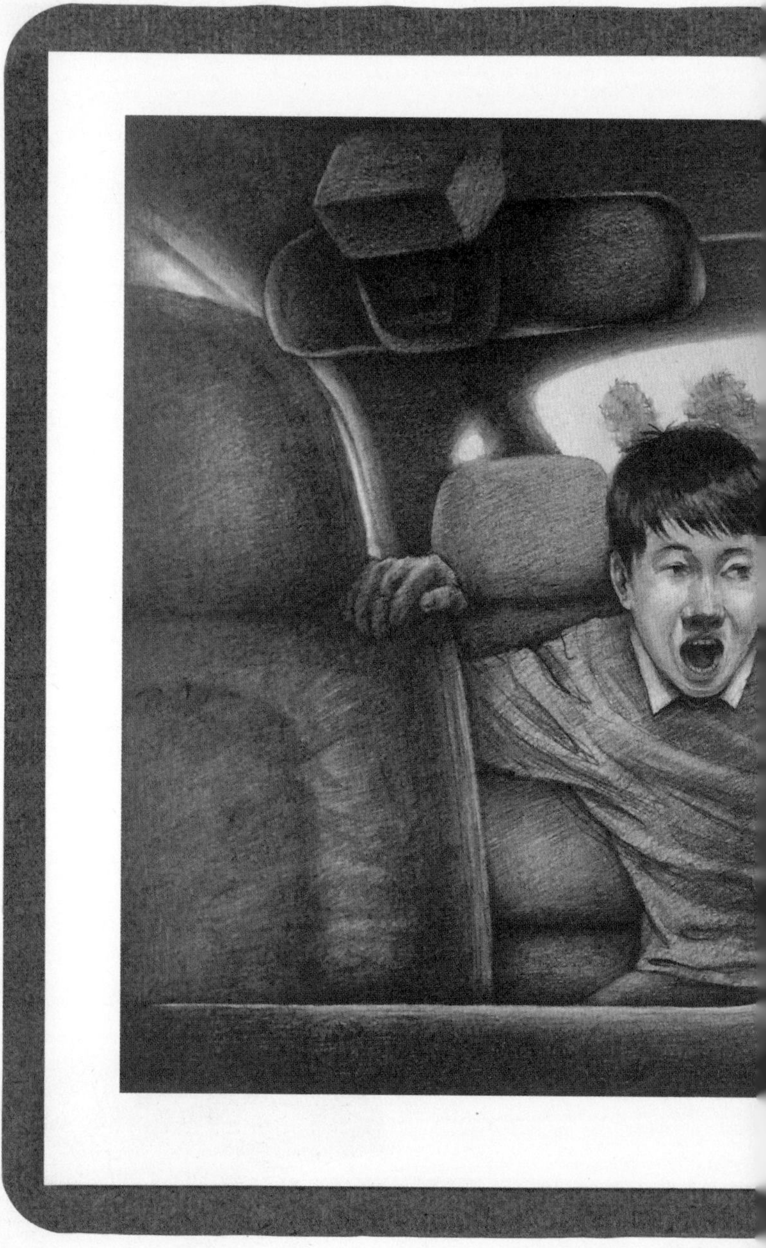

163

人到中年，一晚上能做好几个不同的梦，梦的颜色经常是灰调子，梦和梦的交叉口，我会在床上翻身，有时也会惊醒，醒来就再难入睡。昨晚，我再次失眠。清晨六点半的时候，儿子走进屋，拉了拉我的胳膊，说："爸爸，该送我上学了。"

儿子乐乐读小学三年级。他知道我睡眠不足，或许也因为恐惧车祸吧，一上车他就坐在后排中间位置，两只手紧紧抓住主驾和副驾的后椅背，不停地提醒我："爸爸，小心前面，别追尾了；左拐打灯，后面有车；前方有警察，别压黄线；马路中间有块石头，减速绕行。"

有一次他这样问我："爸爸，妈妈不想学开车，我能学吗？"

"儿子，你还小，你十八岁以后才能学车。不过等你十八岁的时候，爸爸已经五十岁了。我大你三十二岁。"

"你干吗这么晚才要孩子？"

我嘴巴半张着,自己也在想:我为什么这么晚才要孩子?为什么是和王玲这个女人结婚生孩子?王玲又是怎样从一个苗条淑女变成胖女人的?我的老婆王玲身强力壮(我在心里叫她胖子),睡眠极好,可是睡相难看,睡着的时候,她的胖腿经常压住我的小腹,让我在睡梦中感觉到被巨蟒缠绕,喘不上气。我害怕她的胖腿,经常卷起被褥在小客厅凑合。

"爸爸,怕追尾也别拉这么长的距离呀,后面的车都急了!"

我醒过神儿,一脚油门追了上去。

现实无法改变,回忆徒增伤感。老天爷给我一个胖女人,也给了我一个乖巧的儿子。我载着儿子上下学,分明也载着我的梦,有什么累不能忍受?

我把车停在新华书店的院子里,把椅背往后调低。小睡一会儿吧,离上班还有一个小时。睡眠很浅,却很实在。无梦。能感觉到嘴角挂着笑意,蒙眬中听见雨打玻璃的声音。我睁开眼,看见看门的柳师傅正用长长的塑料水管子冲刷地面。

"柳科长,没影响你睡觉吧?"柳师傅笑吟吟地说。他知道我的上班习惯。

"还以为下雨了呢。"

我和柳师傅同姓,老家在同一个镇,村不挨着。他刚来单位的时候,人生地不熟,我把单位新发的毛巾袜子什么的都送给了他。柳师傅除了看门,还负责整个院子的卫生。他白天在值班室,晚上一个人住在院子里头的那间小平房,房前有一小片空地,他围了一圈木栅栏,在里面种了很多葱。单位的同事吃午饭的时候会走进去拔几棵吃,也不告诉他;其实知道了他也不敢生气。

"柳科长,我帮你洗洗车吧。"

"不用,我自己来。"

我双手接过水管子,右手拇指和食指压住水管头,可我没掌握好力度和角度,水柱一下子冲上来,我的头发、脸和脖子都湿了。

"还是我来吧。"

我把水管子给他,顺手接过他递过来的毛巾。

"毛巾还是您送给我的呢,"他笑着说,脸上的皱纹在早晨的阳光下泛着亮光,"袜子我舍不得穿,寄给在深圳打工的儿子了。"

看着他洗车,我在想,等儿子再长大些,就可以帮我洗车了。这想法很简单,也很幸福。

我不喜欢夏天,准确地说,是夏天的下午。儿子下午三四点钟放学时我还在上班。胖子在超市工作,早出晚归,一周六天,没工夫接儿子。当上科长后,我下午出去好像有了点理由,但也不敢太明目张胆,毕竟只是科长,再说周围的同事也有孩子。有一次,孟欣路过办公室门口朝我摆手,我知道她对我有意,我也挺喜欢她,但仅仅是喜欢。孟欣三十多岁,身材匀称,眼睛一笑会弯弯地眯起来。她走进来,看办公室没人,说道:"柳河,你出去不方便,我帮你接孩子吧。"

"不方便吧。"我愣了愣。

"马上该评副处,人家会说你工作太随便。"

我轻轻一笑,说:"心领了。"孟欣不再说话,笑着挥了挥手,走了。

还有一次,我刚在学校门口接上儿子,手机响了一下。是孟欣的短信:"我看见你了,你儿子真帅,和你特像!"

我四处张望,看见她站在校门口朝我这儿看。

"你怎么在这儿?"我发短信给她。

"我也来接儿子。"

"你儿子多大了?上几年级?"

"我两个月前刚结婚,儿子是现在的丈夫带来的。"

看来我对她了解得太浅。我天生对女性迟钝吗?

"回头见。"我发出最后一条信息,钻进汽车。

车走到十字路口等红灯变绿,我又收到孟欣的回复:"同事对你有议论,说你几乎每天上班时间接孩子。别太固执。两个孩子我能一块儿接。我不怕别人说。"

我握着方向盘,咽了口唾沫。

我把儿子接到单位写作业。儿子做作业,我在旁边

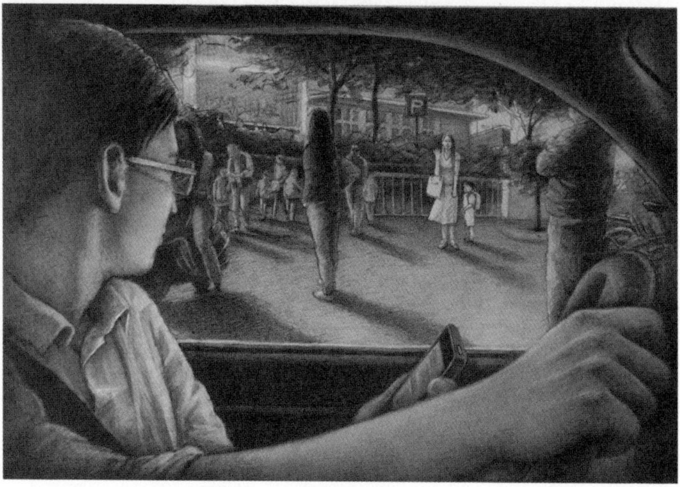
P

工作，我挺喜欢这种状态。有时候也会想，没有胖子的日子不也挺好吗？至少没了丑陋女人的气息。不过这想法总会一闪而过，儿子没了妈妈肯定不好受。刚上小学时，儿子最喜欢躺在王玲的胸脯上玩，王玲幸福地拍着儿子的小屁股，说："妈妈像面包，大面包，真软乎，是不是？"

"是！"儿子说。

"儿子，你想吃面包吗？"王玲问。

"想吃！"儿子对着她的胸口小咬一口。

这场景已成昨日。十几天前的一个周末，王玲拉住儿子的手，问他："乐乐，你怎么不到妈妈身上玩了？"儿子支吾不语。

"儿子，到我身上来。"

儿子拗不过，顺从了。

"说'妈妈像面包，大面包，真软乎'，快说呀儿子。"

儿子小声说了一遍。

"想吃面包吗？"王玲拍着儿子的屁股，继续追问。

儿子沉默。王玲又问一遍，他依然沉默。我在客厅听见王玲重重拍打儿子屁股的声音。儿子哭着跑到客厅,拉开冰箱门,掏出面包圈猛塞进嘴里。第二天送他上学,我在车里问他:"你妈问你想不想吃面包,你怎么不回答呀?"停了半天,儿子才说:"妈妈身上有味儿……"

和身体不香的女人睡一张床真够难受的。我抱起枕头,想去客厅睡。王玲伸出胖腿拦住我,说:"干吗去?"

"睡不着难受。"

"要分居啊!"

"不是。"我口是心非。

"让儿子看见多不好!"

我躺回床上,说:"家里有安眠药吗?"

"要那玩意儿干嘛。一吃就甩不掉!"

我叹口气。

"你在心里数数,"她居然教我,"数数管用。"

我没有办法,只好闭着眼睛数数。一、二、三、四、五、六……数到几百或者上千吧,我迷迷糊糊睡着了,梦见了我妈,她穿着崭新的衣服,穿河而过,边走边朝我招手。我在梦里又转悠到天安门广场,我妈也在,她说:"天安门广场咋没人啊?我看见毛主席了,他怎么不说话?儿呀,你快过来接我回家吧。"我急忙开车去接我妈。一个警察从胡同里斜插出来,拦住我非要搭车。我说:"你干吗呀我有急事儿。"他瞪我一眼说:"我去追杀人犯,你的事儿有国家的事儿急吗?"我火了,想蹬他下车,他死死抓住方向盘,我们扭打起来,后来车翻了。我惊出一身冷汗,我在梦里没接着我妈。王玲四仰八叉地酣睡,大张着嘴巴,我真想把脏袜子塞进去。

常做梦的人喜欢分析梦。网上有一个失眠者俱乐部,我上去浏览,吓了一大跳,尽是失眠者的梦境回忆,多半是恐怖的,有的散发出血腥。有一篇文章是这样写的:我在厨房里切菜,我老公带着一个女人走进来,看了我一眼,直接往卧室走,把门关上了。我气得浑身发抖,提着刀冲进去,使劲敲门,他们不开,还在大声笑;我用刀使劲剁门,可手上的刀却像纸片一样折下来。我瘫倒在地，门开了，我看见我自己披头散发拎着一把刀出来了，我把地上的我提起来挂在墙上，乱刀飞舞，我变成一摊血……

多愁善感的女人才会做这样的梦。王玲才不会呢，她是我见过的最大的瞌睡虫。可是昨夜的梦依然令我不安，我差不多有一年没回去看我妈了。从北京到老家也就三百多公里，开车顶多需要三个小时，我居然没回去。

我爸走得早，我妈一个人住。从我结婚到现在，她在我北京的家居住的时间全加起来不超过两个月。王玲不喜欢我妈，嫌我妈做饭不干净。儿子满月时，她把我妈送的一篮子红鸡蛋都送给了楼下的老大妈。鸡蛋会不干净吗？我嘴巴都气歪了。我妈拦住我，只说了一句话："王玲刚生完孩子，别气伤了她身体。"她的身体好着呢！瞧她那胖劲儿，都能把我给举起来！

我的手机响了，我熟悉老家的电话区号，心里突然涌起一丝不安。电话是邻居马大婶打来的，说我妈一个小时前被车撞了，让我马上回去。我向处长请了假，飞

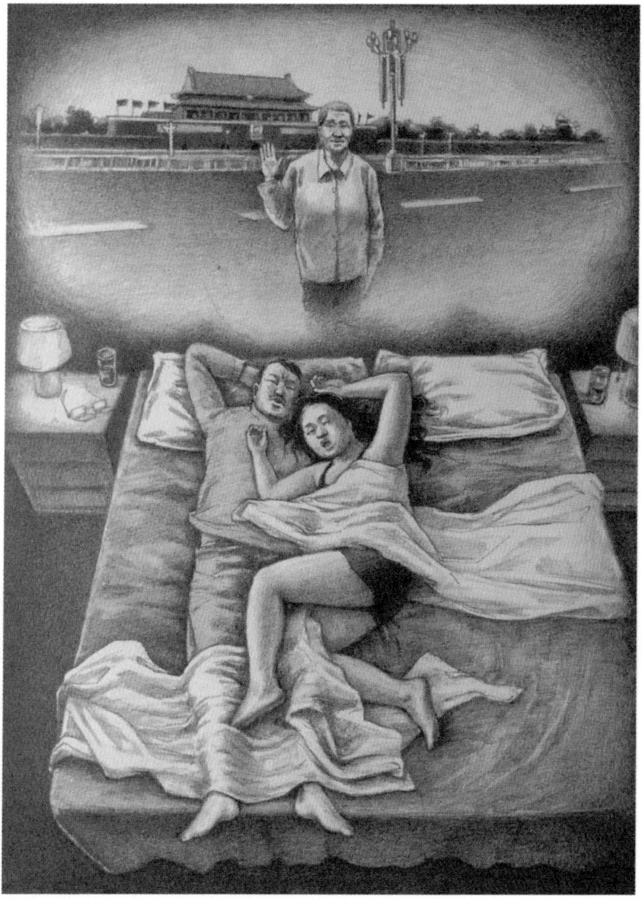

身冲下楼,把上楼的孟欣撞倒在地,她额头顿时凸起了一个红包。

"柳河,你脸色这么难看!怎么了?"她捂住额头问我。

"对不起!我家出点儿事!回头再说!"我跳进车,然后给王玲打电话,"我妈出事了!我得回去!儿子你接啊!"

"啥时候回来?"

"不知道!"

除了王玲,我现在没有第二个人可打电话。我爸是独子,我是独子,我儿子是独子,独来独去,人丁不旺。我当时想,要是多几个兄弟姐妹就好了。

挂断电话后,王玲又追过来一条短信:"早点儿回来,我一个人可顶不住!你想累死我啊!"接着又来了一条短信,是孟欣的:"需要帮忙,说一声,别客气!"

孟欣的短信让我的喉头有些发痒。

两个半小时。我只用两个半小时就跑了三百公里,肯定被超速摄像头拍了多次。无所谓。车到家门口时已是夕阳西下。马大婶抹着泪迎上来说:"你可回来了!"她才六十多岁,嘴里的牙全都掉光了。家里的院落还是老样子,好像更破败了,我曾对我妈说过,我抽时间把家里的老围墙推倒,再重新砌一道新墙,但我他妈的老是把这事往后推。我跑进屋,俯下身看我妈,她眼睛一放光,低声说:"河,你回来了?"

"妈,你伤哪儿了?"我的眼泪快流出来了,屋里光线暗,我妈没看见。

马大婶指指床边,说:"被车撞到腿了。"

"哪辆车?"

"一辆货车。跑了!"马大婶一扬胳膊,"龟孙子!不要脸的!跑了!"

"记住车牌号了吗?"

"号?什么号?我看不清,眼花。"马大婶说。

我妈拉住我的手,她的皮肤像粗麻布一样。

"妈,咱们去医院!现在就走!"

"这不就等你回来商量嘛!"马大婶补充道,"村里的

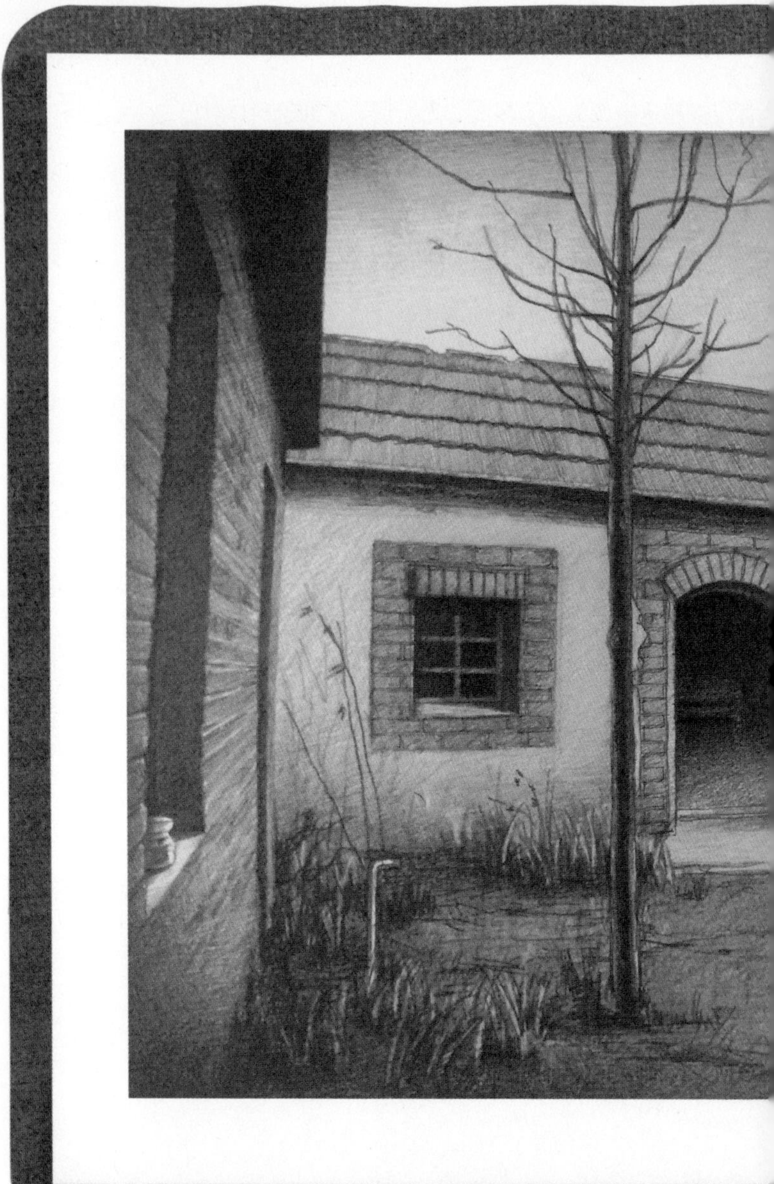

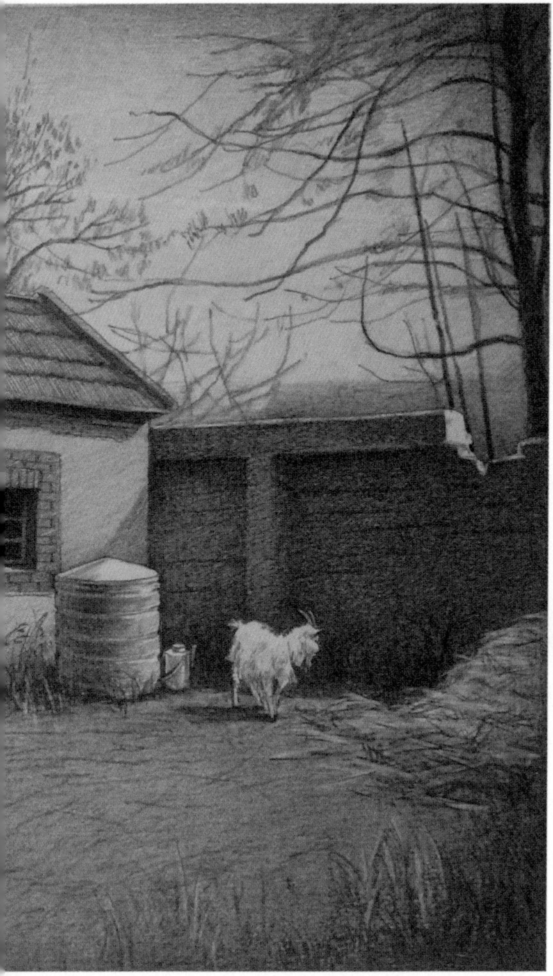

年轻人都外出打工了,留下的都岁数大了,不中用了。"

我想抱起我妈,她使劲儿按下我的手。"不碍事,不碍事,又要花钱。明天再说吧。"她挥了挥手,"我想喝口水。"

"能直腰吗?"马大婶问。

我托起我妈的后背,一口一口喂她喝水,隔着衣服能感觉到我妈的后背很瘦。死胖子,我在心里骂道。我想好了,这次就把我妈接走,在北京治腿,给她租房子,找个人伺候她老人家,我不想和我妈分开了。

晚饭是从小饭馆买回来的,我执意让马大婶留下来一块儿吃。没有马大婶,会有人通知我吗?我不知道,也不敢想。我妈直不起腰,斜靠在床上,我把她的右腿固定好。"可能骨折了,千万别动,"我说,"吃完饭我拿冰给您敷敷。"话一出口我就开始骂自己,家里连冰箱都没买,哪儿来的冰!马大婶吃了几口非要走,我也没拦。我一路道谢送她到门口,她对我说:"你妈身子骨大不如从前了,她大我五岁,年龄不饶人,亏了你们家那只羊,它把你妈顶了一下,要不然,唉……真是万幸……"说完她的身影消失在夜幕里。

我回到屋里,看见我妈正在那儿吐,把刚才吃的东西都吐在衣服上了。几只苍蝇绕着她飞来飞去。我意识到必须马上去医院。

镇上的人民医院晚上只有急诊,一个小护士边打呵欠边看书。我妈突然昏过去了。

"有人吗?有病人!"我大叫。

"叫啥呢,我不是人啊?咋啦?"小护士探出脑袋。

"我妈昏过去了,被车撞了!"

"抬进来吧。"

我妈躺在木板床上轻咳了一声,微睁着眼缓缓说道:"河,河,我胸闷……胸闷……"

我到死也忘不了我妈弥留之际说的话。

"河,家里的羊……那只羊……是伴儿……是我的伴儿……它陪我五年,五年了……我……舍……舍不得它……你……你要替我……好好……养它……我……舍……不得……它。"

我狠狠地点头,眼前一片模糊,泪水紧跟着滚下来。就是马大婶说过的那只羊吗?

"河……你……你……一……定……答……应……妈……为……它……养……老……送……终……啊……啊……啊……"

我妈咽下最后一口气,走了。

我平生第一次放声大哭。

我平生第一次感受到,真正的大哭几乎能把肺冲炸!

我蹲坐在地上,看着这只羊。山羊。

它静静地望着我,好像知道我是谁的儿子。

它顶开我妈,货车碾过我妈的腿和腰。我赶回来了。

我见了我妈最后一面,又多相聚了五个小时。

我轻轻摸它的身子,又摸摸它的脑袋。

"我妈走了……"我嘴唇颤抖着说。

它喘口粗气,下巴上的胡须在抖动。我跪起身子,双手抱住它的脖颈,泪水再次模糊双眼。马大婶不知什么时候站在了我身后,说:"河,别哭伤了身子。"

"没事。"我抹了抹脸上的泪。

"你妈说得没错,它就是你妈的伴儿。你妈和它一块儿遛弯,一块儿吃饭,一块儿看电视,一块儿聊天,一块儿睡觉,今年春晚就是它陪我们姐俩看的。"

"它有名字吗?"

马大婶愣在那儿。"名?它是羊,还会有名?"

"我妈平时咋称呼它?"

"那我可没听说过,你妈平时不爱说话。这羊挺聪明,从不在院子里拉屎撒尿,它怕累着你妈,它和你妈在外面遛弯的时候拉。"

羊叫了一声。我和马大婶同时扭头看它一眼。

"瞧见没有,知道说它呢。"

"这羊多大了?"

"快六岁了吧,我和你妈逛集市买的。一晃几年就过去了。真快。"

"公的母的?"

"公的。"

"我带它走。"

184

"真带回去?"

"我答应过我妈。"

"还是我替你养吧。"

"不了,我带它走。"

我打开车门,收拾好后座,在上面铺了几层报纸。马大婶追上来,说:"你家那口子能同意?"我没说话,又把一大堆青草放进后备厢。后备厢满了,乍一看像一个大草堆。

"平时喂它青草就行了吧?"我说。

"羊最好伺候,有草有水就得。河,你能行吗?北京城让养这玩意儿?"马大婶说。

"马大婶,它不是玩意儿,它是我妈的伴儿。"我看着她,一字一句地说,心里倒不生她的气。她是我妈的好伙伴,也是一个伴儿啊!我掏出钱包,留下三百块钱油钱和过路费,把剩下的都给了马大婶。

"河,有难处就送回来。"

我点点头,脑子里在想:它是我妈的伴儿,总得有个名字吧。就叫它阿羊吧。我把阿羊脖子上的绳绕短几圈,把它抱起来,放在后座上。我摸着它的身体,对它说:"咱们回北京吧。"

阿羊站立不稳,车开动时差点从座位上掉下来。我尽可能匀速前行。车到高速路,阿羊的腿不再发颤,我透过后视镜看见它前后左右地看,我回头它就看我,我转过去,它又前后左右地看。

车里有空调,我担心空气闷,摇下左后窗,它激动地把脑袋伸出去,一点都不怕。我在左视镜里发现它的胡须又白又长,迎风飞扬;我又摇下右后窗,它扭转身体,又把脑袋伸出去;把两扇窗都闭上,它乖乖地弯曲四肢卧下来,卧一会儿,又麻利儿地站起身。它的腿真有劲儿,要不然也不能把我妈顶到路边;它还会把脑袋伸到我的脸边,"咩""咩"地叫上几声。

我把车速控制在一百二。汽车一辆接一辆呼啸而过。前方有个服务区,我估摸着阿羊渴了,把车开进去停下来。我取出矿泉水,倒在左手掌里,一点一点喂它喝。阿羊真渴了,一瓶矿泉水快喝完了。一辆旅行大巴开进来,伴随着一个男孩的惊呼:"妈妈,羊!妈妈,羊！"男孩说着标准的北京话。我把瓶底剩的水一饮而尽，冲孩子一挥手，大声说："它叫阿羊！"旁边的人笑起来。

重新上路没多久，阿羊睡着了。我松了一下油门，把速度降下来。我一点儿不急，今天是周日，单位院子里只有柳师傅一人，我和阿羊会在五点半至六点之间出现在他面前。我把手伸到阿羊的脖子下面，它的脉搏清晰、平稳。它跟我一点都不陌生，它真能嗅出我是谁的儿子？

我不打算让周围的人知道我妈去世的消息，除了给人添堵，没有任何现实意义。我也不会告诉王玲，原因很简单：第一，她永远不会主动提起我妈；第二，她永远不会主动去看我妈；第三，除了我，也没有人告诉她我妈去世的消息。我也不会告诉乐乐。奶奶在他脑海里只是一个老太太的形象，或者说奶奶这个词对现在的他而言只是一个对所有老太太的礼貌称呼。我想，等他长大以后，或许会明白。

如果有人问，我会怎么说？我想这样回答："我妈摔伤腿了，刚做完手术，打了石膏在老家休养呢。过三个月就能下床了。谢谢大家的关心。"事实上我就是这样对柳师傅说的。当我打开后车门，牵出阿羊的时候，他露出惊诧的表情。

"柳师傅，"我故作轻松地笑着说，"得麻烦您件事。"今天我特意说出"您"字。

柳师傅半张着嘴，没明白我的意思。

"我妈养的羊。我妈现在不能下床，我把羊带回北京养几天，回头再送过去。我想请您帮我代管一下，行吗？"

"行！行！"他说，"我也喜欢羊，我家也养过呢。"

我把后备厢里的青草抱到小平房前面的空地上，我的半张脸埋在青草里，好像闻到了老家院子里的味道。"这草真新鲜！还有土味儿呢！"柳师傅取出一根，放进嘴里嚼起来。阿羊挣脱我的手，低头往草里钻。它饿了。

"这羊五六岁了吧？"他说。

我扭头看他一眼，点点头："你可真神！这草能吃几天？"我划拉着地上的草，手上滑溜溜的。

"最多三天吧。"

"才三天？"我大为惊诧。

"羊一天到晚都会吃，睡觉的时候还能闭着眼嚼哩。"

我站起身，定了定神，长出一口气。

三天。三天以后怎么办？想问题会让脑袋发胀，也会缩短回家的路。我又饿又累，整个胃就像一个空了的皮口袋。家就在眼前，可又不想这么早回去。我一打方向盘，拐进一条胡同，那儿有一家烩面馆，我时常带儿子去吃羊肉烩面。面馆里坐满了人，我扫了一眼，角落里有一张四人台，坐了一对年轻男女。我走过去坐下，发现他们在赌气，女孩把一碗辣椒油倒进男生的碗里。

"这么辣，怎么吃呀！"男生说。

"你说过的，认识我之后就再不吃羊肉了。"女孩噘着嘴。

男生叹口气，把筷子一摔。

女孩继续说："我属羊，你知道我属羊的。"

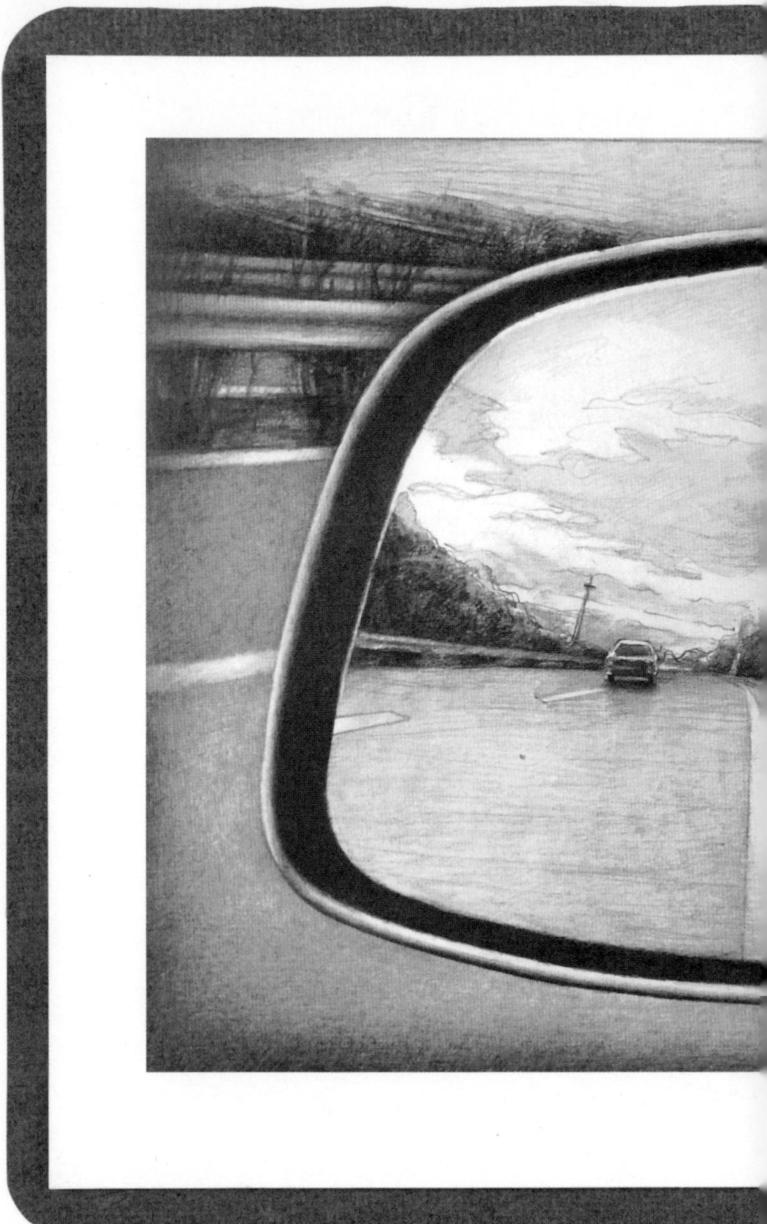

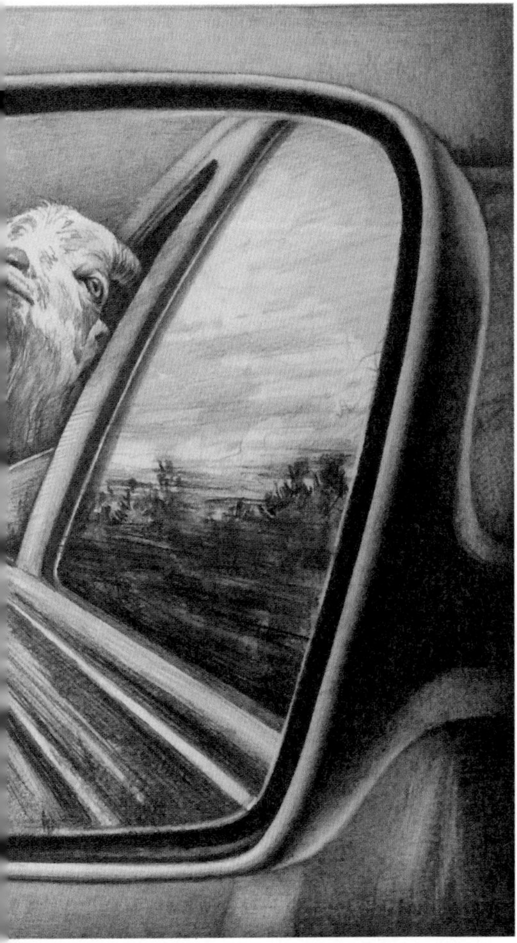

"好吧,好吧。"男生把十块钱放在桌上,起身往外走,女孩忽而笑起来,一跳一跳跟在后面。我突然也不想吃羊肉烩面了,我点了两瓶啤酒,一碗素烩面。我突然发现十几张桌子之外,王玲正在和儿子吃面。王玲的脸真大,和烩面碗一样大。我就这样看着他们,一直看到他们吃完,付完账走人。我低下头,把一瓶啤酒喝了下去,我又一口气把第二瓶啤酒喝了下去。

我在烩面馆坐了很久。夜深的时候,我回到家。王玲应该听见了我进屋的声音,可是她没出来。儿子似乎睡着了。我走进卫生间,打开热水器,看着淋浴花洒喷出的水柱在身体上流淌,忽然悲从中来。

我的身体疲惫至极,却是热的。

我妈的身体化成了一团灰,冷灰。

我抱着一团冷灰回来了。它就在车的后备厢里。

水流越来越大,冲出我的眼泪,也冲出我的哭声。我双腿发软,走出淋浴室,双手捂脸坐在马桶上。门被悄悄推开了,儿子站在我面前,小声说:"爸爸。"

"儿——子。"

"你吃饭了吗?"

我站起身,把儿子搂在怀中。

"爸——爸,你没穿衣服!"

"儿子,你奶奶死了,你奶奶死了……"我听见自己在心里说。

这一晚,我睡得很沉,梦境非常清晰。我在梦里把楼下院子里的草全拔了,草堆成了山,阿羊在草里钻来钻去,欢快地叫,不停地打滚,我躺在草堆上晒太阳,儿子嘎嘎笑着跑过来,对着我的耳朵眼使劲哈气,哈醒了我。我睁开眼,胖子一本正经地看着我,说:"你送,还是我送?"没等我想明白,儿子抢先说道:"爸爸送。"

洗漱完毕,我拎着儿子的重书包往外走,身后传来王玲的话:"你妈怎么样了?"声音不温不火,却出乎我的预料。我扭头看她一眼,什么也没说,径自走到电梯口。

"我梦见你妈了,"她继续说道,声音提高了一倍,

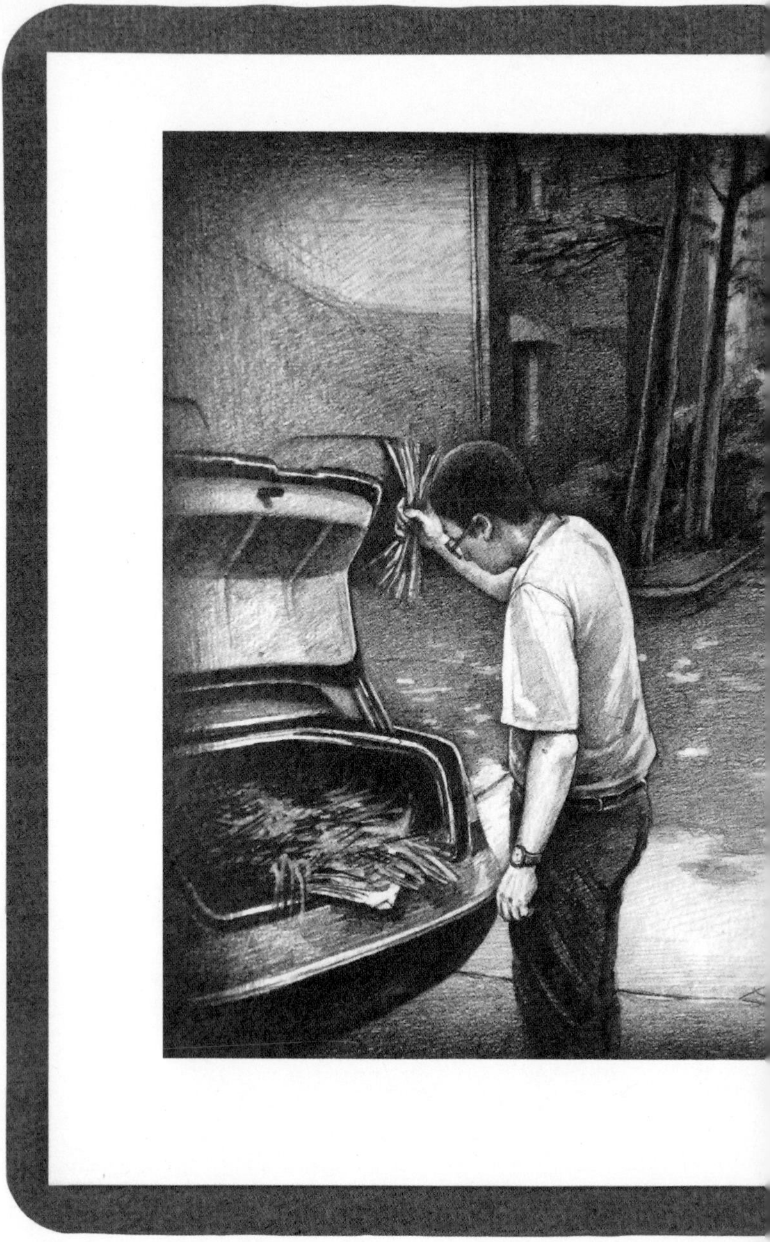

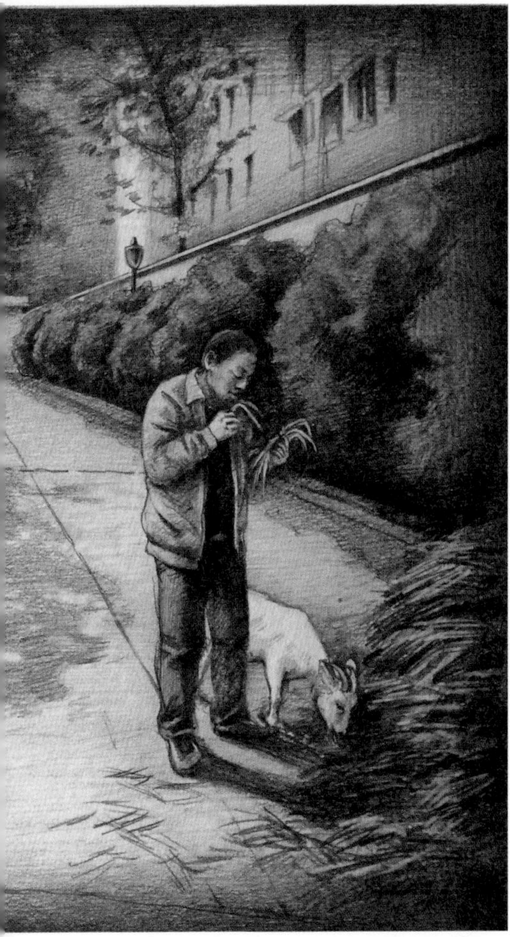

"她给你包饺子吃呢。"

我的眼角开始发涩。走进电梯间,儿子仰起脸问我:"爸,你吃饺子了吗?"我摸摸他的脑袋,没说话。阿羊脑袋上的毛发和我儿子的头发一样柔软平滑。

钻进汽车,儿子问我:"爸爸,车里有味。"

"快走。"我说。

儿子像往常一样提示我开车时的注意事项。儿子的声音真好听。

"爸爸,这是谁的毛啊?"

我扭头看见儿子手举一团白毛。

"给我。"我伸手接过来。是阿羊身上的毛。

"这儿还有一撮呢!"儿子又塞给我一小团。

我没说话。

"这是谁的白头发吧?"儿子对这些毛发产生了兴趣,"奶奶的?"

"瞎说什么!你怎么不说是你姥姥的!"

"姥姥没这么多白头发。"儿子固执地说。

一辆车忽然并入我的前面。我连按了三声喇叭。

"老师说连按三声喇叭是可耻行为。"

"老师还说什么?"

"老师说暑假学校要办一期英语口语训练营,去新加坡,欢迎家长陪同。爸,你去吗?"

"你妈怎么说?"

"我妈说就是丢掉工作也要去!"

"这么狠!"

"我妈还说跟你结婚这么多年还没出过国呢!"

一辆车快速驶过,然后又减缓速度和我并行,一个女人朝我这边又招手又叫喊。

我扭头看见了孟欣。

"柳河,你回来了?"

"你头上的包消了吗?"

"你家没出什么大事吧?"

"没有,挺好的。"

"你也去送孩子啊。"我俩几乎同时说出这话,都笑了。

"到单位我找你去。"

要不是后面的车在催促,她肯定还会和我说下去。

我也想说下去。

"爸爸,你去吗?"

"什么?"

"新加坡!"

"请不了假。"我脱口而出。

儿子开始沉默。我伸手摸摸他的头发,语气软下来,说:"爸爸工作忙,真请不了假。"

柳师傅背对着我,哼着小调冲刷地面。阿羊跪卧在值班室旁边的一棵树下,身上的毛湿淋淋的。

"你给它洗澡了?"我大声问道。

柳师傅惊了一下。"洗澡?给羊洗澡?"

"它身上这么湿。"

"羊不用洗澡。我家的羊就不洗澡。刚才水溅的吧。"

我从车里取出纸巾,把阿羊身上的水吸掉。阿羊看我一下,鼻子里发出"嗤"的一声,嘴巴不嚼了,几根草在嘴角挂着。

"它昨晚睡得怎么样?"

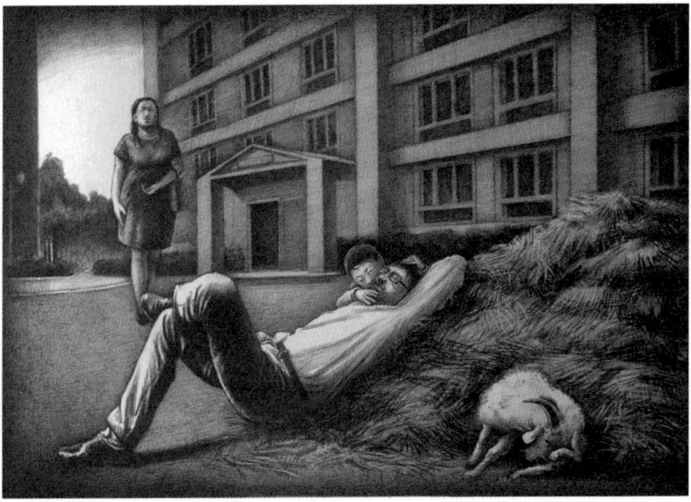

柳师傅走过来,半弯着腰冲我一笑。"它可是只羊。"

"是我妈的羊!"我抬头看他一眼。

他收住笑,叹口气说:"昨晚它可闹腾了,蹄子到处踢,还用头撞木栅栏。待会儿你瞧瞧吧,我的葱倒了一大片,不过没事。"

我其实不必冷着脸说话。我从车里取出一条香烟递到他手上,说:"柳师傅,给你的,麻烦你了。"

"没事,没事。"他接过烟,说了好几遍谢谢。

"还是让它待在木栅栏里吧,一会儿单位来人看见了不太好。"

"好,好。"

我转身上楼,在楼门口看见一张通知:

下周二上午集团领导来考察工作。

各部门人员务必到岗。

不得请假。不得早退。

桌上堆着一大摞报纸。若在平时,我会从第一版看到最后一版，连广告和寻人启事都不放过。院子里的人声渐渐嘈杂起来。我忽然想到一个问题：我妈的骨灰放在后备厢里，会不会受热变味？

我刚拿起报纸，电话铃响了，我的顶头上司让我马上去他的办公室。

"柳河，你搞什么名堂？"我刚推开门他就开始嚷了。上楼时我有预感，他叫我上去肯定和阿羊有关。他把茶杯重重地放在桌上，一屁股陷在高大的皮转椅里。

"你的羊？"他眯缝着眼，脸上的表情像哭又像笑。

我点一下头。

"你养羊？"他的语气明显含有嘲讽。

我不想解释。他忽然仰头大笑起来。我第一次发现他嘴巴里上排最后的四颗牙齿包着银。

"听说过……养狗养猫养乌龟……"他在空中胡乱摆着手，笑得喘不过气，"还……还没……"我看见他的两个眼角挤出了几滴泪，"把桌上的纸巾递给我……给我……"他晃着脑袋伸出手。我把纸巾递过去。"单位的人都不敢拔葱吃了，怕得病……"他接着说。

"那些葱我赔。"我说。

他不置可否,脸上恢复了严肃的表情。"通知看到了吧?"他敲了敲桌子,"你也是科级干部,注意影响嘛。"

我叹口气。只能叹口气。

"你下班后就把羊牵走!"他说,语气冰冷。

我望着窗外,一只小麻雀正在枝头跳跃鸣叫,窗户关着,我听不见它的声音。我默默看着它,觉得羊的生命没有小鸟自由。

"如果明天上午八点……那只羊还在……"

我依然望着窗外,淡淡一笑,说:"我走人。"

"就是这意思。"他肯定地说。

同事见到我的反应说不上好坏,总之不自然。我站在窗前朝楼下看,柳师傅也正从值班室里探出脑袋朝我这边望。我没有一点胃口,闭上眼,斜靠在沙发上想办法。要是家里多几个兄弟姐妹就好了。我想到马大婶,想把阿羊送给她,可是我摇了摇头,阿羊才和我待一天。柳师傅?更是不可能!自从儿子外出打工,他就把自家的土地租给村委会，决心在城里生活了。

现在离明天早晨八点还有二十几个小时。我想到王玲，毕竟是结发夫妻，她肯定会理解的。别人养狗养猫养乌龟，我家就养羊了，儿子肯定会说太酷了！酷毙了！酷呆了！酷到天边了！儿子有个伴儿，王玲应该会高兴的。我闭着眼幻想。

"羊需要每天遛吗？"王玲问。

"也许吧。"

"你会吗？"王玲又问。

"阿羊很乖，没问题。"

"我牵着羊走，邻居会笑话吗？"王玲不好意思起来。

"妈，那才叫酷！"儿子亲了一口阿羊，又亲一口王玲。

"羊会咬我吗？"

"只听说过人吃羊，没听说过羊吃人。"

"羊吃的草从哪儿弄？"

"会有办法的。"我拍着她的手说。

王玲牵着阿羊往门外走，儿子手舞足蹈跟在后面。

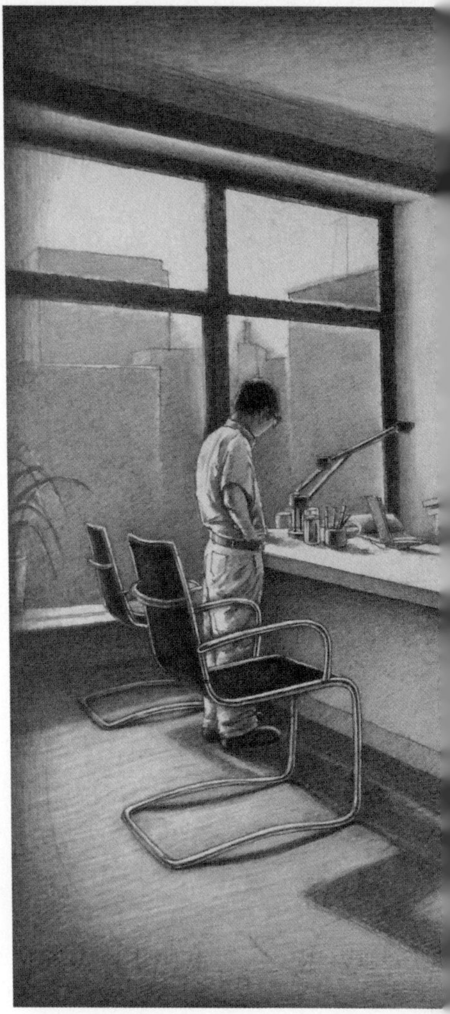

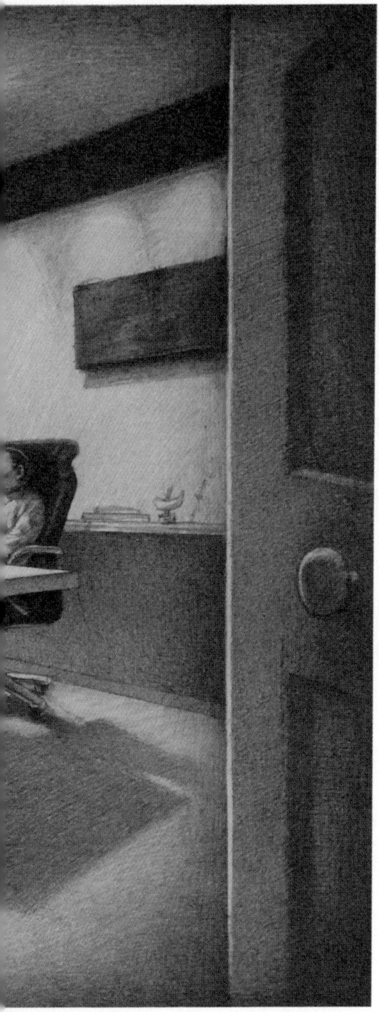

我知道这是想象中的景象,可还是忍不住幻想:一家三口再加上阿羊,另一种新生活开始了。

一声敲门,两声敲门,敲到第五下时我把门拉开。孟欣望着我,手里晃动着一张小纸片,上面有四个字:宠物学校!

"这家宠物学校是我朋友推荐的,她家的狗就在里面寄养。"孟欣朝我眨眨眼。

阿羊能有去处了,我非常非常激动!

"谢谢!谢谢!什么时间去看一下?"

"随时!"

"好!"

如果不是在单位,我一定会拉着孟欣的手往楼下跑。柳师傅看见我跑下楼,把头缩回值班室窗户下面。孟欣开车,我坐副座,她的车里散发出醉人的香气。我的心脏在咚咚跳。

"你应该早点告诉我。"她说。

我长舒一口气。

"以后对好朋友不能这样。"

"谢谢你,"我扭头看她一眼,"为什么帮我?"

她微微一笑,嘴角在脸颊上挑起一道柔和的弧线。"你也帮过我呀。"

"我帮过你?"我迷惑不解。

"刚来单位时我生过一场急病,想起来了吗?"

我没想起来。

"我向你请假,当时单位工作忙,最多只能请五天假……"

"我给了你十天假。"我想起来了。

她咯咯笑起来,上半身一晃一晃的。

"为什么多给我五天?"

我没有马上回答。想来想去,可能有两个原因:第一,我对她有好感;第二,我刚当上领导,想显摆一下权力。

"为什么多给我五天?"她又问道。

我搜寻着过去的记忆碎片。"找时间一块儿告诉你吧。"

"好,我等着。"她说。

这是我第一次走进宠物学校,对里面的一切充满好奇。一位自称客服总监的女子迎上来,笑吟吟地递上名片,带我们了解学校的历史、现在和未来发展规划。十几张印有狗照片的海报挂在墙上,海报上端统一印着八个字:世界名狗,名狗世界。这些狗昂首挺胸,目视前方,像战士一样,浑身上下充满活力;有的狗转过头看着观众,似乎在说"想和我说话吗?"或者"不喜欢我就滚远点"!

我印象最深的是那只身体肥硕、四肢奇短的小狗,它的肚皮快耷拉到地面了,眼神呆滞,和老头的眼神没什么区别。还有一只狗,我好像在一部电影里看到过,我用手指了指。

"《小Q的故事》,日本电影,它是拉布拉多犬,第一流的导盲犬,聪明听话极了。北京人养拉布拉多和金毛寻回猎犬的特别多。"客服总监说。

孟欣落在后面。"好威猛的狗啊!"她叫道。我折回去看,是只藏獒:又长又厚的毛,像公狮子一样的脑袋,小而狠的眼睛,粗壮的四肢。孟欣小声对我说:

"我那位女朋友养的就是藏獒,她丈夫每天乖乖地做饭、擦地,一句狠话不敢说。藏獒是她的保镖。"说完她笑起来。

"这里是狗舍,这里是遛狗区,这里是培训区,这里是赛狗区,这里是狗友会所,有西餐提供,这里是游泳池。"客服总监的手指头在一个大沙盘模型上方点来点去。

"真不错!"孟欣啧啧叹道,"你觉得呢?"

"真不错!"我重复道。

孟欣看着墙上的寄养收费说明表,说:"还行,不是太贵,柳河,你过来看一下。"

小型犬,身高三十五厘米以下,每月寄养费八百元;大型犬,身高三十五厘米以上,每月寄养费一千元;训练费事宜培训中心有详细资料说明。

"先生,小姐,请问你们的爱犬是什么品种?"

我咽口唾沫,喉咙有点干。孟欣走到客服总监身旁,压低声音说:"你们这儿寄养羊吗?"

"羊?"总监一愣。

我转身看窗外,听见女子又说:"这我得请示一下。"随后响起高跟鞋急促的咔咔声。过了一会儿,一个矮胖的男人面无表情地走出来,总监跟在后面。男人边走边说:"我们这儿除了人不能寄养,什么都能寄养!"他从我的身边走过去,保持着原来的速度,没有停下脚步,直接穿过办公室走廊,消失在门外。

"爱羊姓名?"她拿出本子和笔,问我们。

孟欣看着我。

"阿羊。"我说。

"年龄?"

"六岁。"

"性别?"

"公的。"

"品种?"

我摇摇头。

"颜色?"

"白色。"

"性格?"

"温顺。"

"训练过吗?"

"没有。"

"长毛短毛?"

"不长不短。"

"顶人吗?"

我停了一下,说:"顶过。"

"你不是说它温顺吗?"

"它救过人。"

孟欣不解地望着我。

"身高?"

我在大腿和腰部之间上下比画着。"就这么高。"

"六十厘米,"总监马上说,"体长呢?"

我伸开双臂左右丈量。"这么长,应该更长一些。"

"一百二十厘米。阿羊按大型犬收费标准办理寄养手续。先生,需要您的身份证复印件。还有,您打算寄

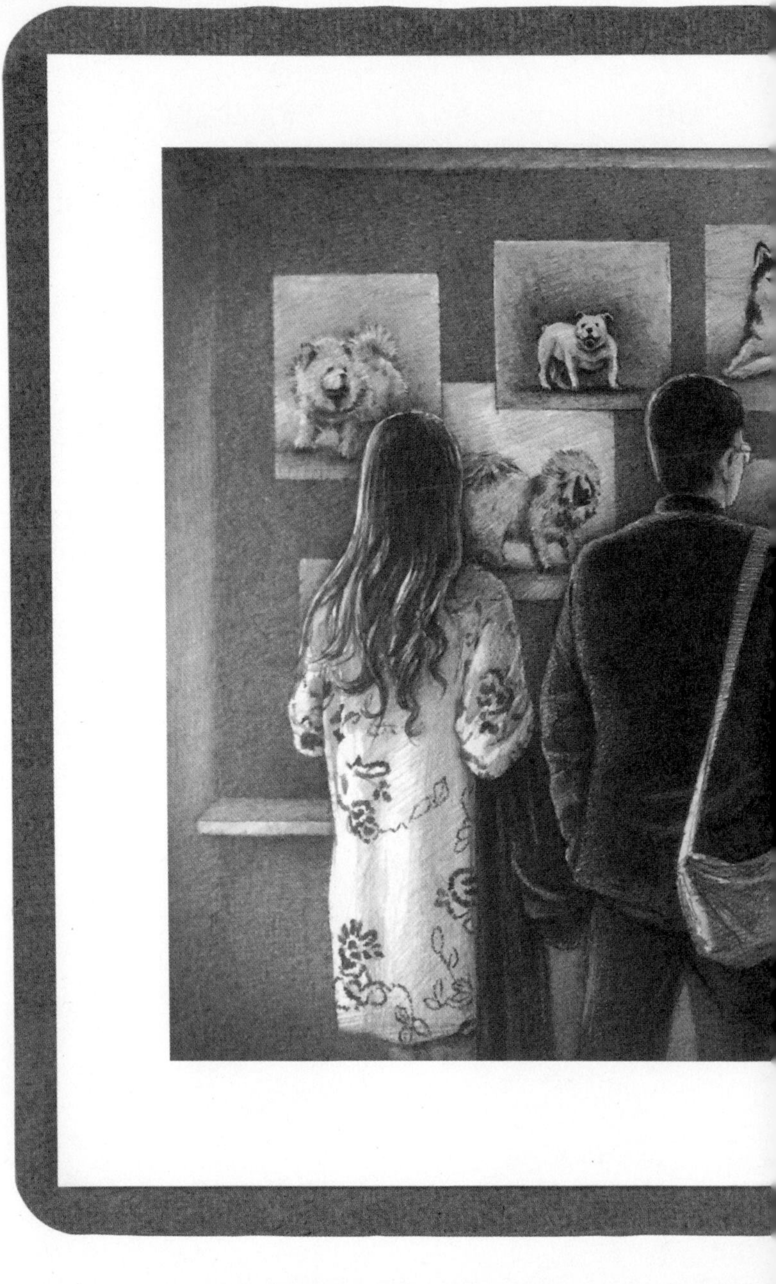

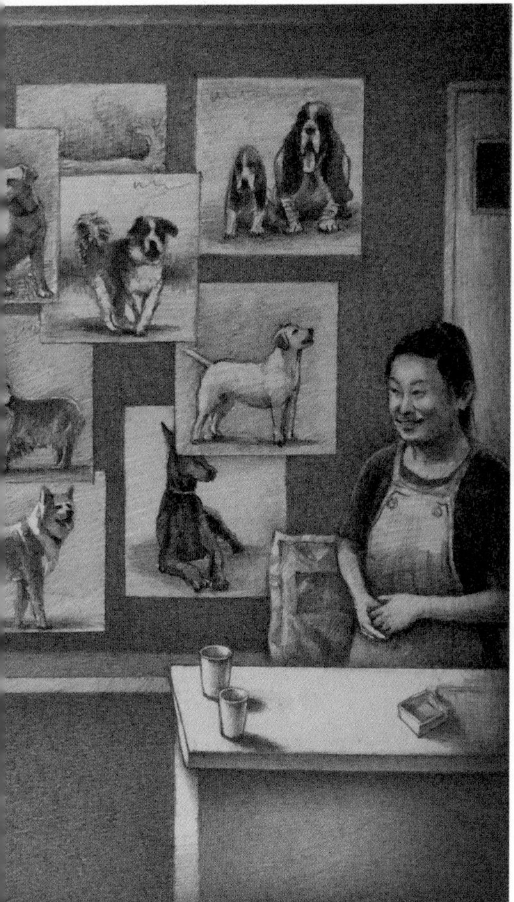

养多久？"

"羊能活多久？"我望着总监。

她猛地咽一口吐沫。"这我得查一下。"

孟欣碰一下我的胳膊。"先寄养一个月试试。"

"小姐说得对，我们也是第一次收养宠物羊，不过我们一定会尽心尽力。对了，先生，我们学校还有接送服务，四环路以外单送每次一百五十元，一送一接二百四十元，四环路以内单送每次一百元，一接一送一百六十元。我们可以在周末把您的爱羊送到您家里，和您的家人团聚，周一早晨再接到学校。您对这样的服务满意吗？"我听傻了眼，心里乐开了花。阿羊的后半生会幸福的。

"您计划何时把您的爱羊送到我们学校？"

"今天。你们可以去接吗？"我说。

"当然。"

办完了登记交费手续，总监跑过来一脸歉意地说："对不起，先生，我们的面包车在修理厂呢，估计到六七点才能回来，您看……"

"就今天,我可以等。"我把收据放回钱包,对孟欣说,"还得请你帮个忙。"

"替你接儿子。"孟欣马上说。

"三年级七班的,叫柳乐。"

"没问题。"

"回头请你吃饭。"

"盒饭就行。"

我和孟欣一问一答,总监在旁边抿着嘴笑。目送孟欣的车渐行渐远,我终于如释重负地喘了一大口气,身体也一下子松软下来。

车到市区已近八点,天色完全黑了下来,我迷迷糊糊睡了一路。司机师傅拿胳膊肘捅我,扬起下巴指着前方,说:"过了红绿灯,往左还是往右?"

"左,到第一个红绿灯再往右二百米,就到了。"

单位大门是关着的。司机还没停稳车,我就跳下来跑到值班室,叫柳师傅开大门。值班室里亮着灯,没有人影,旁边的小铁门虚掩,我推门进去,发现一个黑影在墙角一动不动。

"阿羊!"我大声叫道。

黑影动了一下。我走过去细看,是柳师傅,他在抱着头低声抽泣。

"怎么了?"

他的哭声更大了。"柳科长,我……"

"到底怎么了?哭什么?我给羊找到地方啦,今晚就带走。快起来开门,车在门外等着呢!"

"羊……羊跑了!"

"跑了?跑哪儿了?"我的脑子一片空白。

"跑到街上去了,我找了半天没找到,"他使劲捶脑袋,"我连一只羊都看不住,真笨啊!我说过我不来北京,可儿子偏要我来,我为啥要来北京啊!"他坐在地上大哭起来。司机在按喇叭,我走出去,递给司机二百块钱。

"你走吧。"我无力地说。

"不接了?"

"你走吧!"我大声叫道。

望着满街的车流和人流，我在心里反复嘶喊："阿羊，你在哪儿？"

我一步一步走进路边打字社。看我垂头丧气的样子，打字女孩忽闪着大眼睛，说："打寻人启事吧？"然后伸出手，补充道："给我文字。"我从口袋里掏出一张纸递过去，她一边看一边读："寻羊启事？"她挠挠头，看我不理她，继续念道："阿羊，是只山羊，白色，六岁，身高六十厘米，体长一百二十厘米，今晚走失，恳请大家协助查找。必有重谢！"

"快打吧。"我闭着眼睛靠在沙发上。

"联系人呢？电话呢？"

我抓起桌上的笔，写下姓名、单位地址、办公室电话、家里电话和我的手机。她边打字边说："要是有照片会好找些，不过也说不准，城里羊少，目标大。"

我复印了一百份寻羊启事，一路走一路贴，从单位门口一直贴到我家楼下。我紧握手机，躺在楼下的草地上，望着夜空中时隐时现的星星，我感受到彻底的虚

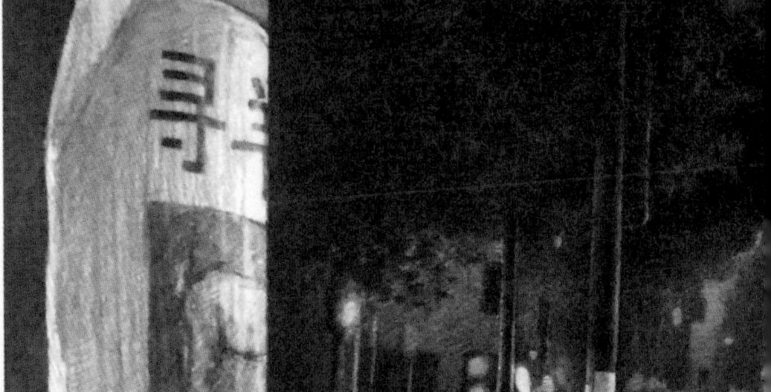
寻

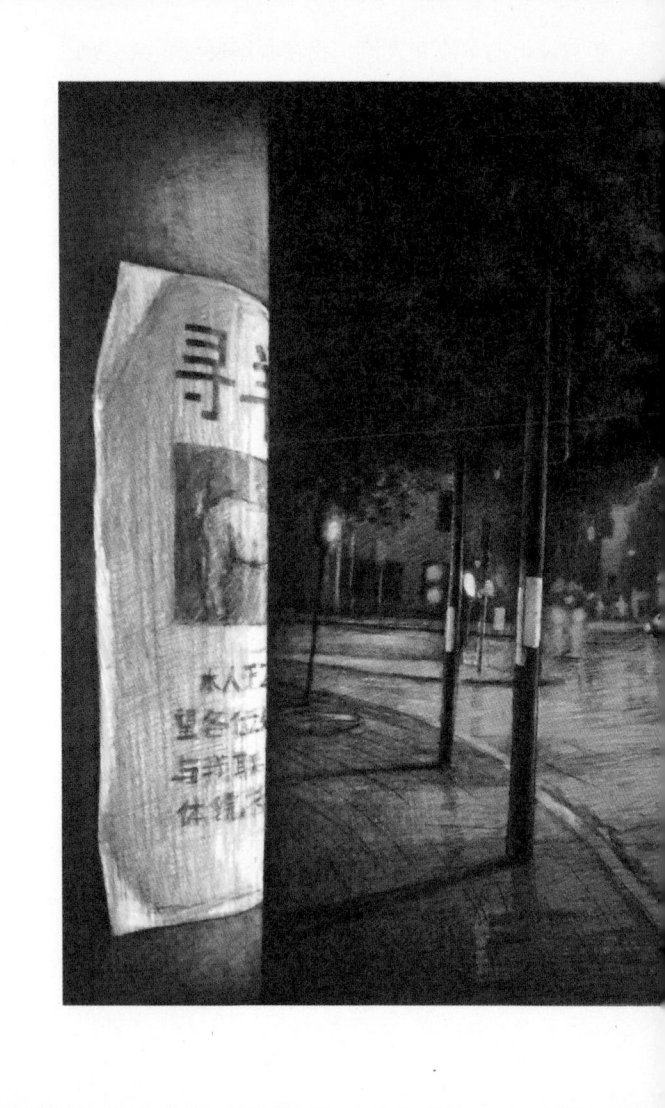

219

脱。不知过了多久,我才推开了家里的房门。屋里一片黑暗,我走到沙发旁顺势倒下去……我听到人的呼吸,越来越重的呼吸,我不太熟悉这个声音。灯亮了,王玲站在我面前,满脸是泪。这么多年,我还第一次看见她这么哭。我惊坐起来,发现茶几上放着两张纸:病危通知单和骨灰盒领取单。

"洗衣服时发现的……"王玲带着哭腔说,"为什么不告诉我,我就那么让你烦吗?我就那么不让你妈待见吗?"

我捂住脸,揉搓着。"都过去了……"我说。

"这是怎么回事?"王玲手里托着一团毛。

我叹了一口气,掏出最后一张寻羊启事,轻轻放在桌上。

"明天再说吧,我累了……"我瘫倒在沙发上。

王玲抽噎着关了灯,拖鞋蹭着地板,慢慢走回卧室。

第二天早晨,王玲送儿子去了学校。没听见他们发出任何声音,我比平时多睡了一个小时。洗漱完毕,我坐出租车赶往单位,从高架桥上往下看,一辆辆汽车紧紧相连,和铁盒子一模一样,而前行的道路只有一条,铁盒子里的人别无选择。

柳师傅看见我,从值班室跑出来,神秘兮兮地拉我走到墙角,他自己又朝一条胡同跑去。不一会儿,他拉着一个男人走出胡同,来到我面前。

"你说你看见羊了,在哪儿呢?快说在哪儿呢?"柳师傅急促地呼吸,继续说道,"柳科长,这人一大清早就来敲门,说看见羊了,还问柳科长您是不是说话算话?"

眼前这个男人面相还算老实,只是身上脏乎乎的,有股汗臭味。

"我说话算话,你真看见羊了?"

他甩开柳师傅的手,点点头。

"你给多少钱?"他斜着眼问。

"一千块。"

"真的?"

"真的。"

"你先给我一半,我带你去,看见后你再给我另一半。"

我同意了,先给他五百块。他在前面走,我和柳师傅跟在后面，到了胡同口，他拐进去，来到一辆三轮平板车前停下，警觉地看看四周，又看我们一眼。他揭开一块破编织袋，阿羊血肉模糊的尸体就躺在那儿。

"看见了吗？是这只羊吗？被车撞死的。"男人说。

柳师傅"呀"地叫了一声，忙拉我的胳膊。我的腿有些发软，后背一阵发紧。

"还有五百块呢！"男人伸出手掌说。

"我们要的是活羊！"柳师傅激动地大声叫道，青筋布满整个脸。

"我也没说是活羊啊！"男人不依不饶，露出狠相，拽住柳师傅的脖子领，"到你们单位评评理去！我是收废品的，我怕谁啊！"

我把五百块钱甩给他，俯下身去，不敢看阿羊的眼睛，迅速用编织袋裹好它硬邦邦的尸体。

"柳科长，我来抱吧。"柳师傅说。

我用胳膊挡住他的手，背过脸，眼泪滚落下来。

当天下午我就找到了一家动物标本制作公司。我想给阿羊做一个标本。"填充物要最好的。"我对服务人员说。

"标本可保存五十年呢。"

他们清洗阿羊的尸体,看着阿羊身体里的血顺着下水道流走了,我的心和胃都在翻腾。我体会到什么是五味杂陈……悲痛、遗憾、愧疚、不舍、自责、无奈……制作人员拿出剪刀,准备掏净阿羊的内脏,我不敢看,坐在接待室翻看城市黄页,给我妈和阿羊寻找墓园。

"先生,内脏烧完后,用什么质量的骨灰盒装?"

"最好的!"我说。

我在郊外找到一个墓园。墓园山林环绕,景色宜人。王玲和儿子坐在后座,我开车把我妈和阿羊送到那里。四周只有树叶在风中摇曳的声音,天空蓝极了,没有一丝云。

我把我妈和阿羊的骨灰盒放在一起,用一块白色的丝围巾包裹好。丝围巾是王玲选的,她还买了一束鲜花。墓碑上没有文字,只刻印上了我妈和阿羊的照片。阿羊的照片是我照着标本拍的,它仰着头,胡须似乎还在飘扬。

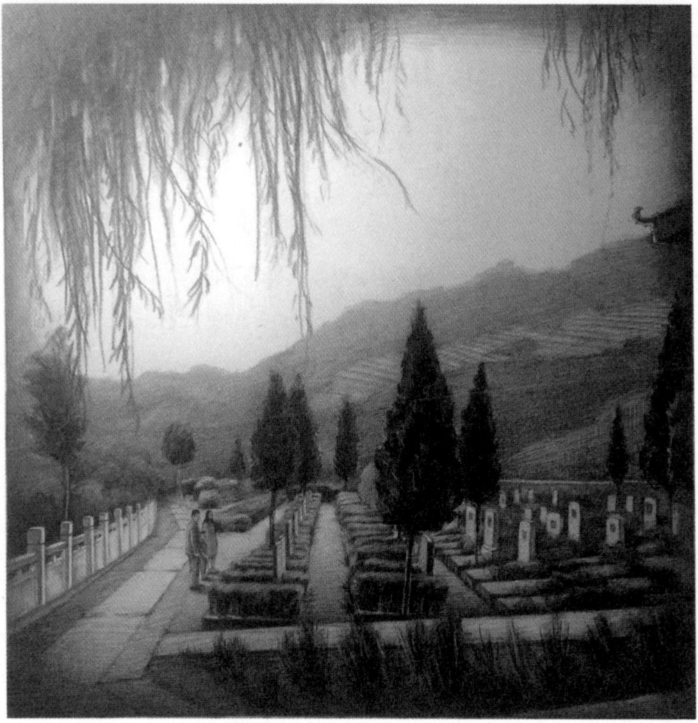

我们三个人在墓碑前面默默站立良久。儿子小声问我:"爸爸,奶奶这回放心了吧?"我摸了摸他的小脑袋,不知道说什么好。

我们上路了。汽车在高速公路上飞驰。我摇下车窗,听风在大声说话,看树在纷纷笑倒,我还听见熟悉的手机铃声。我知道是谁的电话。儿子抓起手机,用力按下接听键,放声大喊:"我们要去新加坡!"王玲前倾身体,看我的眼神是异样的,我不知道她想说什么,我又能说什么。

林荫大道

（插图本）

蒋一谈 著
郝天墨 绘

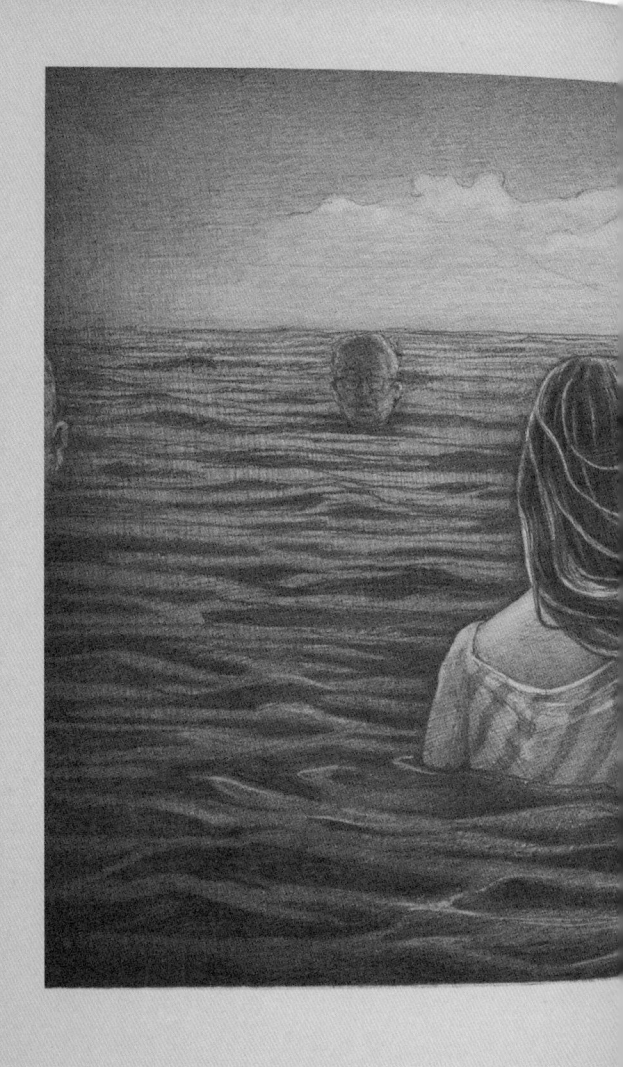

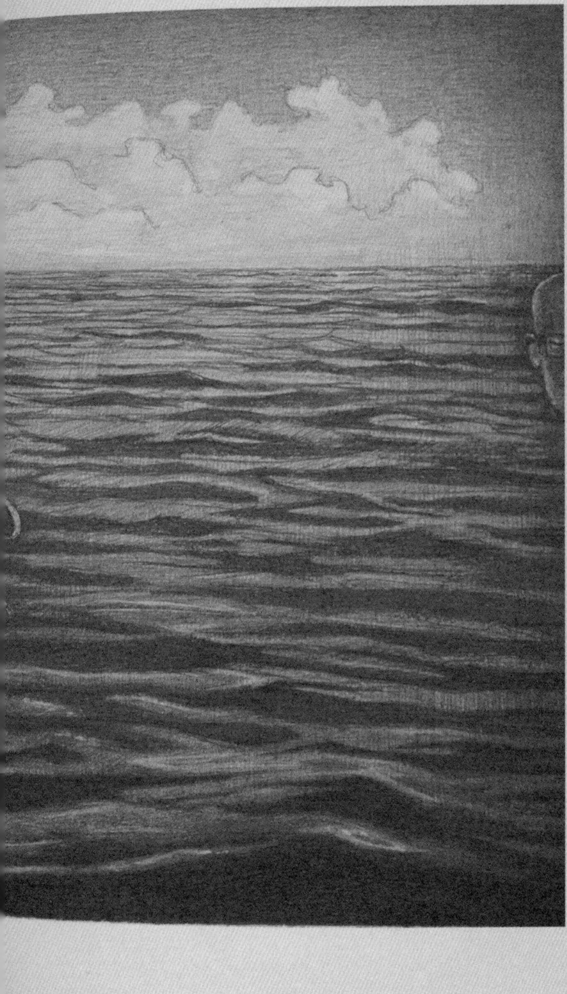

博士论文答辩后的那个夜晚,她梦见了大海。她不是一下子掉进大海的,她一步步走进大海,意识非常清醒,海水有股异味,是老男人的味道。海浪不大,一波一波撞击着她,她的身体浮起来。

四周光影灰暗,她往前游,看见前方水面的漂浮物。漂浮物是一个个紧闭双眼的头颅,头颅在她眼前荡漾,随波向前。她一眼就能认出,这些都是作古的大历史学家的头颅——司马迁、班固、司马光、陈垣、陈寅恪、郭沫若、范文澜、白寿彝……这些装满历史的头颅滑向海水深处,她伸手去抓,抓住的是一团团海草。

海草散发出腥味,腥味把她呛醒。她在黑暗里坐起来,默默问自己:你是古代历史学博士,你从历史那里学到了什么,悟到了什么?她不敢深想。

她买来纸箱,整理积攒了十几年的书籍。她在书柜底层发现了一本旧相册,里面夹着高中老师和同学的照片。她在一幅合影照里发现了戴黑框眼镜、一脸平静的历史课老师,她对这位老师印象极深,因为他在第一堂中国历史课上直接告诉同学们,历史比我们都大,历史无是非无对错,历史是最容易翻脸的。

他还说过:"世界每时每刻都在变老,每时每刻都在成为历史,在我说话的这一刻,世界又变老了一秒钟,同学们,你们也可以说,在这一刻,世界又变老了一千年。"她和同学们非常喜欢听他的历史课。

她取出这张照片,看见照片背后这位老师亲笔留给她的毕业赠言。此刻,再读这句话,她突然想哭。

有人敲门。敲门的声音是男朋友苏明到来的声音。他是训诂学博士,现在在一所国学研究机构读博士后。三个月前,他们在一次学术会议上相识,随后两人开始交往。这些日子,他们虽没有过多的激情,但都认可对方的性情和生活态度,有一股微弱却又可感知的力量牵引着他们走下去。

苏明带来两个消息。他告诉夏慧,昨天去四环路看了一套一居室，虽是老房子，感觉还不错，每月房租两千二百元。她给苏明倒了一杯水，笑着点点头。"等有了钱，再换租一套两居室，这样你弟弟周末回来就能和我们……"苏明有些不好意思，挠了挠头发。夏慧很感动，她背对苏明，思忖着，要不要把母亲在北京做保姆的事情告诉给苏明，迟早都要面对的。想到这儿，她鼓足勇气说道："苏明，有件事忘了告诉你，我妈在北京一个家政服务中心工作，在别人家做保姆，快两年了。"

苏明有些诧异，随后就释然了。他看着夏慧的背影，说道："你妈身体还好吧？"夏慧点点头。苏明接着说："今天上午，导师告诉我，现在去研究机构和大专院校找工作很难，博士毕业生越来越多了。"夏慧早就知道这种情形，但还是无法抑制失落的情绪在周身弥漫。

"夏慧，我朋友告诉我，他女朋友也是今年的博士毕业生，学中文的，发表了不少当代文学批评文章，已经确定去一所中学当语文老师，刚签了约。"苏明提高了声音，他在内心深处希望夏慧也能去这所中学试一试。

夏慧闭上眼睛，太阳穴部位的血管明显在鼓胀。她呼出一口气,她的呼气是颤抖的——想在北京找到好单位立足,没有特殊关系,几乎是不可能的。她心知肚明,只是不甘心。

"这所学校能解决北京户口,还提供一套两居室,房租非常便宜,只要在学校任教,这套房子就归自己使用。听说工资和福利还行,第一年工作,每月收入有四五千块钱。"苏明的语气逐渐平静下来,他想,陈述事实更有说服力吧。

夏慧咬紧嘴唇,手指微微发抖。这些年,读书再苦,思索再累,她真的从没有想过自己将来某一天会成为一名中学历史老师。

"去中学当老师……有点委屈你的才华……我再想想办法吧。"苏明望着窗外的绿树枝,眼神是散乱的。夏慧慢慢转身,看着苏明的侧影,眼前这位文弱的男人是实实在在的,未来两个人很有可能生活在一起。此刻的感触让她心头一热,也为她增添了从未有过的勇气。

她把去中学的想法告诉给了母亲。母亲很高兴,说

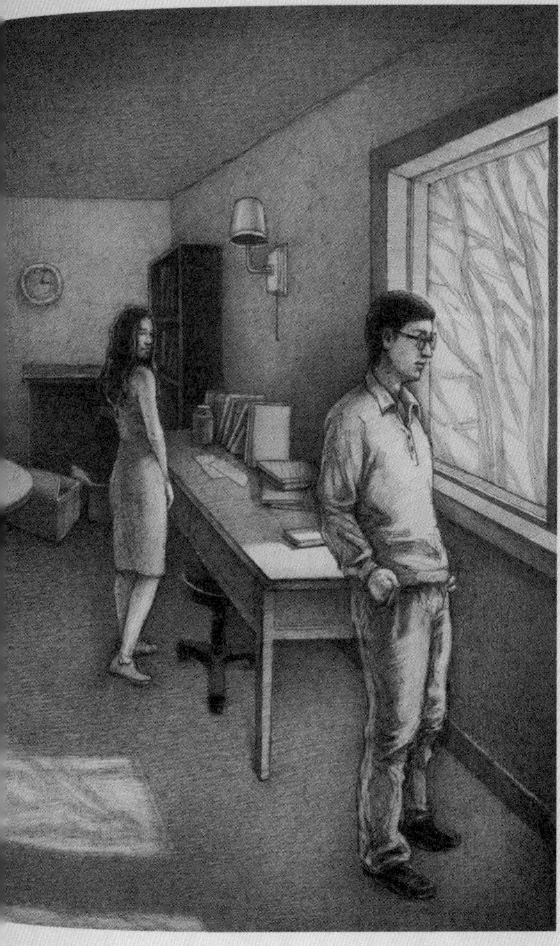

有了北京户口，就是北京人了。她知道，北京户口只是解决了她的户籍，她永远是徽州人。她希望母亲尽早回老家，今后弟弟在北京读大学的费用由她来负担，再说父亲一个人在家乡小镇守着也很不容易。

母亲听完她的话哭了。这两年，虽然身在北京，他们一家三口半个月才能见一面，没有自己的屋，街边小饭馆和公园是他们固定的见面地点。母亲老实，很少用主人家的电话联系女儿和儿子，也让姐弟俩少打来电话，怕主人不高兴。母亲只说过一次，这家主人是一对老夫少妻，住在一幢大房子里，花园非常大，养了两条大狗。

弟弟又长壮了。他双手抓住公园里的单杠，一用力，身体腾空而起，随后在上面连续翻转。母亲高兴起来，把剥好的瓜子放在女儿手中。母亲问她和苏明的关系，她说还好。

母亲又说："可靠吗？"

夏慧看着母亲，笑着点点头。

"听你说他是从农村考出来的，家里负担重吗？"

"我没问过。"

"妈担心你将来负担重，太累。"

"没什么……"

"等你有了孩子，我来北京帮你带。"母亲握着她的手说。她感觉母亲的皮肤比几个月前滑润多了。

母亲眼望前方，说了很多话，说的都是充满喜悦和憧憬的话。她掏出手机，让母亲给家政服务中心打电话，说下个月就不想继续做工了。母亲笑着接过手机。

看着母亲和弟弟坐上公共汽车，她才转身往回走。她一边走一边想，再过些时日，她就去订火车票，再陪母亲好好玩一玩。可是事情并没有如期发展，母亲打来电话，说这家主人恳请她别走，实在不行，就再多做一个月工，付给她三个月的薪水。夏慧坚持让母亲回去，母亲说："我在这家待了大半年，女主人对我很好。他们夫妻俩后天去夏什么夷度假，十几天后就回来了。妈这次听你的，等他们回来我一定走，不过眼下他们家里的两条狗需要人照顾，其他倒没什么事。你放心，我不累，把两条狗看好就成了。"夏威夷，美丽而遥远的海岛。夏慧叹口气，心里不太好受。

238

239

炎热的空气笼罩着北京城。夏慧挤上公共汽车,双手抓住的是汗涔涔的扶手。车上的空调坏了,乘客焦躁不安,显出疲惫之态,车厢里的空气可想而知。一个男人紧贴着她的后背,左右都是人,她只能尽力往前移动,扶手顶疼了她的小腹。她咬紧嘴唇忍着,让心绪静下来,今天下午两点,她将要站在学校讲台上试讲。

身处令人窒息的环境,一定要多想愉快的事情,这是积极的心理暗示。她首先想到未来的两居室房屋,一间是卧室,一间是书房,书房里有两张并排放的书桌,她和苏明在灯下一起工作。她轻轻舒口气,脸上有了笑意。

老师们坐在台下书桌前,她站在讲台上,有些紧张,因为没有老师告诉她今天试讲什么课。前排一位精干的女老师笑着对她说:"我们不给你画圈,你随便讲,别紧张。"

夏慧镇静下来,顺着思绪说道:"今天站在公交车上,我有很多感触。看着车流和人群在热气腾腾的街道上穿行,我想起建筑学家梁思成先生说过的那些话:'拆掉北京的一座城楼,就像割掉我的一块肉;扒掉北京的一段城墙，就像割掉我的一层皮！'"台下的老师有的慢慢点头，有的挺起了脊背，神情更专注了。"梁先生曾这样设想过，北京的城墙，平均宽度约十米以上，可以砌花池；夏季黄昏，可供数十万人纳凉游息；城楼角楼可以辟为阅览室、茶点铺。这样的环城立体公园，在世界上是独一无二的。"夏慧听见老师们的叹息声。

试讲又进行了几分钟，刚才说话的女老师举了举手，站起来对夏慧说："今天的试讲就到这里，你回去等我们的通知。谢谢你。"夏慧往楼下走时，听见身后两位老师的悄悄话："这孩子口才很棒，眼界很宽。不错！"她想了一会儿，给苏明发去短信：顺利。坐上回程的公交车，夏慧突然很想见见母亲。母亲一个人待在一幢大房子里，她想去看看；再说现在没有学业在身，她也想分担一下母亲打工的辛劳。

六环外的北京城，空气明显清新许多。城里的树稀稀落落，城外的树才有可能排成林，哪怕是小树林。一路上，夏慧接到母亲好几个电话，每次都是这句话：到

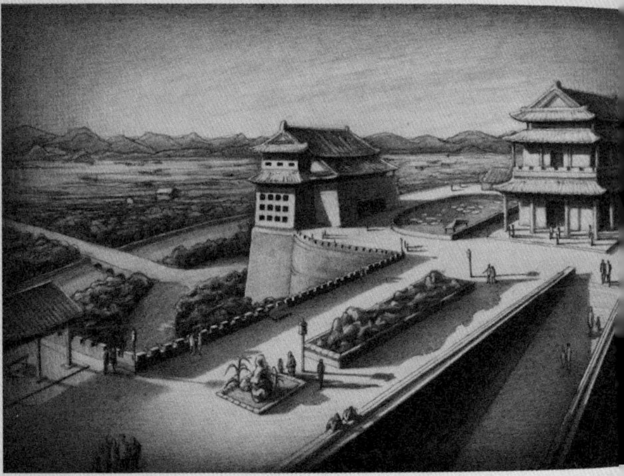

哪儿了？女儿要来了，母亲的声音是愉悦的。

转乘三次公交车后，夏慧抵达了目的地，她询问路人，找到这片别墅区，没有发现别墅区的入口；继续往前走，耳边是知了的鸣叫，眼前低飞着小鸟，前方一片郁郁葱葱的高大树林，吸引着她的脚步。

她走过去，越接近树林，光线越发显暗，耳边回响着奇怪的声音。她放慢脚步，一个宽阔的绿荫世界出现在眼前——不，是一条幽深大气的林荫大道，一条风、小鸟和树叶不停说话的林荫大道，树枝遮天蔽日，成群的鸟在穿梭，鸣叫的声音很大，一点不刺耳。夏慧抬起头，睁大眼睛，看不见一片云，风轻抚她的后背，似乎在说："请往里面走。"夏慧不由得感叹，这是她此生见过的最壮阔的林荫大道。

现在，林荫大道上只有她一个人。别墅大门在大道尽头，她一步一步走过去，走了七八分钟，走了将近五百米。身穿制服的门卫站在门口，腰板挺直，神情严肃，夏慧有些怯意，稳了稳情绪，说出了别墅牌号，然后给母亲打电话。门卫接过夏慧的手机，核实地址后，

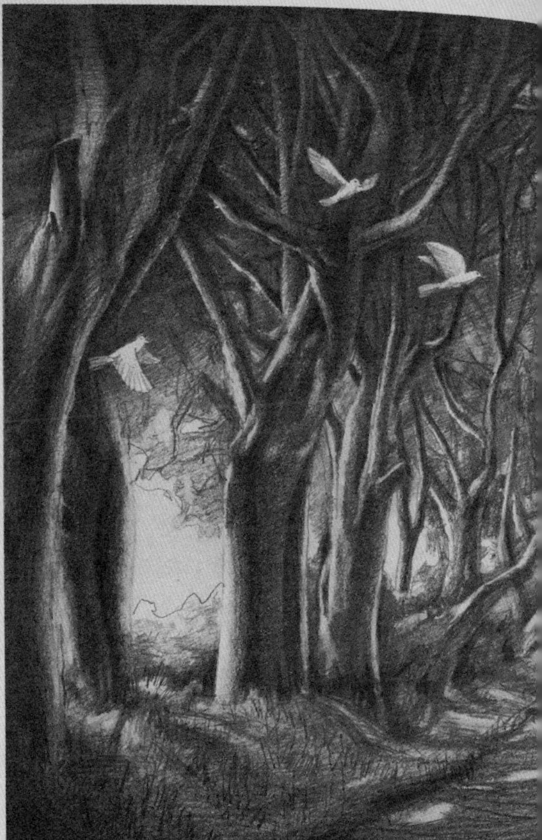

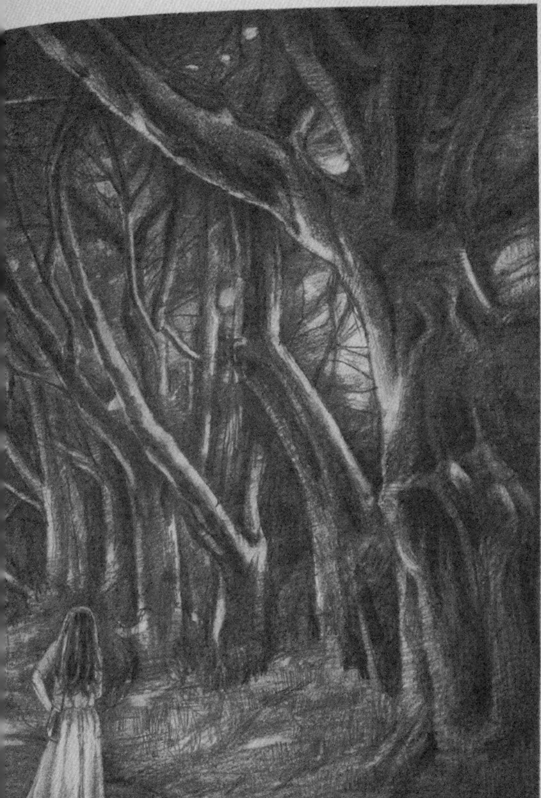

拿出对讲机招来一辆两排座的敞篷电动车。他对开车的同伴说:"送这位女士去 1016 号别墅。"夏慧坐上电动车,刚才紧张的情绪得以舒缓。

这是一片寂静异常的别墅区,每幢别墅都是一个独立的隐秘世界,夏慧恍若身在异境,分不清眼前的建筑是北美风格,还是欧洲风情。她望着电动车司机的后背,轻声问道:"这里的别墅挺贵吧?多少钱一平方米?"

"不按平方米卖,每栋别墅平均价格三千万元吧。"

夏慧摇摇头,倒吸一口气。她看见了母亲的身影,招了招手。母亲在空中挥动双臂,一脸喜悦。夏慧向司机道了谢,拉住母亲的手,随母亲走进去。左右两边是绿莹莹的草地,两条狗正在那儿玩耍,看见了夏慧,一起跑过来。

"慧慧,别怕,这两条狗很乖,不咬人。"母亲笑着说,指了指白色的狗,"它是萨摩耶,名叫爱疯。"

"爱疯?"夏慧很诧异。

"女主人起的,她说自己是苹果控。"

夏慧忍不住笑了。"妈,是 iPhone 吧?"

"对!是个外文名字,我念不好。"

"这条黑色的狗叫什么?"

"不是黑色,是巧克力色,它叫微软。"

夏慧笑出了声。

"慧慧,他们咋就喜欢给狗起这样的怪名字?"

"妈,微软可是世界顶级公司的名字。"

"我不懂,刚开始念起来不顺口,现在已经习惯了。"

"爱疯,微软……"慧慧再次摇头笑了笑。

"这是拉布拉多犬,巧克力色的很少见。"

"妈,你懂得真多!"夏慧笑着说。

夏慧在客厅沙发上坐下,母亲端来一杯水。这一刻,她感觉自己像个客人。"妈,你在这儿累不累?"

"不累,吃的、用的都挺好的。说实话,要不是惦记你爸,我还真舍不得这户人家,他们对我挺好的,每天就是买买菜,遛遛狗,洗洗衣服,打扫打扫卫生。他们家房间多,卫生打扫起来费点劲儿。"母亲说话时一直在笑。

夏慧站起身,环视四周,墙上挂着好多油画,还有女主人的照片。女主人年轻漂亮，充满朝气。母亲笑着说："她比你大两个月。对了，他们夫妻俩相差二十六岁呢。"夏慧往前移步，沉默不语。

"上面还有两层，最上面是一间阁楼，还有一个大露台。这边出门就是游泳池，快来看看。"母亲推开门，向夏慧招手。游泳池又是一间玻璃阳光房，屋顶外面是茂密的树枝，点点阳光洒在水面，洒下一片迷离的幻境。

"慧慧，你想游泳吗？"母亲小声说。

夏慧抿嘴笑了笑。

"想游就游，反正也游不坏池子，游泳池每半个月换一次水，每周消毒一次，都是我来做的。"

"我没带泳装。"

"泳装？女主人从来都是……"

夏慧知道母亲想说什么。她蹲下身，在水面看见自己的脸。她把手指伸进水里，轻轻划动着，她的脸慢慢消失在水里。

傍晚时分，母亲喂完两条狗，对夏慧说："过一会儿，它们俩就该拉屎了。"

"去哪儿拉屎？"

"就在院子里。院子大，得一条一条遛，要不然就不知道它们把屎拉哪儿了。那天它们两个一起跑出来，我跟不上，只能在草丛里到处找，还踩了一脚，可把我难为坏了。这院子前后都是草，太大了！"

"妈，我能帮你吗？"

"能啊！你看一条我看一条，"母亲一边说，一边递给女儿塑料袋，"把屎抓进袋子里扔掉就行了。"

爱疯和微软一前一后冲了出去。夏慧紧跟在爱疯身后，感受到绿草的气息。爱疯拐着弯飞跑，不时停下来低头寻味，围栏旁边的树丛遮挡了它的身影，夏慧弯下身才能看见它的四肢，爱疯扭头看一眼夏慧，开始顺着草丛跑，转眼就消失不见了。"iPhone！"夏慧喊了两声，觉得自己的英文发音好滑稽。母亲在远处说："爱疯可能躲假山后面了，它喜欢在里面拉屎。"夏慧跑过去，正好看见爱疯弯曲后腿，紧闭嘴巴，尾巴向上翘起。母亲大声提醒说："爱疯拉屎的时候千万别说话，

250

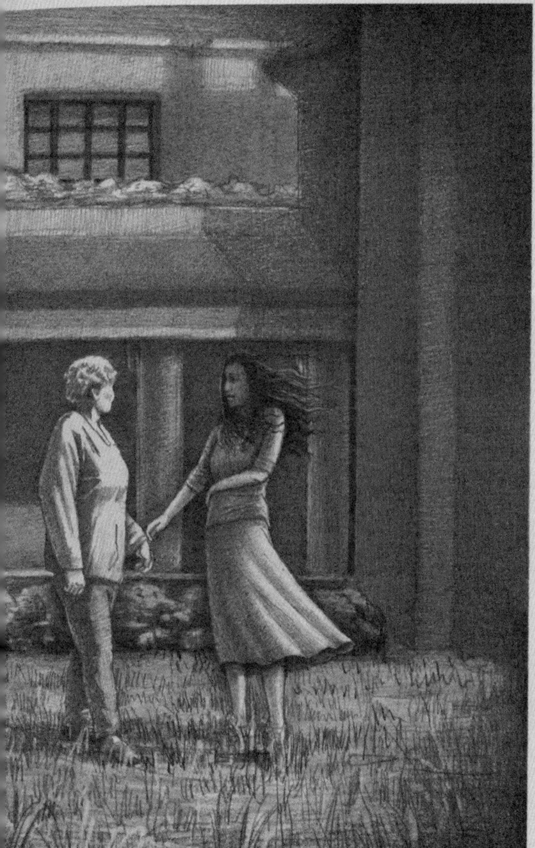

要不然它会紧张!"

夏慧用手背擦去额头的细汗。她从小爱狗,可是眼前的这条狗带给她巨大的陌生感。她把塑料袋套在手上,抓住草丛里的条状狗屎,手指感受到实实在在的温热。长这么大,她还是第一次抓狗屎,有点恶心。她屏住呼吸,快速翻转手腕,提起塑料袋就走。

她把塑料袋扔进门口的垃圾桶,在台阶上盘腿坐下。母亲打开水龙头,拽直橡皮管,给草丛喷水,动作非常娴熟。半空中,细小的水珠潇洒飘落,映照出夕阳五彩的光影。夏慧想起童年,想起家乡向晚的彩云和小河里的嬉闹。她不敢相信此刻已非昨日。有时候,她真希望有时空隧道,能帮助她回到过去,此生此世就以小女孩身生活。

吃完晚饭,夏慧和母亲坐在院子里的木椅上。天空是浅淡的灰蓝色,几颗星星在稀疏的云层后面露出了脸。她想和母亲说说话,可是开头说什么呢?两个人沉默了好一会儿。她把头靠在母亲肩头,母亲摸了摸她的头发,说:"时间过得真快……转眼你都快三十岁

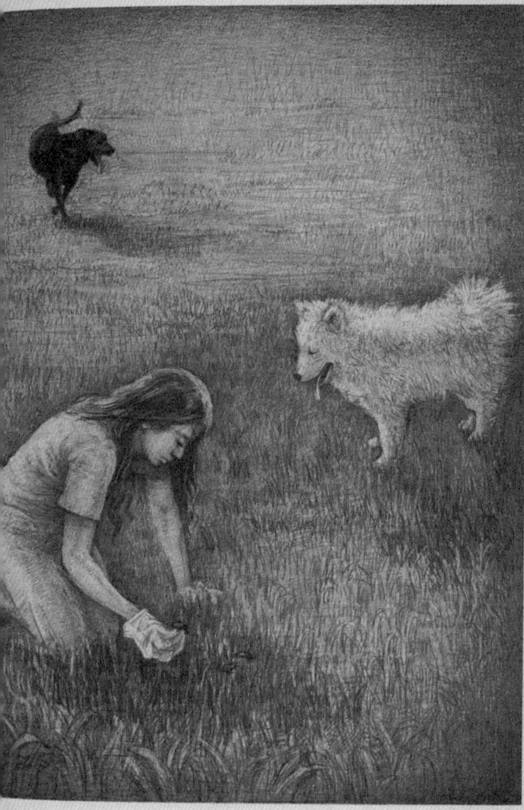

了……真快啊……"她又能说什么？她有些伤感——母亲老了，这些年她一心读书，疏于装扮，也显得老了。每个人都在想象未来，夏慧似乎也能看见自己的未来。

母亲打起了呼噜。夏慧很久未和母亲同睡一床，有点不习惯。她轻手轻脚下床，拿起手机走到客厅。她想给苏明发条短信，随后又作罢了。她不经意间看见幽蓝的光影在眼角晃动，那是月光投在游泳池水面的倒影。

她走过去，推开门，忍不住大口呼吸，仿佛置身于热带雨林的岑寂夜晚。母亲的呼噜传入耳际，夏慧沿着池边坐下，小腿有节奏地轻划凉爽的池水，整个身体都在微微发抖。

她想游泳。她脱去T恤衫，在池边站了一会儿，又脱去了内裤。她从未体验过裸泳，从未想象过会有这样的夜晚——水世界，眼前的水世界，夜晚的水世界，月光下的水世界，覆盖自己又托起自己的水世界。这一切，何时想象过？又何时在内心深处浮现过？如果没有体验，压根儿就想象不到。这一次，夏慧相信了。

她只会蛙泳。她担心水声吵醒母亲,尽可能压着水花,身体不能够完全放松。她伸展四肢,躺在水面,望着头顶的玻璃天花板,月光洒在手臂和大腿上——她在想,如果现在和苏明一起游泳,会是什么感觉?此刻,隐隐的激动在体内涌动,她眯上眼睛,下意识地夹紧双脚。如果苏明在这里,他又会怎么想?眼前的水世界会挫伤他的自尊心吗?她感觉自己像一条鱼,一条月光下怅然若失的鱼。

水池边摆放着一把休闲躺椅,夏慧游到池边,站起身,走过去躺下,身上的水珠闪着光泽。她闭上眼睛,自言自语着:夏慧,什么也别想,什么也别多想,现在,你应该放松神经,享受眼前的一切。夏慧在这种状态里坠入虚空,坠入模糊不清的梦境。

清晨时分,夏慧醒了,发现身上盖着一条毛巾被,她想起来,昨夜是躺在休闲椅上裸睡的。屋里静悄悄的,她裹着毛巾被走出来,看见移动衣架上挂着自己的T恤衫和内裤。夏慧换上衣服,寻找母亲的身影,隐约听见楼顶的狗叫。"妈。"她喊了一声,没听见母亲的回

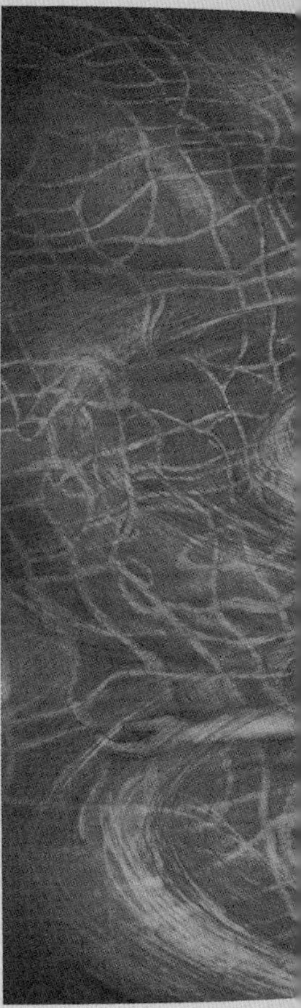

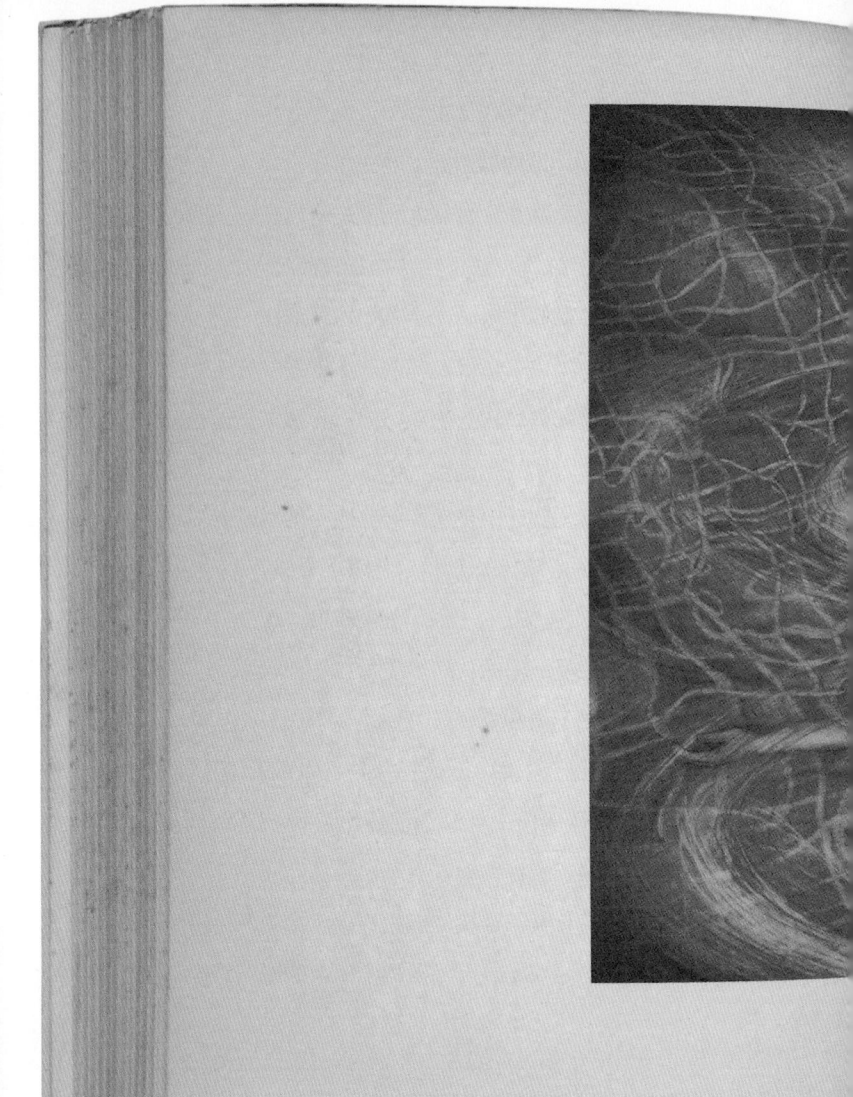

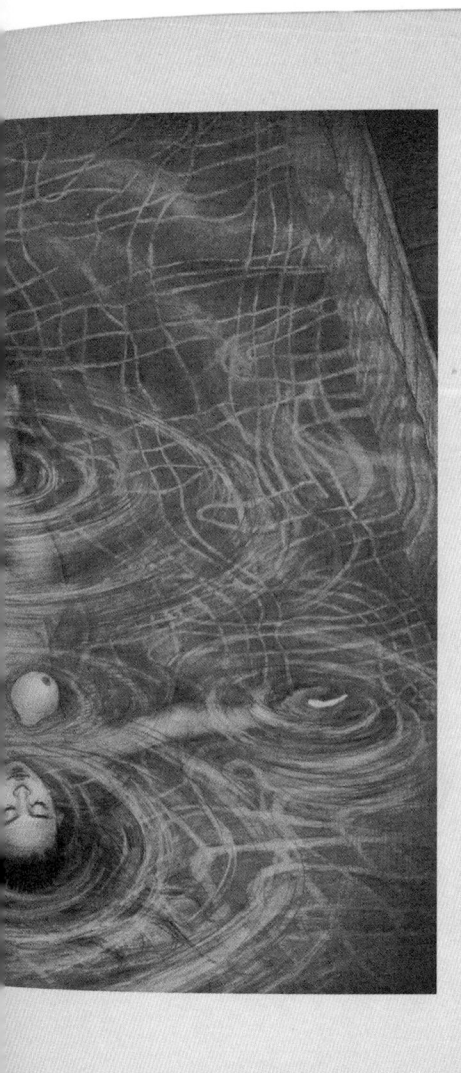

应。停了一会儿,母亲的声音从上面传下来:"爱疯!微软!别闹了,我在浇花,别把花盆弄翻了!"

夏慧沿着楼梯走上去,顺着墙壁悬挂着照片和绘画。来到二层,夏慧被眼前所见惊呆:左前方是一个大酒吧,一张台球桌摆在中间,上面悬挂着一个巨大的墨绿色灯罩,一排酒柜沿墙而立,吧台外面摆放着几把白色的高脚凳;右前方有一排棕色皮质沙发、一台黑色的超大电视机、几盏亮晶晶的枝形台灯。地板上铺着地毯,夏慧走上去,脚下奇软无比,上面的花纹非常奇特,是花和树叶缠绕在一起的别致图案。

她走上三楼,看见窗下有跑步机、健身器具,还有一个超大的粉红色垫子,墙上挂着瑜伽课程训练图表。健身房里面还有一个区域,被一大幅抽象绘画遮挡了。夏慧蹲下身,发现是一个淋浴间,淋浴间外有一扇开着的木门,夏慧看见一排排色彩斑斓的衣物挂在里面。

她绕过那幅画,走进这间屋,屋子很大,整整两排敞开式衣柜全都挂满了各式服装。她凑上前,闻到一股特别的香气,是这些衣物散发出的香气。丝绸短衫、纯毛大衣、亚麻和纯棉裙子、毛线外套、运动衫,和叠放整齐、颜色样式各异的文胸、内裤……红色、白色、黑色、灰色、黑灰混搭色,还有奇异的各色套装,衣橱下面摆放了几十双各式女鞋。夏慧没有蹲下身细看这些鞋子,看了又有何意义呢?

她突然尖叫了一声,不知什么时候,爱疯和微软已经站在她的身后,哈着舌头看着她,她感觉自己像个偷窥犯。"妈!妈!"她的声音有些发抖。母亲跑下楼,有片刻诧异,随后笑着说:"慧慧,你吃早饭了吗?"夏慧指指眼前的狗。"你们俩下楼玩去吧。"母亲一声招呼,两条狗乖乖地跑了下去。

母亲一边往楼下走一边说:"今天是周末,我想让你弟弟过来住两天,可他说要跟同学们去爬山,估计你弟弟谈恋爱了。"夏慧跟在后面,一言不发。母亲停住脚步,回头看着夏慧,说:"慧慧,我还没见过苏明,要不你请他来这儿,我们好好吃顿饭?过些日子,我就该回去了。你说呢?"夏慧不置可否地笑了笑。"我待会儿买菜去,你在家看看书,楼上露台挺好的,还有遮阳伞。对了,别怕爱疯和微软,它们很乖。"夏慧没有细听母亲的话,她在想苏明。

夏慧最终决定给苏明打个电话。苏明没有丝毫犹豫,记下了地址和乘车路线。她走上露台,手扶栏杆远眺,远处是清晰可见的山峦,云朵形状各异,悬浮在山顶,好像是老天爷的雕刻作品;顺着云朵,她看见昨天穿过的林荫大道——绵延不绝、向前延伸的林荫大道酷似冒出大地的绿屋顶,她真想躺在屋顶下面歇息,闭上眼睛,什么也不想,什么也不担忧,只听她想听的声音。

身后的花坛摆满了一盆盆的鲜花,花朵上面流淌着晶莹的水珠,那是母亲辛苦一上午喷洒下的水珠。鲜花散发出香气,挂在花盆上面的塑料标签,登记着鲜花的名字。狗有名字,花有名字,她想到自己的名字,普普通通的名字,情绪又有些失落。

她没有心情倾身嗅闻鲜花。她的手指拨拉着花朵,想揪下一朵,一点一点捏碎,或者直接踩在地上——这种心理感受不太正常,她知道这一点,可是控制不住。

不过她的思绪又有点偏移。她疼爱母亲，母亲从偏僻小镇来到北京，实在想象不出还能享受到如此舒适的环境和生活。她能看出母亲心情和身体的变化。某个瞬间，夏慧甚至不想让母亲回家乡了，因为她知道家乡的真实生活状况。

她走到三楼，一股莫名的欲望侵袭过来。她走进女主人的衣橱间，脱下衣服，开始试穿女主人的衣服。每穿一件衣服，她就站在镜子面前仔细端详，她喜欢上了镜子里面的这个女人——是自己吗？真的是自己吗？她记得很清楚，在和苏明相识相处的日子里，他们只做过一次爱，就在宿舍那张简陋的床铺上，整个过程不太成功，因为紧张不安的情绪始终压迫着她的身体和心理感受。

镜子里出现了爱疯的脑袋，爱疯上下打量着她，眼神里有迷惑。她回过头，笑了笑。爱疯走过来，卧在她的脚边，尾巴轻摇着。她躺在地毯上，身体呈一个舒展的"大"字，手指轻抚着爱疯的身体。

她闭上眼睛，听见爱疯的呼吸，开始喃喃自语："乔布斯……你是我非常非常敬佩的男人……工作后我

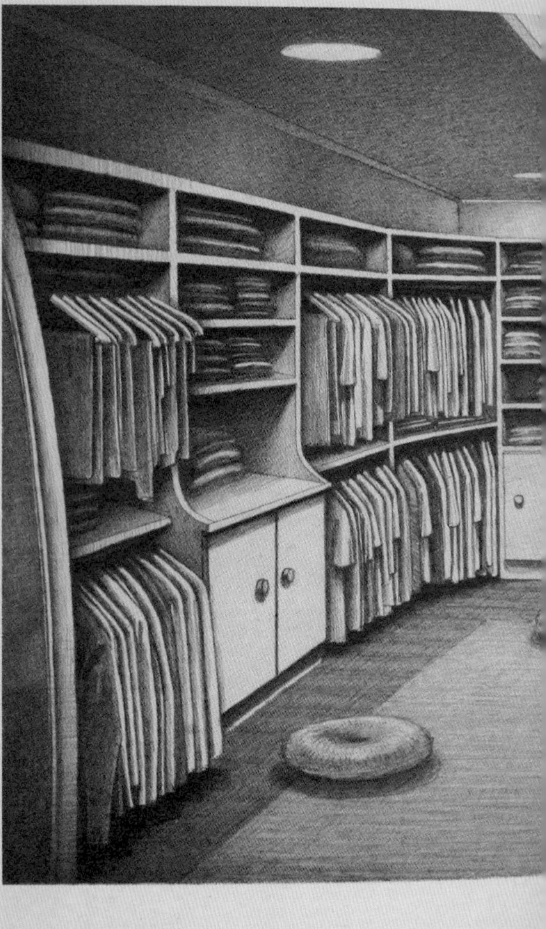

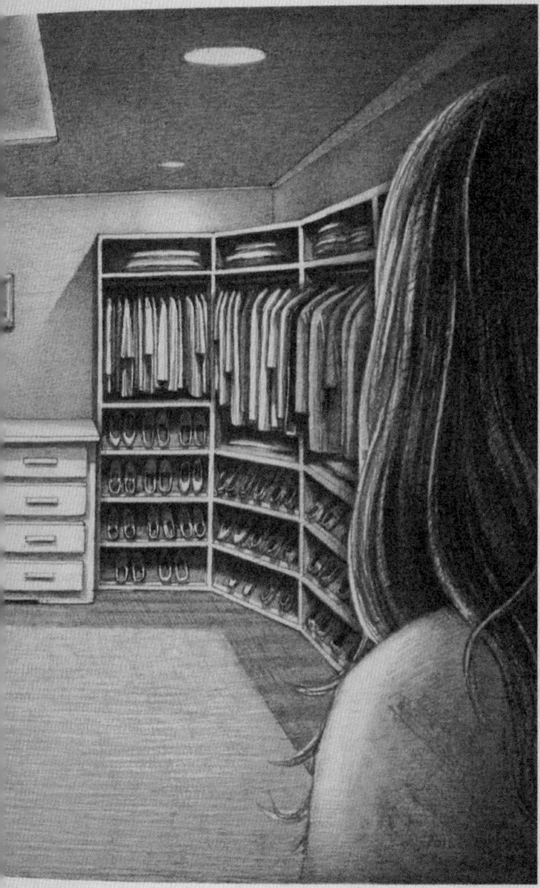

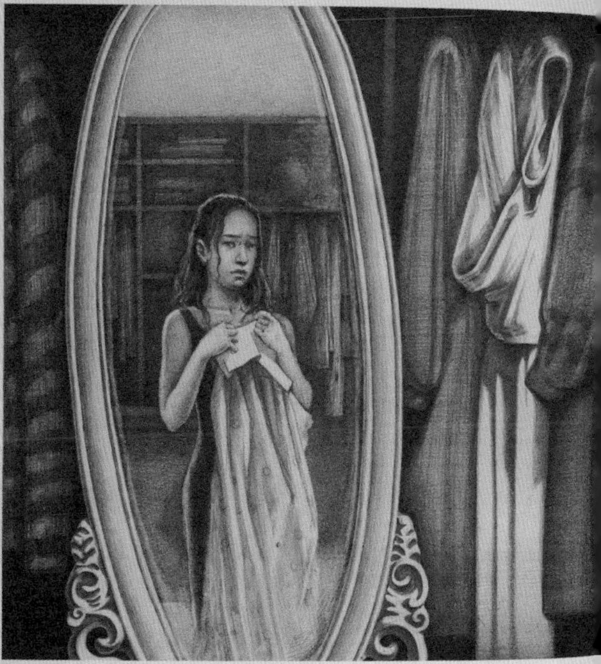

就买你的苹果手机……最新款的苹果手机……"细软的地毯轻揉着她的肌肤,她听见内心的声音:"夏慧,这辈子,你会有这样舒适的生活吗?"她想牢牢记住此刻的舒适感。隐隐的雷声从远处传来,她在倾听,在计算苏明到来的时间。

母亲回来了。她把买回来的菜一样一样摆好,有的直接放进大冰箱,有的放进菜盆,母亲还买了一条鳜鱼,说要让苏明尝一尝家乡的臭鳜鱼,只是不知道北京的调料是否正宗。

夏慧帮着洗菜,告诉母亲苏明已经上了车。母亲走过来,笑着说:"慧慧,我买了两瓶红酒,你们俩晚上喝。"夏慧笑着点点头。远处的雷声似乎更近更响了。夏慧拨通苏明的电话,苏明说坐过站了,正在往回走。

四个凉菜已经摆上桌,红酒杯和餐具亮闪闪的,鳜鱼躺在一个青花瓷盘子里,发出青灰色的冷光。夏慧摆好筷子坐下来,静静地看着母亲烧菜的背影,渐渐地,眼前仿佛呈现一团迷雾。

她不知道自己在想什么。她听见鳜鱼滑入热油发出的"啪啪"声,思绪开始跳跃,好像看见一条活蹦乱跳的鳜鱼不小心跌入了滚烫的热水。鳜鱼不会叫,不会呼喊,所有的鱼都不会呼喊,只会扭曲身体、张大嘴巴挣扎。这是鱼的命。人和鱼的区别是什么?

夏慧不敢想下去。她的手机响了,门卫的声音传过来,他们简单通了话,夏慧对母亲说:"苏明到了。"然后往门外走。母亲在背后说:"慧慧,下雨了,晚上我去楼顶阁楼睡,苏明晚上就别走了。"夏慧没有马上回答。

天色转暗,雨滴落下,灰黑色的云层非常密实。门卫送来苏明,看见夏慧出来迎接才离去。苏明站在门口,抬头看着这幢别墅,雨滴落在他的脸上,夏慧一时看不清苏明的神情。

屋里飘荡着臭鳜鱼的奇特味道。夏慧的母亲喜在心头,把鱼肉夹在他眼前的盘子里。苏明的表情不太自然。三个人碰了一次杯,聊了一些家常,餐桌上的气氛平静有余热烈不足。

雨打玻璃的声音开始变弱，夏慧的母亲站起身，笑着说："爱疯和微软该吃饭了，我去狗舍喂它们去。"苏明瞪大眼睛望着夏慧。夏慧笑着说："爱疯和微软是这家主人养的两条狗的名字。"苏明的脸色沉了下来。

"你今天不舒服？"夏慧关切地问道。

他欲言又止，随后说："我想起来一件事，我研究生导师的父亲是位中学老师，退休后养了一条狗，取名孔子，我老师非常郁闷，却又没办法，在他心里，孔子可是唯一的圣人。"

"后来呢？"

"那条狗两个月大的时候，导师的父亲就开始养了，叫它两三天孔子，它能一辈子记住，没办法再给它改名。"

夏慧望着苏明，想继续听下去。

"孔子长到一岁多的时候，我导师把这条狗杀了。"

"杀了？"夏慧瞪大眼睛。

"他忍受不了一条名叫孔子的狗每天在眼前晃悠。"苏明平静地说，"只能杀掉。"他伸开手掌比画着。夏慧静静地看着他的手掌，感觉到不可思议，随后两个人的视线交汇在一起。

"你将来想养狗吗?"苏明问道。

"养狗挺麻烦的。"

"到底想不想养狗?"苏明马上问道。

"不想。"她感觉好像在撒谎。

"你说过你喜欢狗,喜欢大狗。"

"说说而已。"

一阵沉默。

"如果养狗,你会给它起什么名字?"

夏慧看着苏明,依旧沉默着。

"养大狗需要大房子。"苏明语气怪异。

"没有大房子就养小狗,也没什么。"

"这房子真大啊……"苏明扫视着房屋。

"广厦万间,睡眠七尺,古人早就这么说过。"夏慧这样回答,她是故意这样回答的,不想让苏明胡思乱想。在夏慧心里,苏明是她现在唯一的感情和婚姻人选,她不想失去,也没有更多的时间和机会去选择。

苏明喝完杯中酒,打开第二瓶红酒,给自己倒了满

269

杯。"书上说，喝红酒不能倒满，只能倒四分之一杯，那才叫品酒，"他呵呵笑着说，好像在自我解嘲，"我知道这个常识，可我今晚想这样喝酒。"他喝了一大口，脸颊已经泛红。

夏慧能体察出苏明的复杂心绪。她往苏明的盘子里夹了几块鱼肉，举起酒杯，说："每个人都有每个人的生活，我们要过自己的生活。"

"生活……差距太大了……太大了……"苏明垂下眼帘，沉默着。

"那又怎么样？"

"人和人，真的没法比。"

"你别多想。"

"我没有多想。"苏明抬起头，直视着夏慧。他的眼睛是红色的。

"我妈过几天回老家，走之前她想见你一面，就是这样。"

"是吗？"

"是这样。"

"你不了解我……"

夏慧不知道说什么好。

"我知道我很自卑。自卑的人就该躲开不该见的,躲开不该想的。"

"你喝多了。"

"我很清醒。"

"你不想见我妈一面吗?"

"我没这么说。"

"不该来这里见吗?"

"你说呢?"

"我不明白。"

"可能选错了地方,或者说,我们不该在这里见面。"

"请别多想,好吗?"夏慧的声音是温和的。

"我是怕你多想。"苏明举起酒杯,一饮而尽。

"我不是虚荣的女人,我知道什么生活适合我。"

"在这栋大别墅里,你真的没有多想?"

"没有多想。"

"你在撒谎。"

夏慧低下头,沉默不语。

"这儿不属于我们……"苏明的眼圈有些微红。

"请别多想。"夏慧想握住苏明的手指,苏明闪开了。他站起身,抓起酒瓶和酒杯,一边倒酒一边走向楼梯。"夏慧,上面有酒吧!我们在上面喝吧!"苏明大声说。夏慧跑上去,说:"说话小声点,别让邻居听见了,我妈还在这里工作。"

"Sorry… Sorry…"苏明靠坐在高脚凳上,胳膊支在吧台上面。夏慧下楼端上来一杯浓茶,发现苏明已经喝完了第二瓶红酒。

"我还想喝……"他说。

"没有了。"

"我还想喝!"

"真没有了,就买了两瓶。"

"你骗我……吧台里面都是酒……"

"那是人家的。"

"爱疯……微软……狗的名字……"他呵呵笑了几声。

"冷静点好吗?"

"我想喝酒……"他的脑袋趴在胳膊上,声音怪怪的,好像在哭。眼前这个男人散发出虚弱无助的气息,夏慧深刻感受到了,她慢慢走过去,抚摸着苏明的脊背,眼睛开始湿润。

爱疯和微软的声音把她唤醒。她走下楼,看见浑身湿漉漉的母亲。"慧慧,快帮我擦狗,别让它们感冒了,"母亲笑着说,"狗都喜欢雨,一个劲儿疯跑,可把我累坏了。"她去厨房拿毛巾,小声问夏慧:"苏明呢?"

"他喝多了,在上面休息一会儿就好了。"

"我做的臭鳜鱼他好像不太爱吃?"

夏慧脱下母亲身上的湿衬衫,心里一阵发酸。她蹲下身,擦拭爱疯皮毛上的水珠,想到那条被杀死的名叫孔子的狗,突然有了想杀死爱疯的冲动。苏明的声音从楼上传下来:"拿酒来……我还想喝……"夏慧再也控制不住眼泪,她低下头,不让母亲看见。

"慧慧,苏明把两瓶酒喝完了?"

夏慧看着母亲,叹了口气。

林荫大道

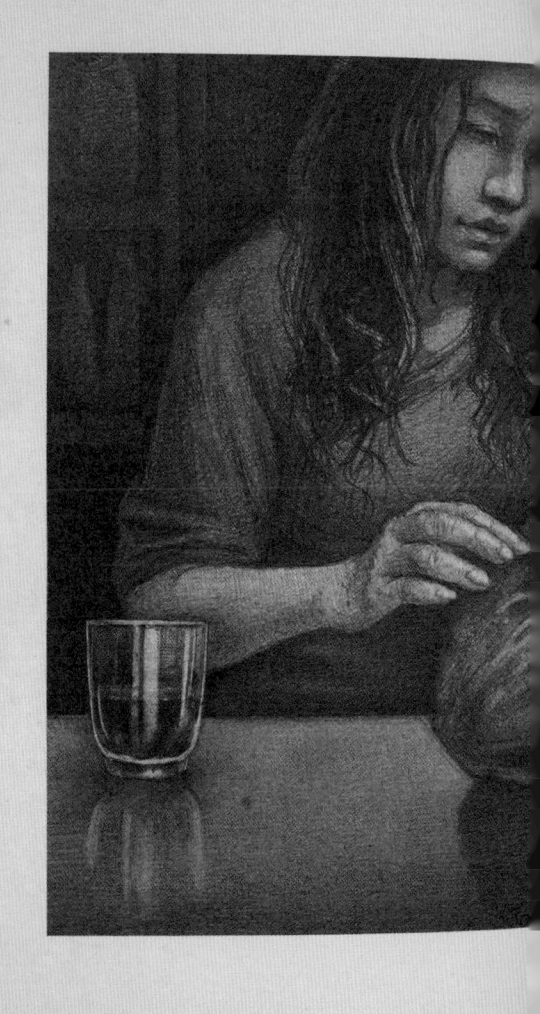

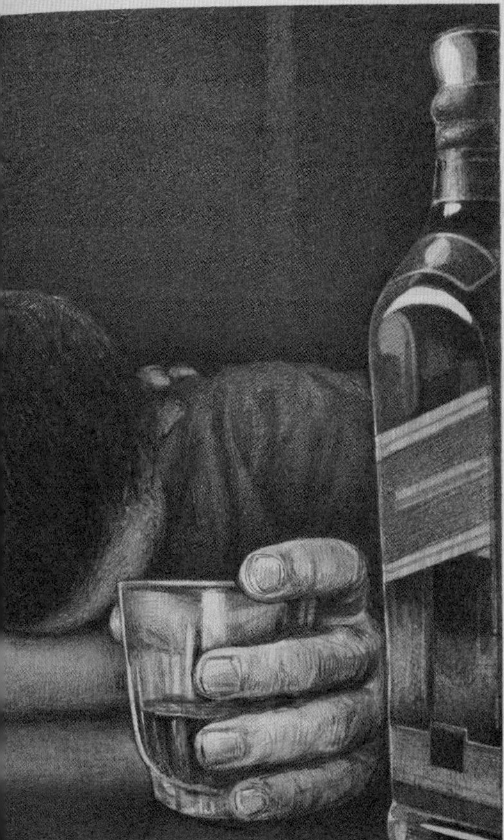

"我再去买?"

"不用了。"夏慧克制着情绪。

"让他早点休息吧,我们俩去阁楼睡。"

"让他去阁楼睡。"

"那怎么行?"

夏慧沉默不语。母亲蹲下身,看见女儿脸颊上的泪痕。"怎么了?吵架了?"

"没事……"夏慧站起身,走到水池旁投洗毛巾。

"真没事?"

"明天就好了。"

母亲不再说话,开始擦拭微软的皮毛。夏慧走过来时,母亲小声说:"刚下过雨,阁楼上不会太热,上面是木地板,拿上席子、枕头和毛巾被就行了。你去照看照看他吧,等你下来我再睡。"

夏慧看着盘旋上升的楼梯,点了点头。

夏慧收拾停当,扶着苏明走进阁楼。苏明说着含糊不清的话,手指紧紧抓住她的胳膊,似乎害怕她逃脱。

夏慧按灭阁楼灯光，推开木门，和苏明并排躺下。

露台上有风，风吹来音乐声，不知谁家的孩子在弹钢琴曲；雨后的月亮挂在那儿，湿润的云彩在它脸上擦过来、擦过去。夜色如水，今夜注定失眠。她突然觉得自己很傻。

母亲在楼下等着她，可她不想下去，也不能下去。借着月光，她看见苏明眼角的泪，伸出手指轻轻擦去，小声说："对不起……"苏明没有入睡，他脱去夏慧的衣服，想进入夏慧的体内，可是他虚脱了，失败了。他们默默望着对方，月光下，两个人的脸色很苍白。外面的风和音乐犹在。

"我……"苏明的声音沙哑而脆弱。

"我懂……"

苏明侧转身，没再说一句话。夏慧赤裸身体，走出阁楼，走向围栏边。她辨别不出方向，她的目光从左至右巡视，在尽可能广的视野内，黑夜一望无际，超越了历史和现实，有一股威严的力量，令人无法质疑。

右前方更显黑暗，那是长条状的林荫大道，她曾在

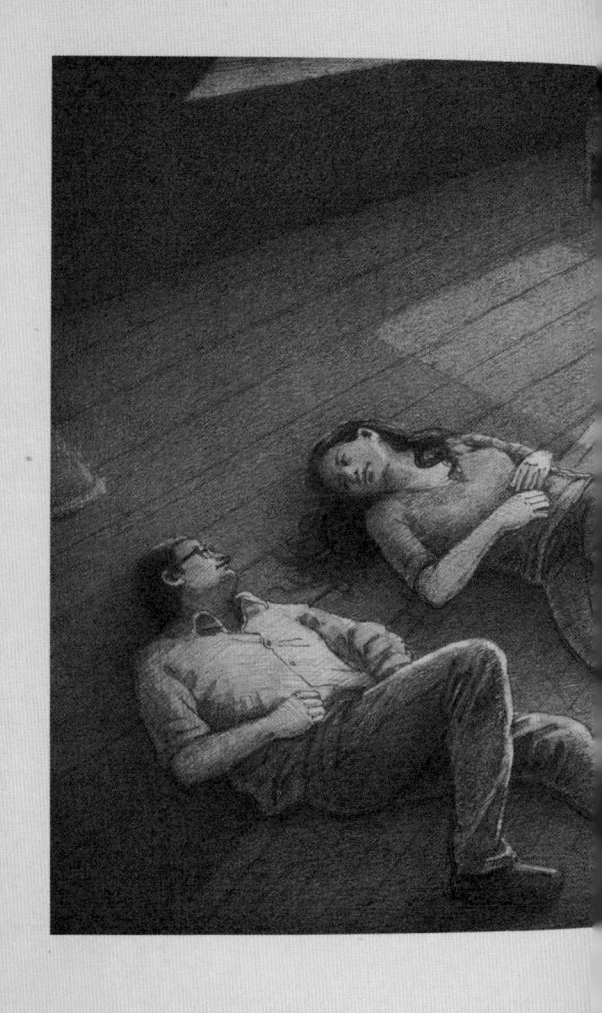

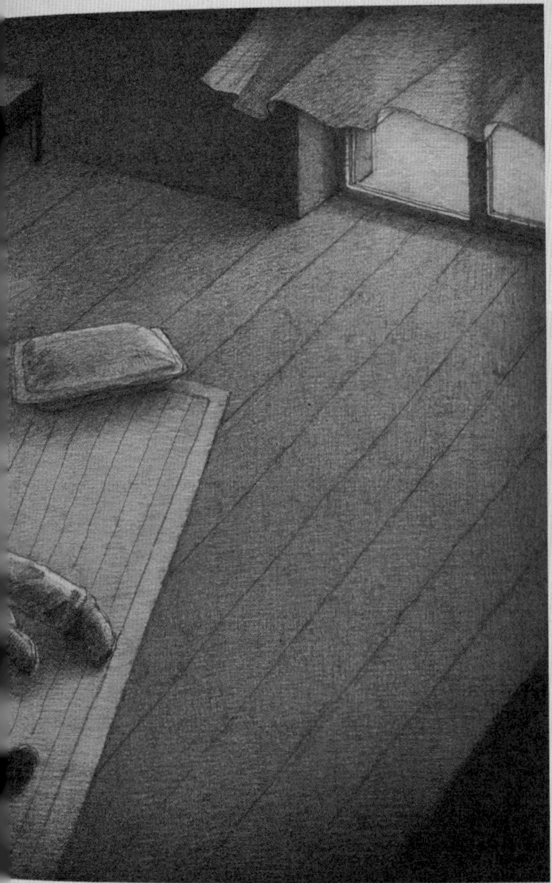

280

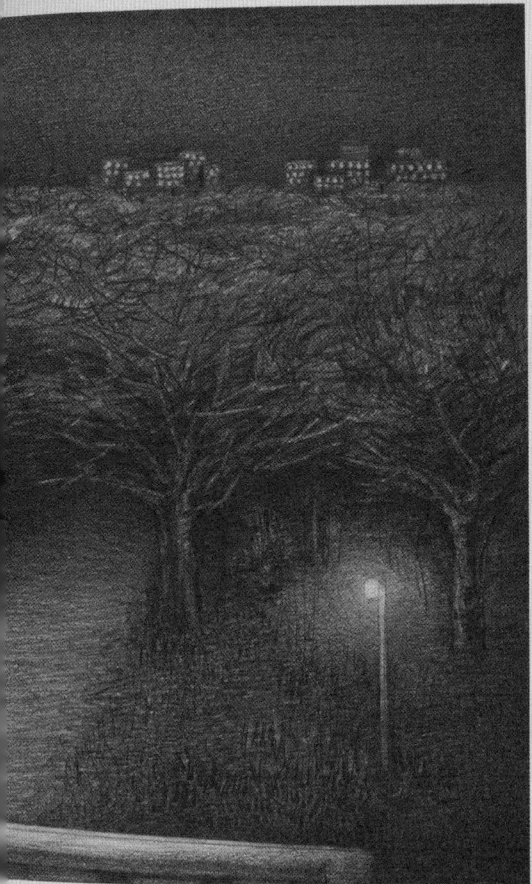

里面穿行,但她心里很清楚,这条林荫大道不是时光隧道,不能把她送回单纯的过去,更不能让她跨越现实,飞到想象中的未来。谁也不能逃离时间,一切都在时间的掌控之下,想到这儿,她深深地吸了一口气;她在想,此时此刻,如果苏明把她推下露台,她一点也不生气。

村庄
(插图本)

蒋一谈 著 | 姜继琼 绘

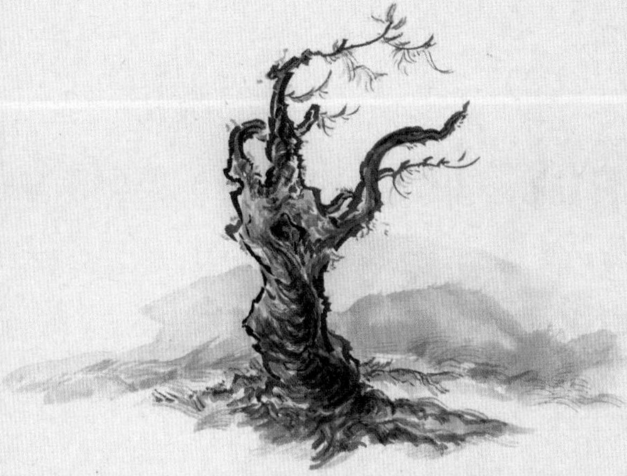

在地图上找不到这个村庄。

这个村庄是一个被遗忘的存在。

多年前,年轻人和孩子们离开这里,
再也没有回来过,
村庄里只剩下三男两女五个孤独老人。
在一天的大部分时间里,
他们枯坐在老树下,偶尔说两句话,
更多的时候沉默不语。

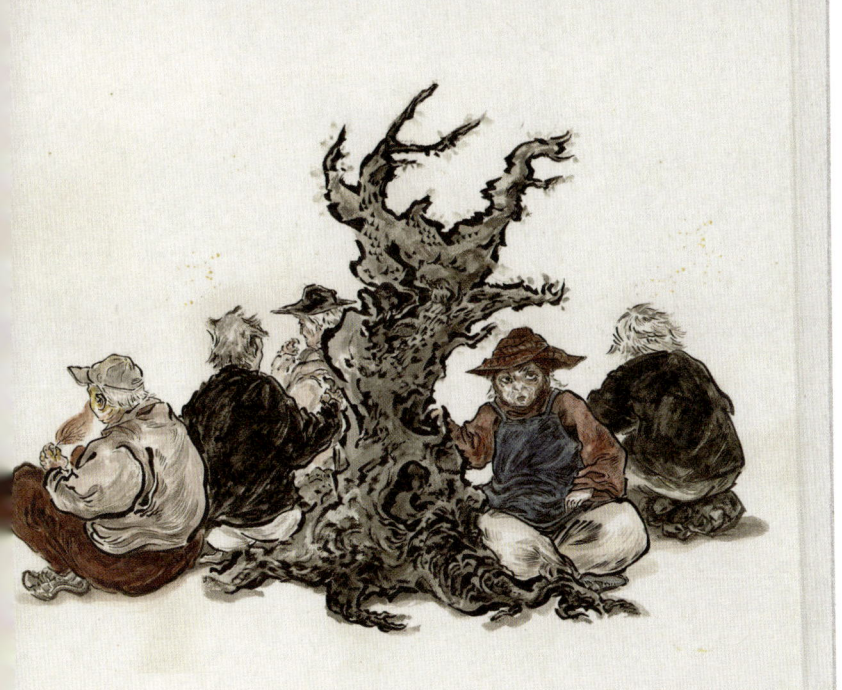

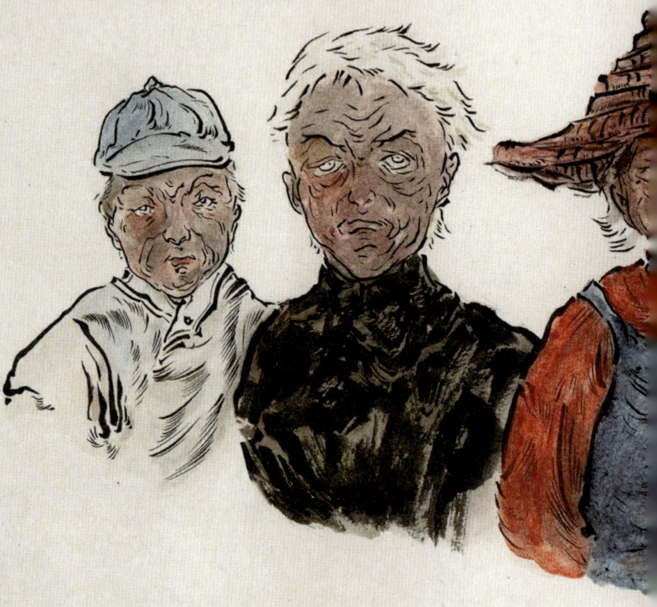

291

死神在不远处看着他们，
他们感觉到了，
可是他们不想死，
还想从余生里攫取最后的快乐。

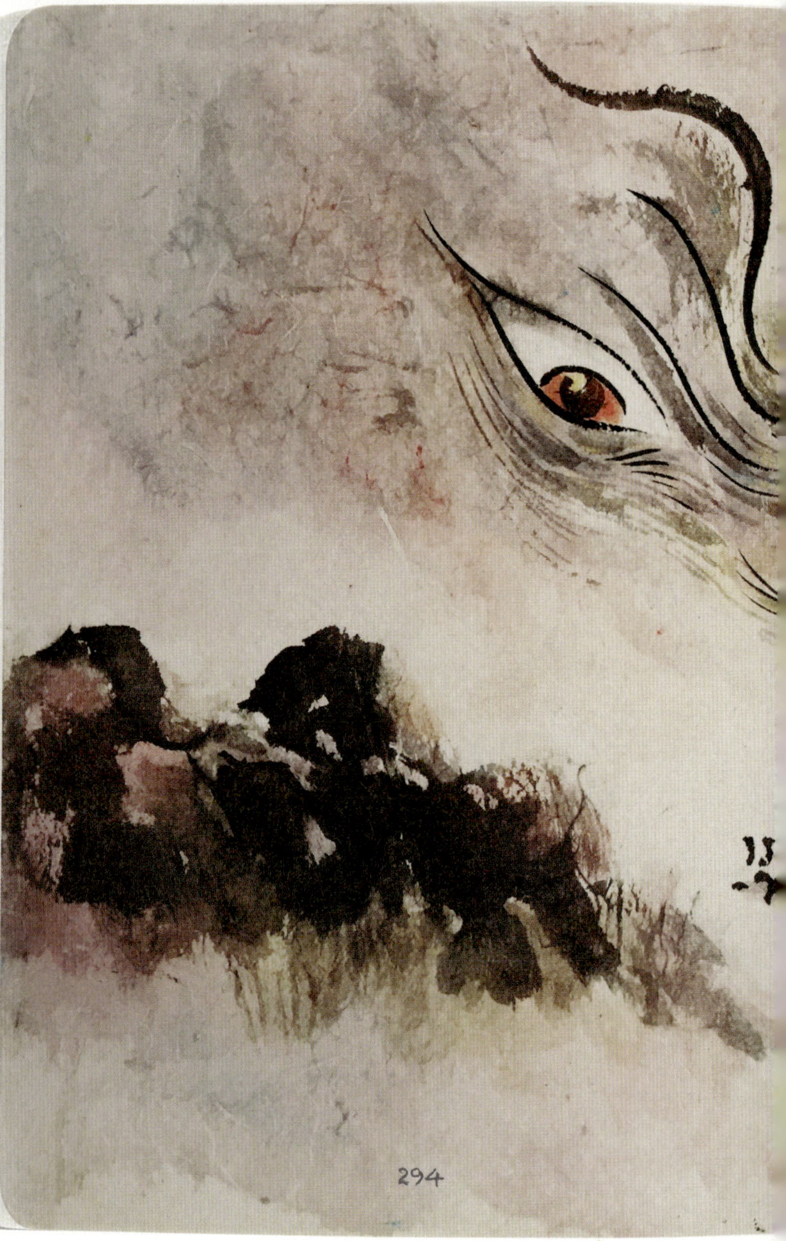

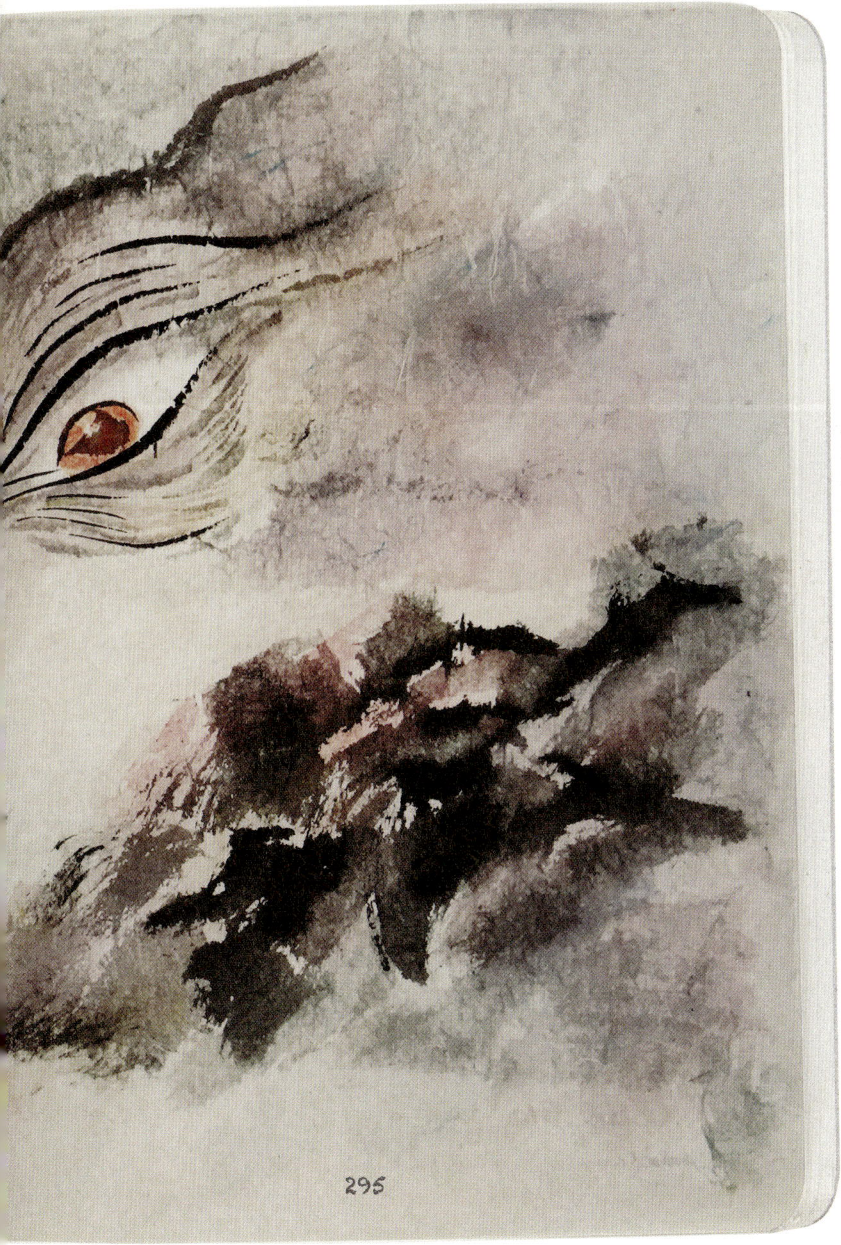

可是,最后的快乐是什么呢?
他们的想法各不相同。
后来,他们认为,
在风烛残年的时候讨论最后的快乐,
意义重大,五个人的快乐感受必须一致,
得来的快乐才是真正的快乐。

他们想啊想啊想啊想啊,
想到日落日升。

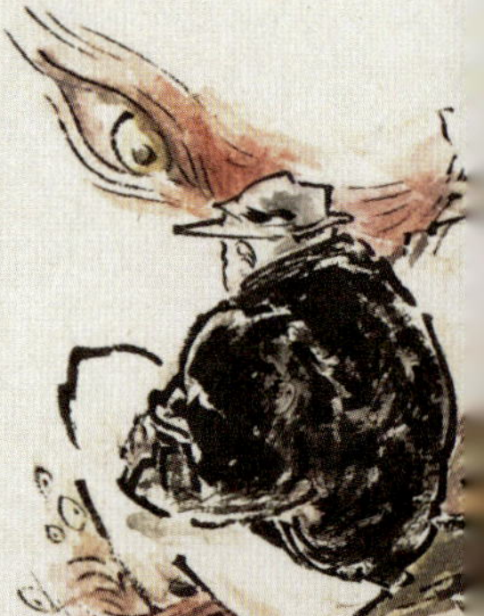

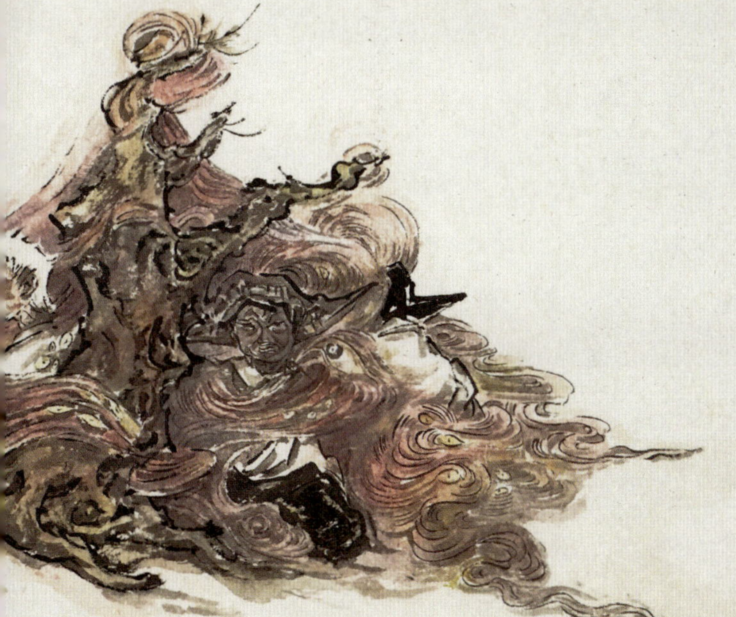

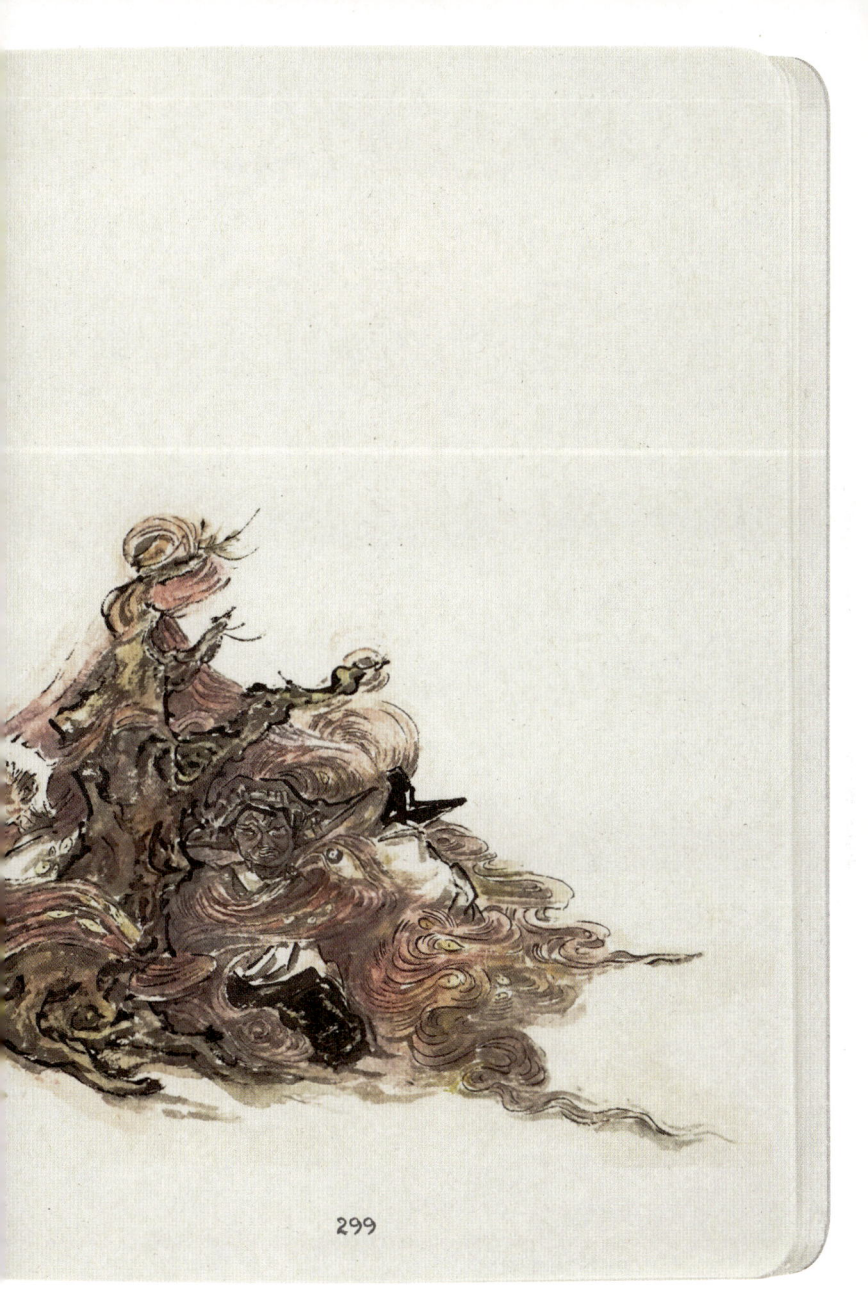

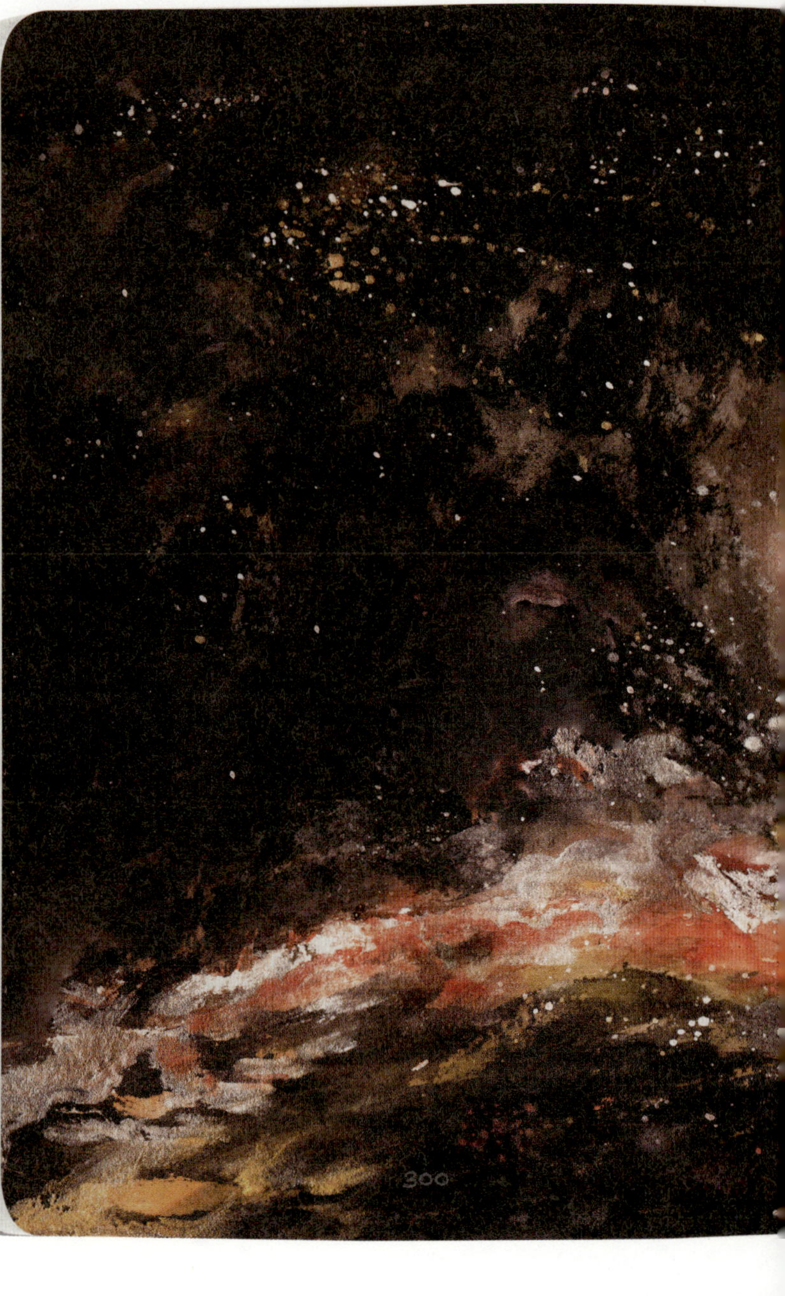

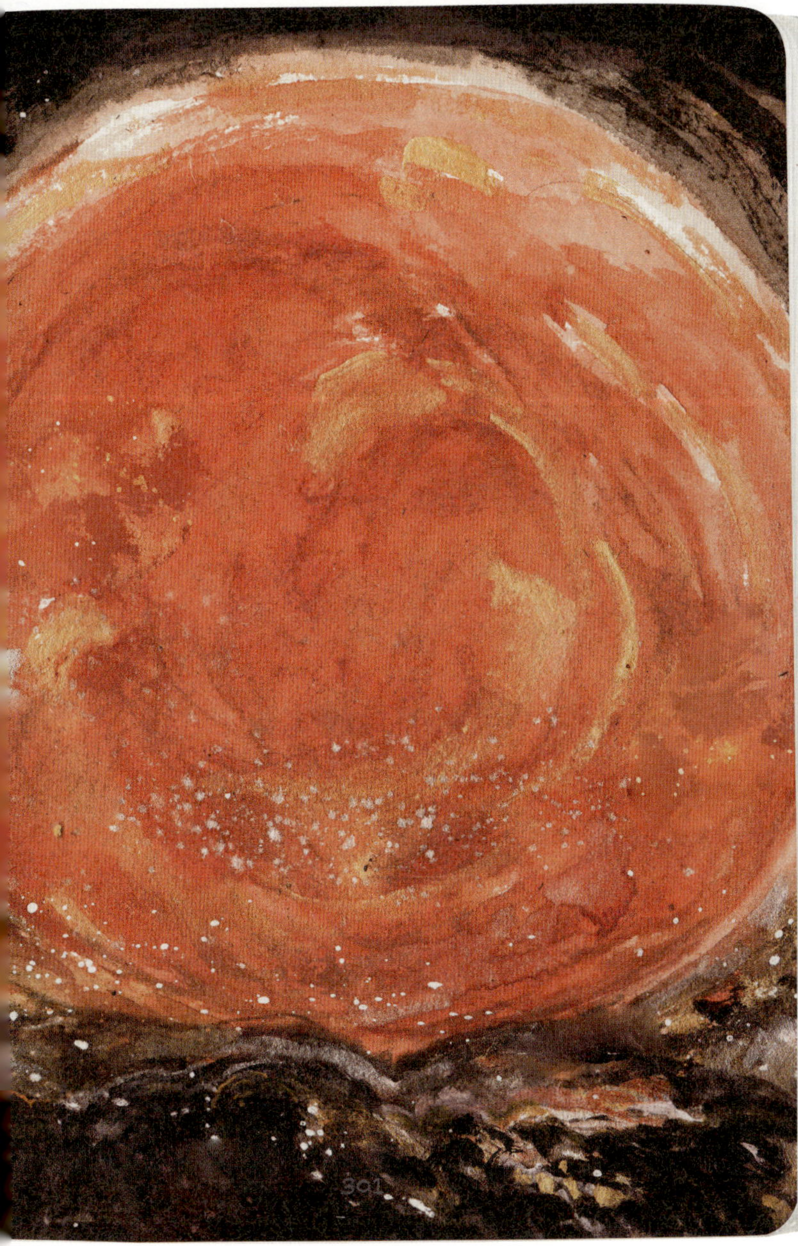

最后,
一个瞎了左眼的老头儿说话了:
"买一个男孩,做咱们的孙子吧。"
"好啊!"
"好啊!"
"好啊!"
"好啊!"
想法终于一致了。

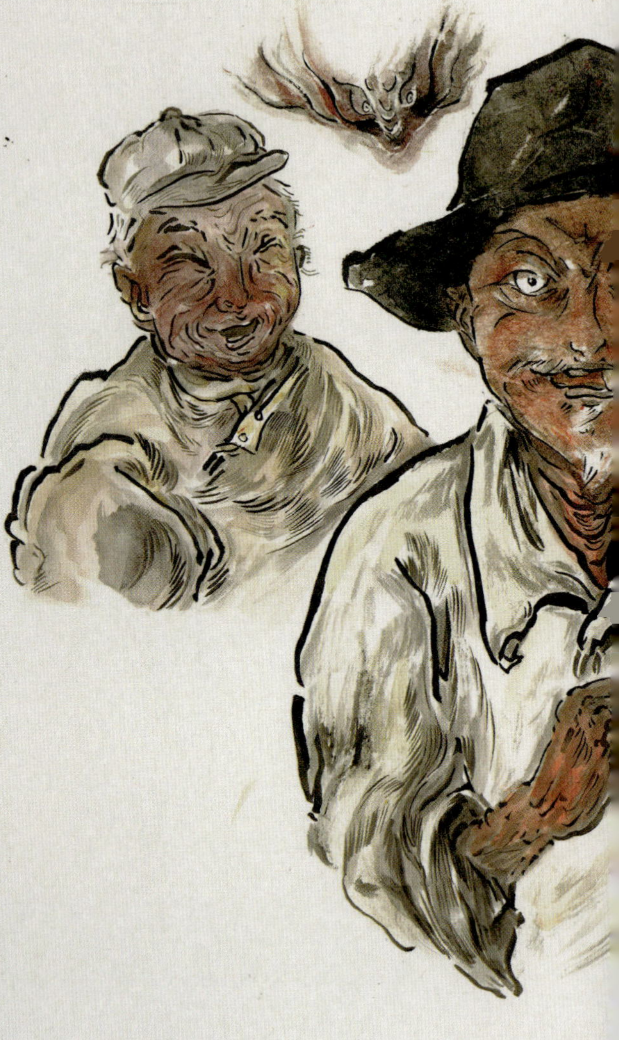

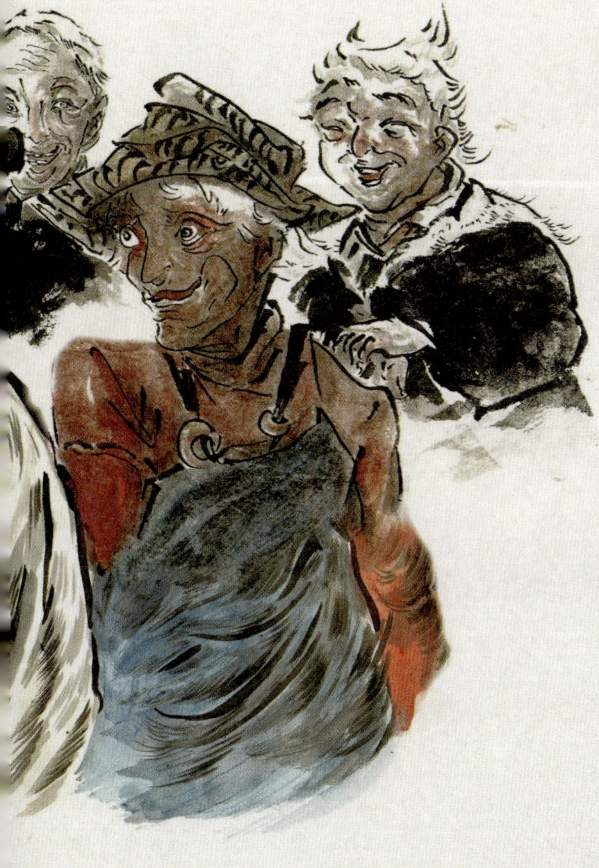

306

死神听见他们的笑声,皱起了眉头。

死神不明白,他已经抓了那么多恶人,

地狱空间早已拥挤不堪,

怎么还有这么多恶人呢?

死神想马上抓走他们,可是又好奇他们的故事。

他们老了，走不远了，
商量出了一个办法：
把买男孩的告示贴在村口路边的树上，
谁能办成此事，
谁就能得到村庄里的所有财产。
他们这样做了，高兴坏了，
好像此生从没这么高兴过。

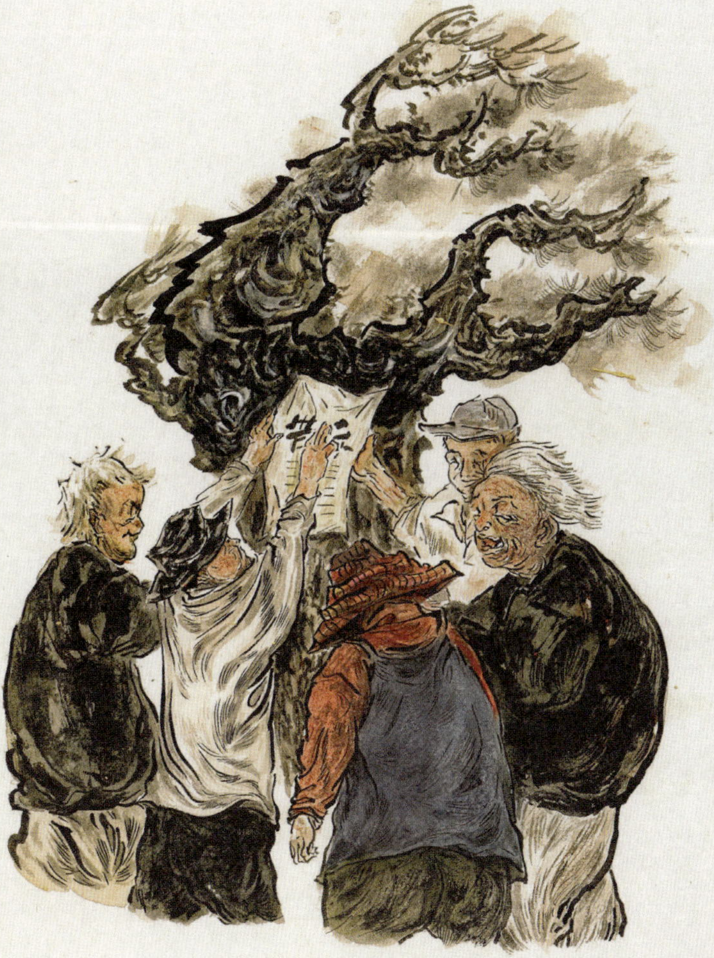

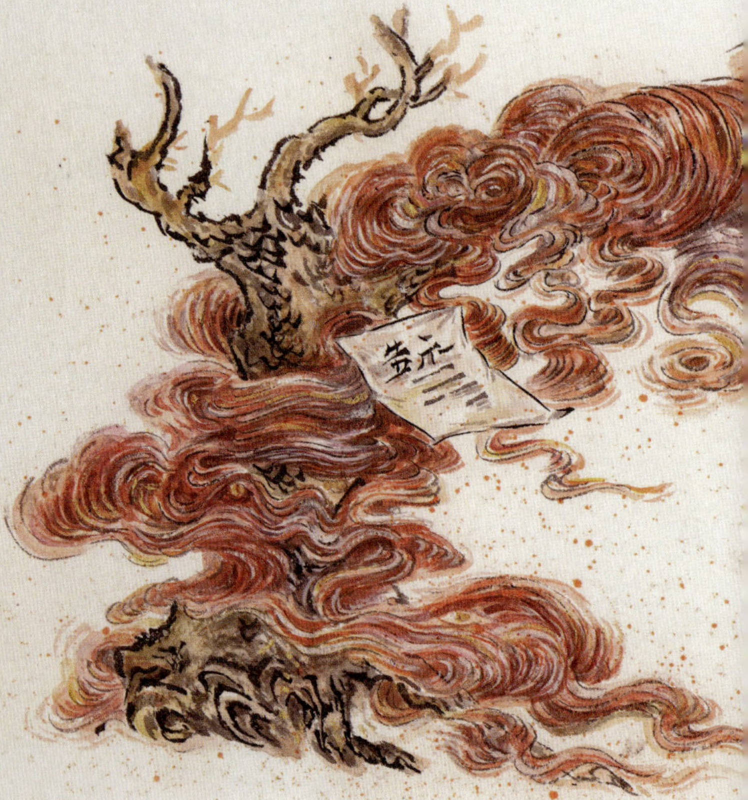
告示

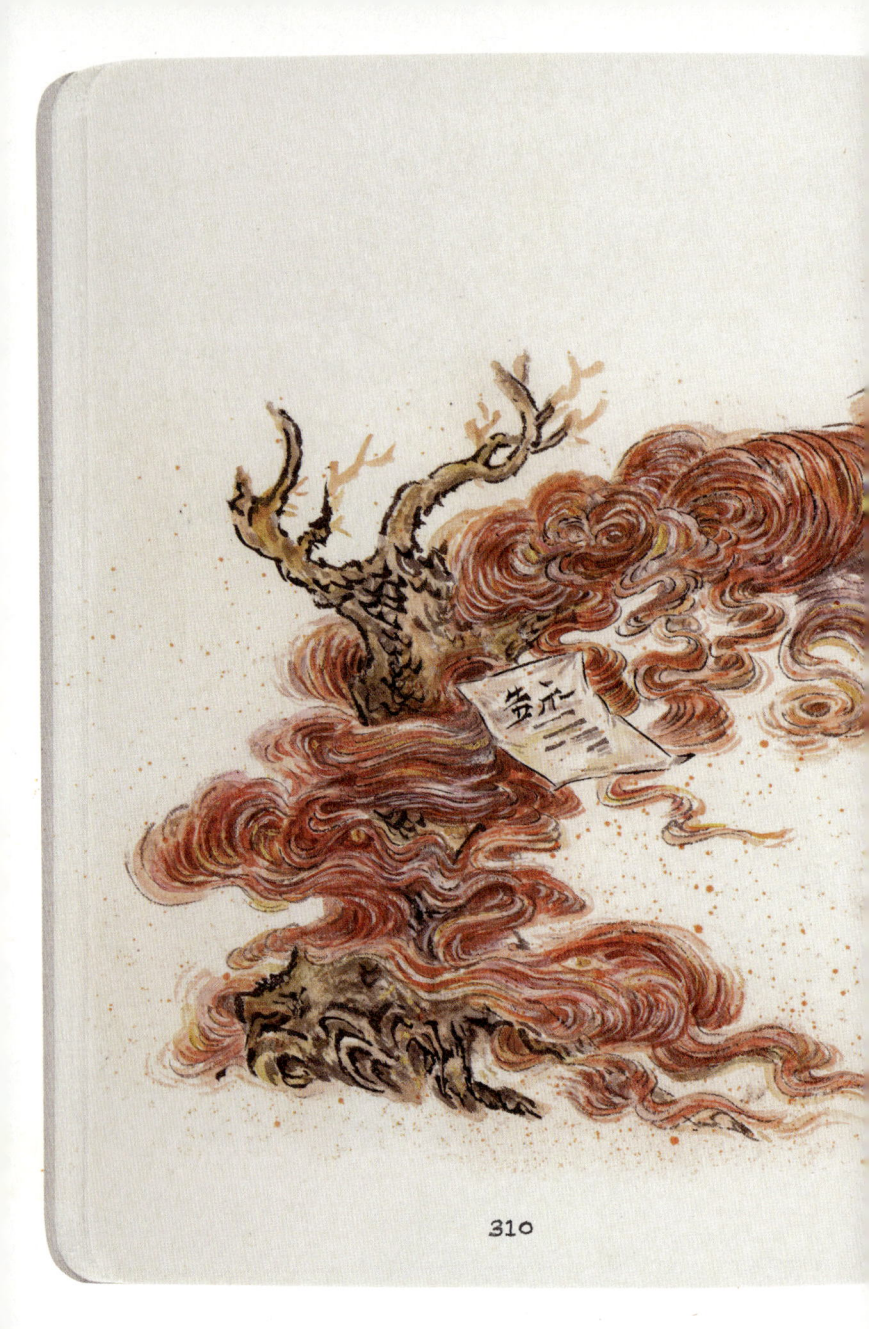

他们坐在老树下等待。

几天过去了，半个月过去了，一个月过去了，没有人走进村庄。

五个老人开始哭泣,
并不知晓村庄方圆几百里早已没有了人烟。
没有人来,也就没有了故事。
死神忽然幽默起来,想创造一个故事。
在成为死神的岁月里,他还是头一次这样做。

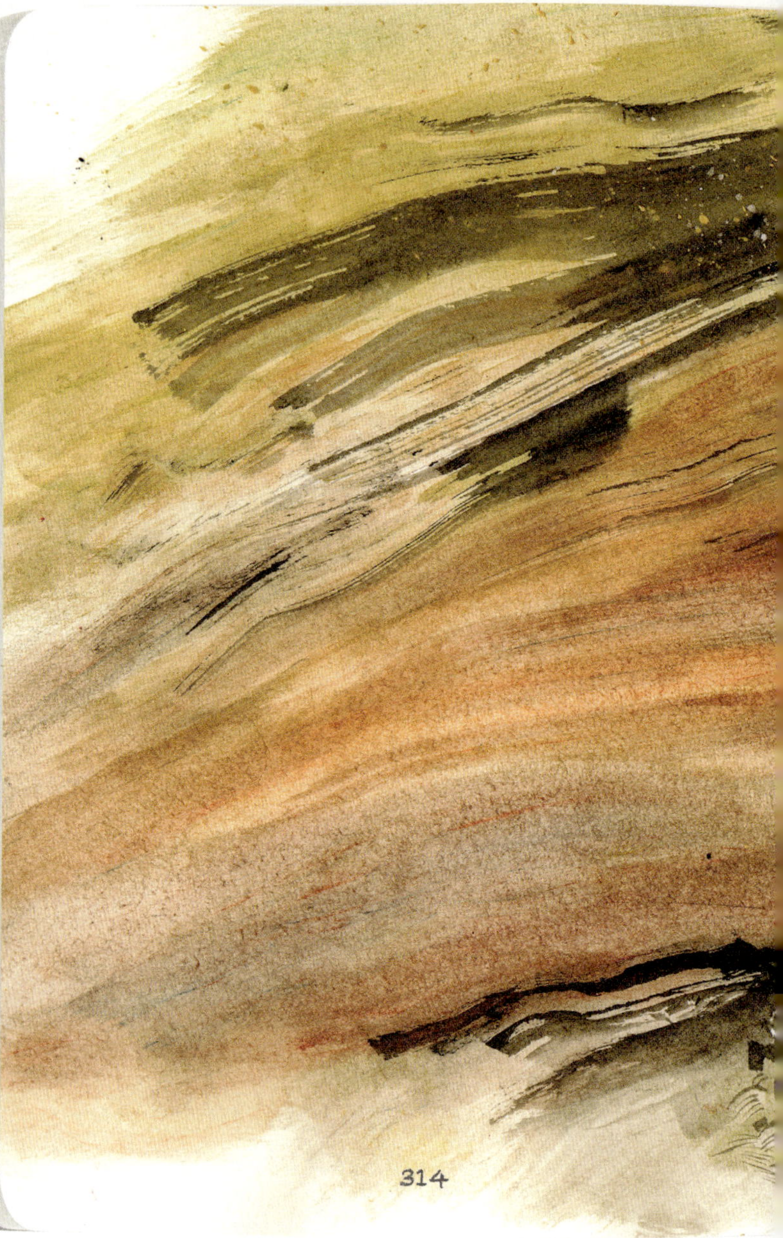

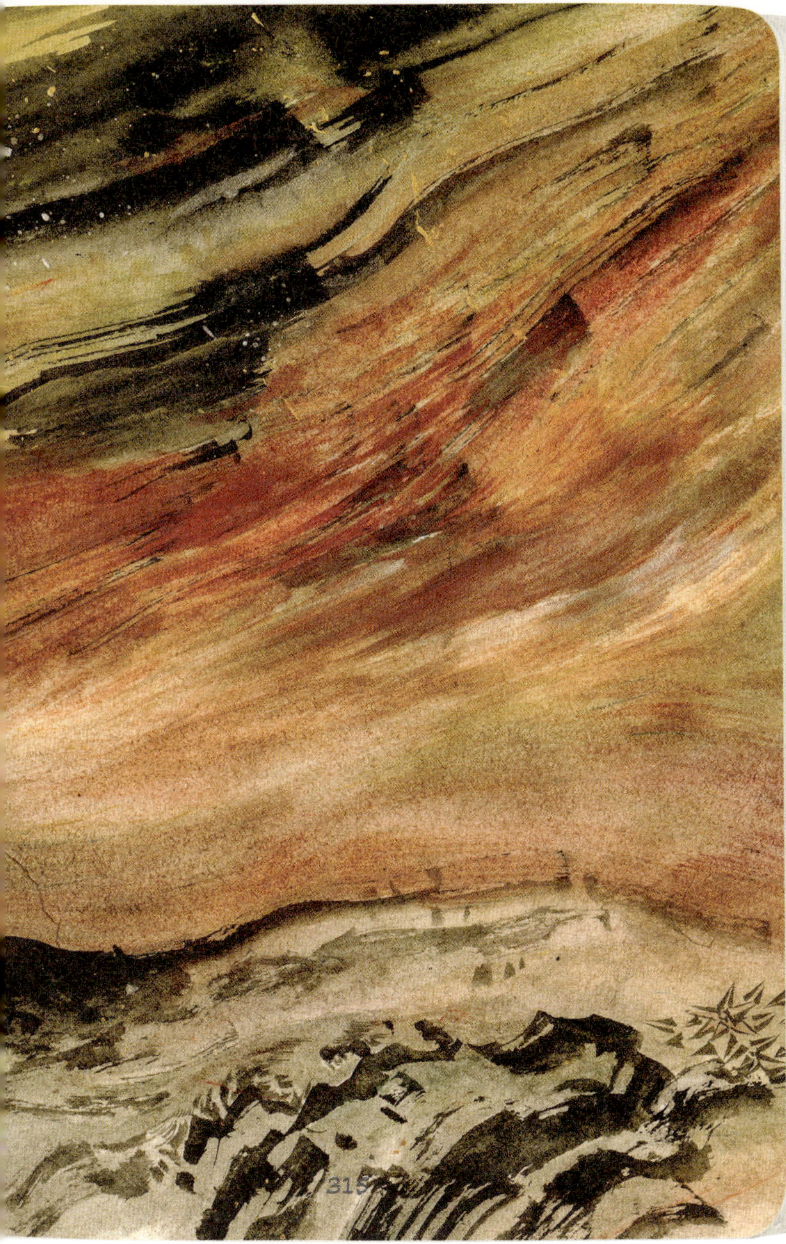

死神揭下告示,
化身为五个一模一样的小男孩,
穿越漫天沙尘,
一步一步走进村庄。

318

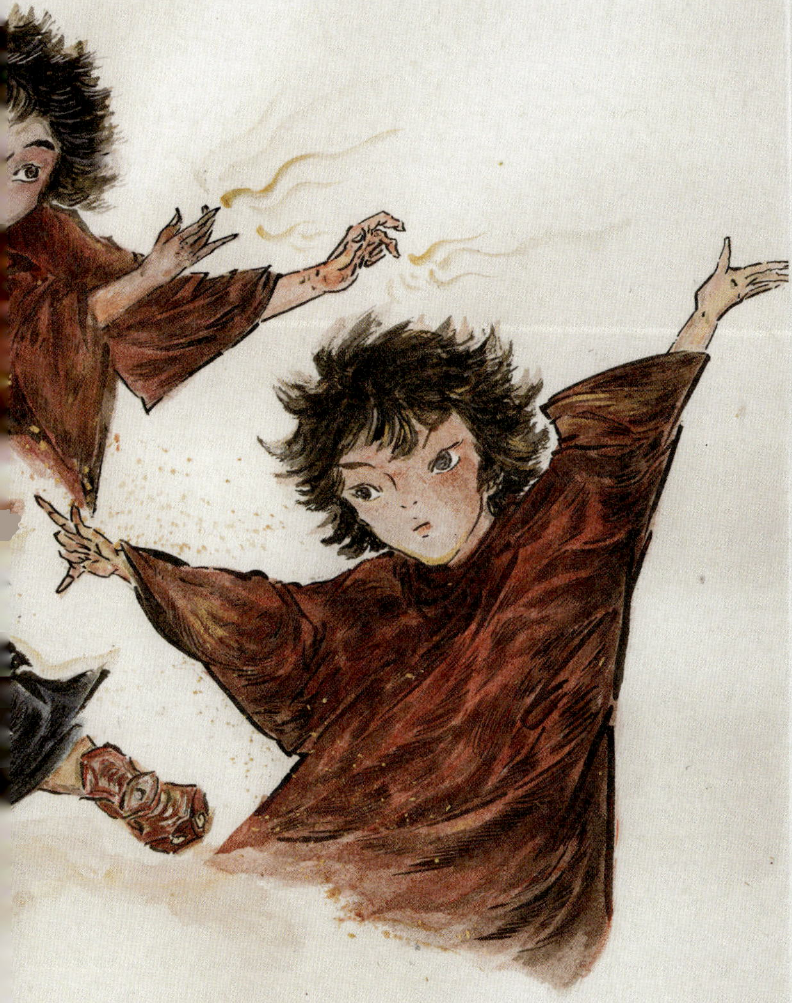

五个老人看见了人影，
颤巍巍站起身，面面相觑，
眼泪和口水因激动四处漫延。
五个一模一样的小男孩走到五个老人面前，
齐刷刷站立，随后跳起欢快的舞蹈。
五个老人先是惊呆，后来全部瘫软在地，
几乎同时被吓死了。

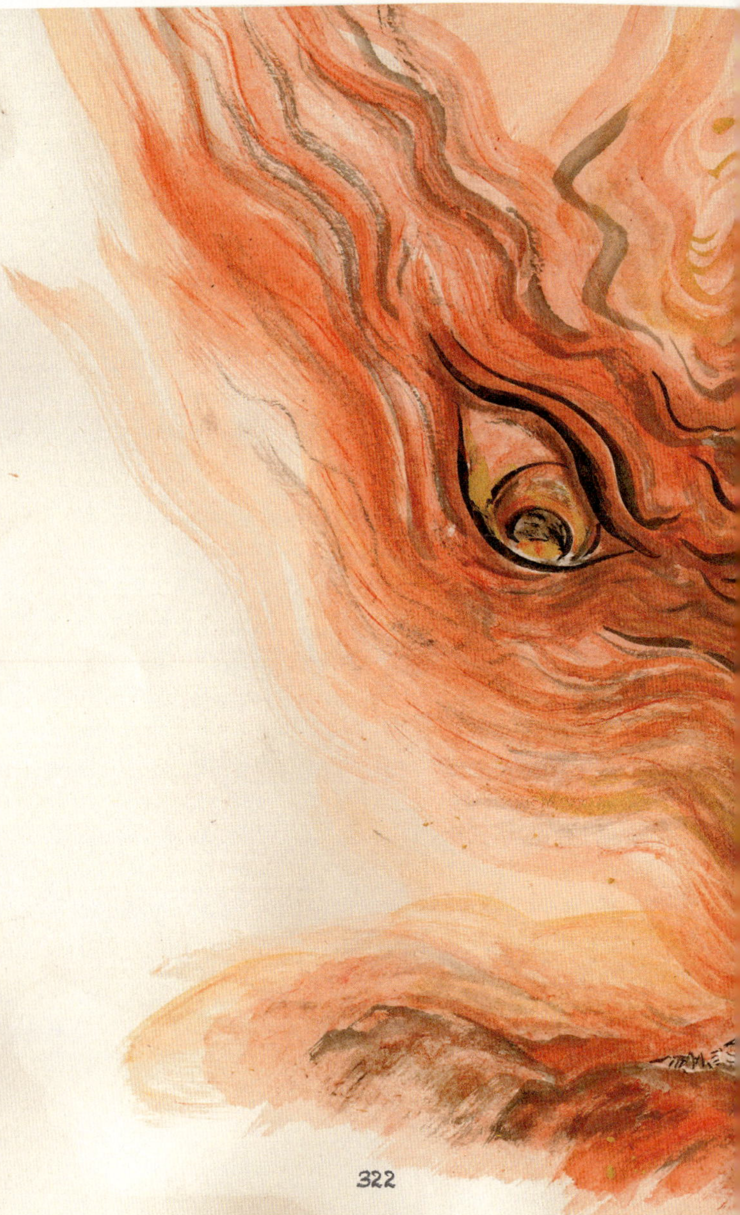

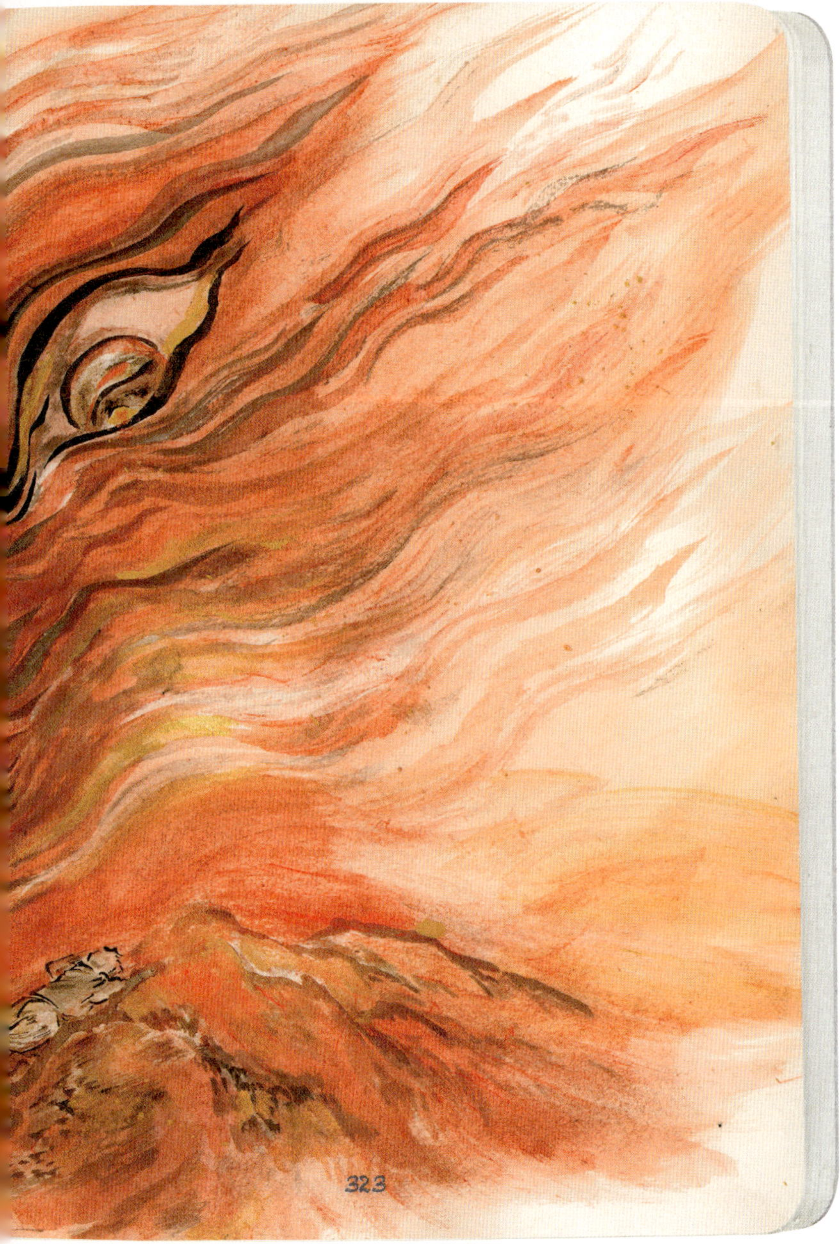

花的声音
（插图本）

蒋一谈 著 | 王蓓 绘

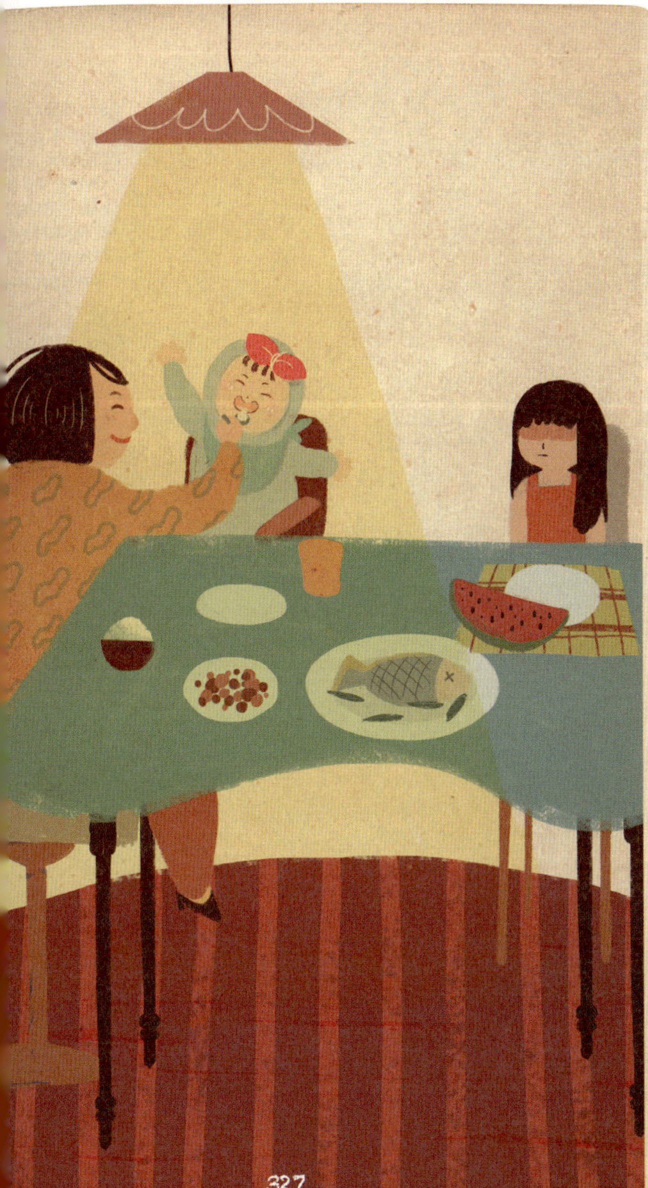

她比妈妈小二十八岁,比爸爸小三十岁,
比堂哥小六岁,比表姐小五岁。

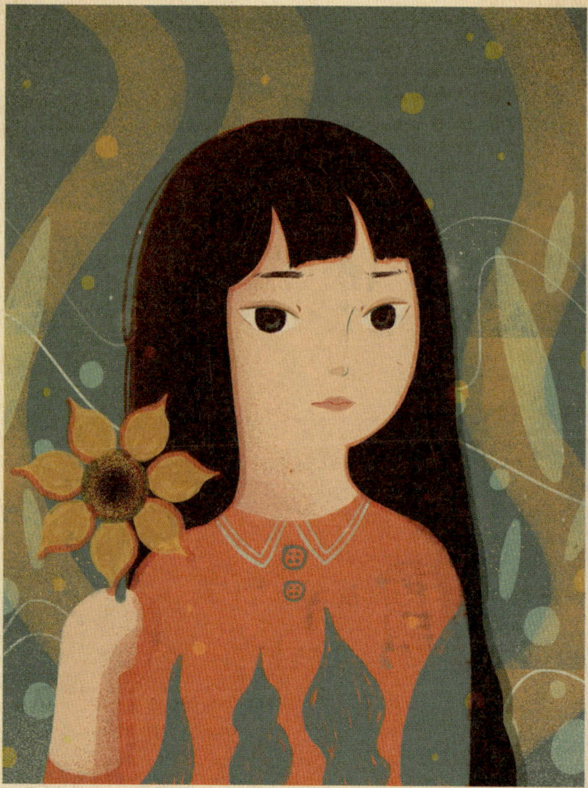

在她熟悉的世界里，

她是最小的，

每天都能获得呵护和赞美。

那一天，当她看见小姨隆起的肚子，隐约有了担忧。她对妈妈说，不想看见小姨生下一个新的小孩，妈妈这样对她说："园园，小姨是妈妈的亲妹妹，她不生小孩，这辈子会很孤独的，你想让小姨孤独生活吗？"她想了想，摇了摇头，第一次体会到内心的纠结。

小姨生下了一个小女孩，她比这个小女孩大三岁。她跟随妈妈去看望小姨，妈妈说："你现在是姐姐了，高兴吗？"她摇了摇头，说不高兴。她手里的向日葵风车随风转动，她想给小妹妹炫耀风车，又担心小妹妹抢走她的风车，因为她知道，大人们总是说大孩子要让着小孩子。

小妹妹睡在小床上，闭着眼睛，缩着拳头，头发稀疏，脸上有很多皱纹。她觉得小妹妹好丑，没有自己漂亮，心里便高兴起来。她举着风车在屋里跑来跑去，小妹妹突然哭了，她把风车举到小妹妹眼前，小妹妹看见了风车，止住了哭声。小姨摸着她的头发，说："你有了小妹妹，她长大了想玩你的玩具，你会给她玩吗？"她眨眨眼睛，点了点头。在小姨面前，她不能说心里话。

她听见妈妈问小姨："给孩子起名字了吗？"

"我刚才看见了向日葵，"小姨沉思了一会儿，说，"就叫她花花吧。"

"一个叫园园，一个叫花花，真好。"

"花园。"小姨笑起来。

她没有笑，她不高兴。花园，"花"字排在了前面，她不高兴。回家的路上，她对妈妈说想改名字，妈妈说："你也可以说，妹妹是公园里的花。"

"不要，不要，我才不要公园里的花，我才是公园里的花。"

"好，好，园园才是公园里的花。"

妈妈的话让她暂时平静下来。晚上躺在床上睡觉，她抱着小熊，好像抱着一块小石头，心里没有往日那么单纯了。

335

婴儿说长大就长大了,花花半岁多了,会爬了,能坐在床上玩耍了。妈妈和小姨说话的时候,她和花花一起玩,忍不住用手指掐花花的小脚趾,花花感觉到疼痛,扭动脚丫子,她使劲摁住,继续掐几下,如果花花忍受不住疼痛发出哭声,她会说:"小姨,花花哭了,是饿了吗?"

日子过得真快。花花能站起来走路了,能跑起来了,而且眉目越来越清秀可人。别人夸花花漂亮,她会在一旁说:"没我漂亮!没我漂亮!"她回家照镜子,展示衣裙,翻看小时候的照片,觉得自己比花花漂亮多了。可是有一点也是真实的,她在不知不觉间喜欢上了花花,但她能控制自己喜欢花花的程度,和花花单独相处的时候,她可以掐她的屁股、揉她的脸蛋,而不会被告状,觉得做一个姐姐挺有趣的。

花花长大了,会喊爸爸、妈妈了,也会喊姐姐了。花花喜欢玩各种玩具,尤其喜欢玩带花朵图案或花朵形状的积木,喜欢一边玩玩具一边啃玩具,流了好多口水,玩具上面有好多细菌,她可不想阻拦。渐渐长大的花花喜欢一个人默默地玩,坐在墙角玩,玩好长时间,不哭也不闹。妈妈给花花买了好多玩具,看着花花玩妈妈买来的玩具,她有点嫉妒,每次玩完准备回家的时候,她会偷偷拿走几个藏在衣兜里。

有一天,她正陪花花玩,小姨忽然在妈妈面前哭起来,哭了很长时间。

她后来问妈妈:"小姨为什么哭了?"

妈妈迟疑了一会儿,说:"花花得病了。"

"花花得了什么病?"

"不爱说话的病。"

"这是什么病?"

"园园,你只有这一个妹妹,你要多和她说说话。"

花花去医院体检,医生告诉花花的妈妈,花花是一个有自闭症的孩子,现在需要治疗,爸爸妈妈是孩子最好的老师。妈妈一有时间就去看花花,她心里不乐意,可是找不到办法阻拦。那一天,她又听见小姨在屋里大声哭泣,还摔了不少东西。花花一个人玩玩具,一点不关心妈妈的哭声。

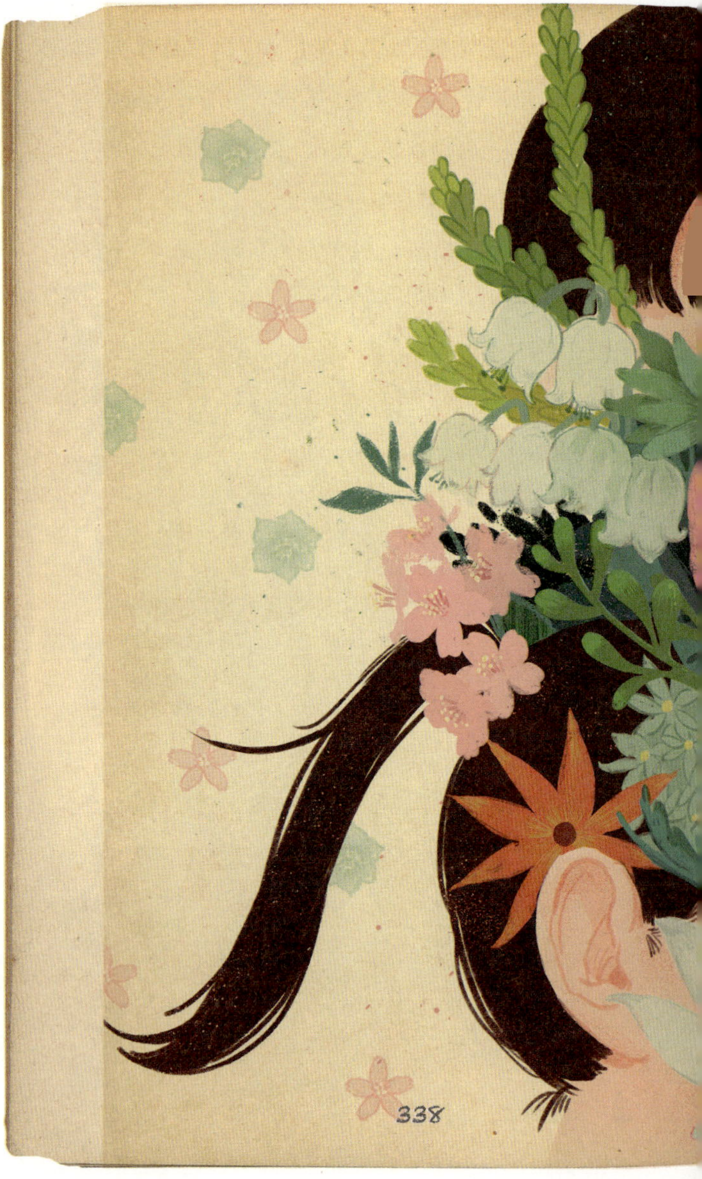

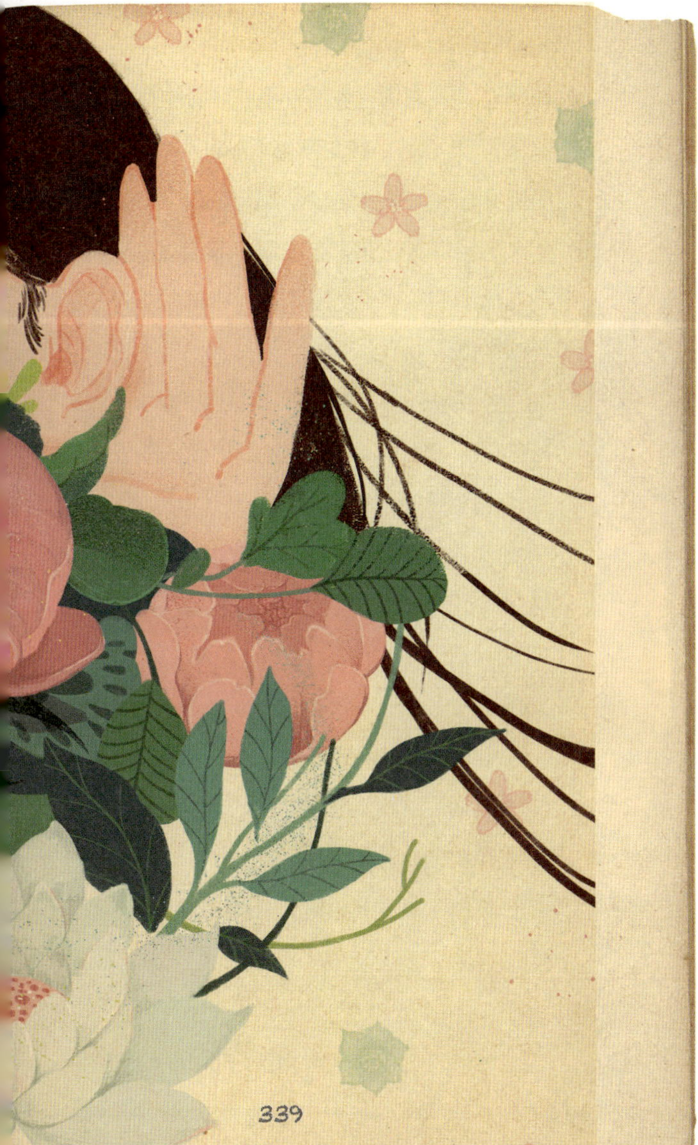

她问妈妈:"小姨怎么了?"

妈妈说:"花花的爸爸嫌弃了花花,变心了。"

"妈妈,变心是心脏变颜色了吗?"

妈妈看着她,叹口气,什么也没说。

每次小姨带着花花来家里玩,她有了主人的感觉,拉着花花的小手在小区花园里玩,和花花说话,可是花花不喜欢多说话。

"花花,你怎么不说话呀。"

花花看她一眼,继续看眼前的花朵。

"我们说说话吧。"

"我想和花说话。"

"花不会说话。"

"花会说话。"

"你真是个傻子,花不会说话。"

一阵风吹来,花朵在颤动。

"花在说话。"花花指了指花朵,笑了。

"那是风吹的,花不会说话。"

花花蹲下身,闭上眼睛,仔细嗅闻着花朵。风停

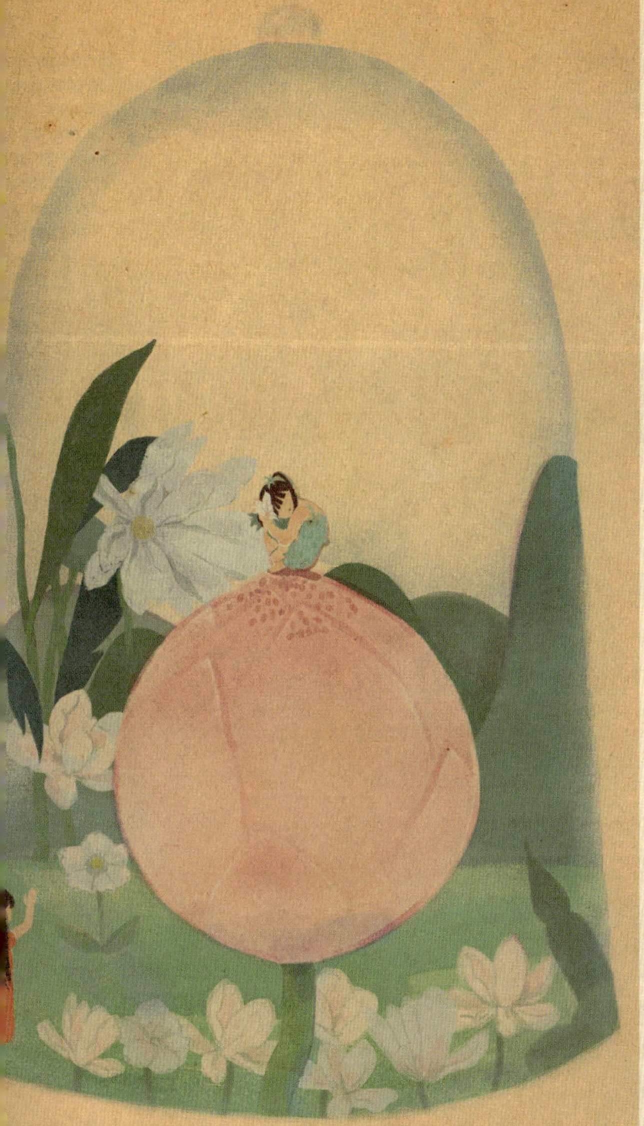

了,花朵静止不动了,花花伤心地哭起来,不过随后她又笑了,把耳朵贴近花瓣,再次闭上眼睛,听花的声音。她也想听花的声音,于是也这样做了,可是什么也没有听见。

"花花,你听见了什么?"

花花沉浸在自己的世界里,脸上的笑意渐渐绽开。

"花花,你听见什么了?"

"我听见花在说话。"

"说了什么话?"

"我不告诉你。"

花花跑到花丛里,继续听花的声音。

风从花上过,这是风的声音,还是花的声音?她虽然分辨不清,却记住了那一刻。那一年,她五岁。她还记得自己往家的方向跑,把花花丢在了花丛里。她在心里想,要是花花迷了路,或者被人贩子拐跑就好了,她不想再看见花花了。可是她还是有点害怕——要是花花丢了,小姨一定会非常伤心的。她往回跑,看见花花闭着眼睛躺在草地上，两个耳朵里塞满了花瓣。她蹲下身，和花花并排躺下来，看着花花的侧脸、眉毛、鼻子、嘴唇和耳朵，觉得花花很漂亮，比自己漂亮，长大后一定会比自己更漂亮。她有点伤心，如果这时候花花能安慰她，她不会流眼泪的，可是花花沉浸在自己的世界里，仿佛旁边的姐姐根本不存在。她哭起来，哭声越来越大，引来了蜜蜂和蝴蝶，可是花花还在听花的声音，没有理睬她。她愤怒之极，抓起一把泥土盖在花花的脸上，她又抓起一把泥土，盖在花花的脸上。花花睁开眼睛，迷惑地望着她，说："姐姐，我听见了花的声音……"

"你骗人！"

"我听见了。"

"说了什么？"

"……"

"你骗人！"

"花说，我把花朵摘下来，花朵就死了。"

她不想听花花继续说下去，站起身走了。花花跟在后面，双手捧着花瓣的尸体，嘤嘤抽泣着。

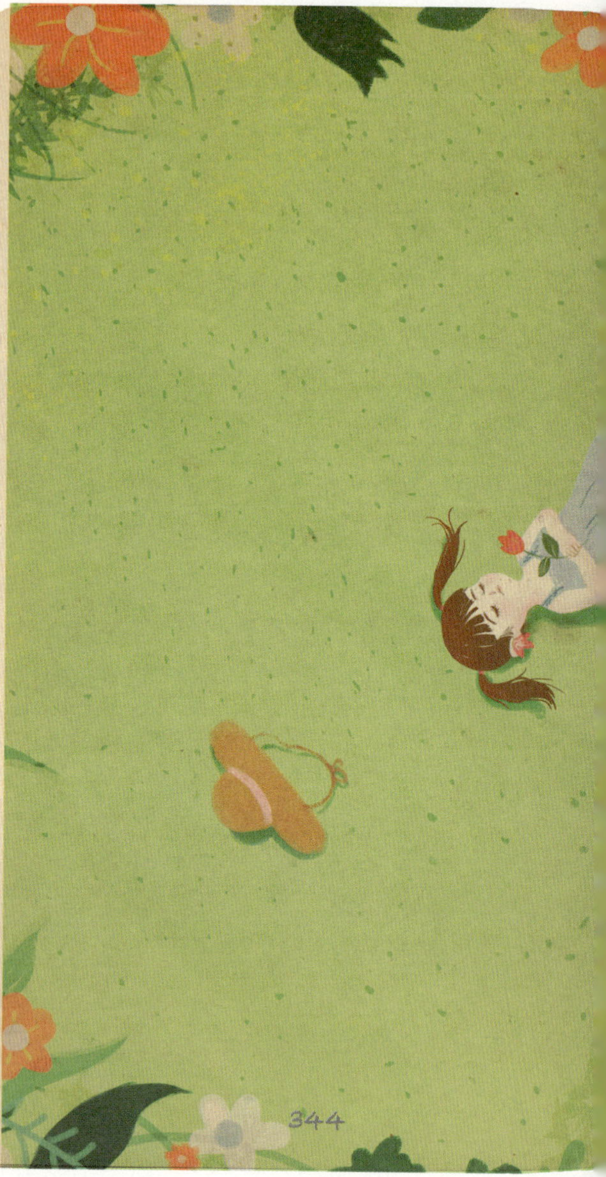

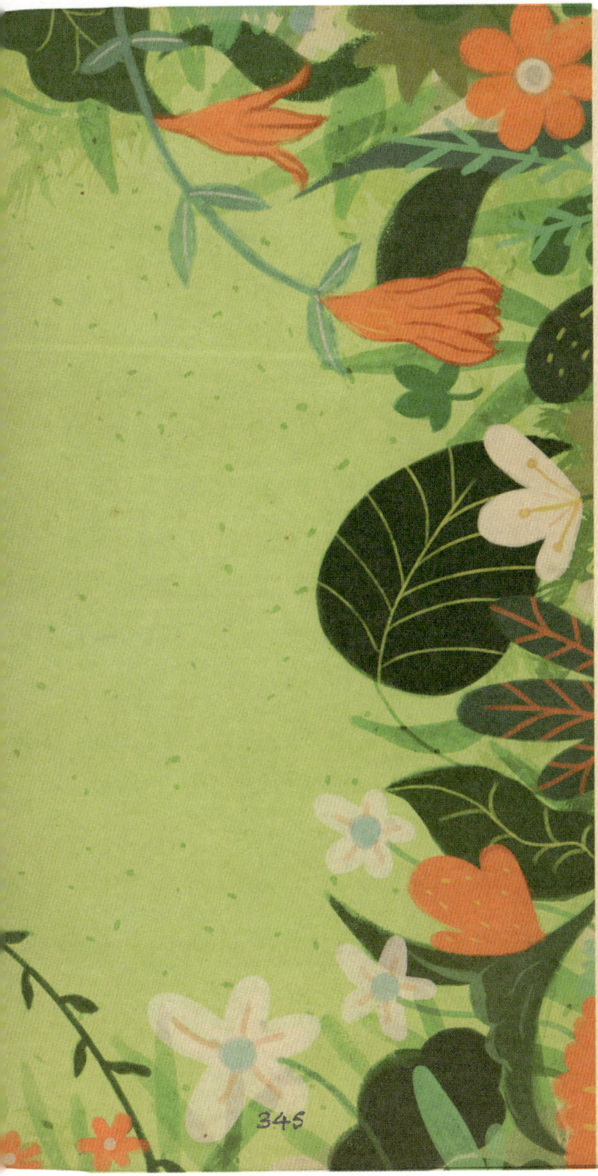
345

小姨每天都给花花买来鲜花,妈妈也时常买来鲜花送过去,花花的房间变成了花的世界。她对妈妈说自己也想要鲜花,妈妈买来放在家里,她想听花的声音,可是什么也听不见。她很沮丧,把鲜花撕碎扔掉了。

她听见小姨对妈妈说:"花花喜欢听花的声音,这些花真的改变了花花的性情,她开始多说话了,我虽然不能完全明白她说了什么,可是只要看见她想说话,她在说话,我就知足了。对了,以前花花注视人的时间不会超过五秒钟,现在注视人的时间比以前多多了。"

她走进花花的房间,看见数不清的花朵,闻见了花朵的芳香,还看见花花拿着听诊器听花的声音。花花看上去就像一个给花朵治病的儿童医生。她听见花花在说话:"玫瑰宝宝,你昨天不吃饭,瞧你现在,胃病犯了吧,我现在就给你拿药,我会拿什么药呢?对了,是百合花药片,你一天吃一粒,过两天胃病就好了。"她听得入了神,坐下来,仔细看着花花,花花没有发现她,继续说着自己的话。

"月季妹妹,昨天晚上,你给我讲的那个故事,我

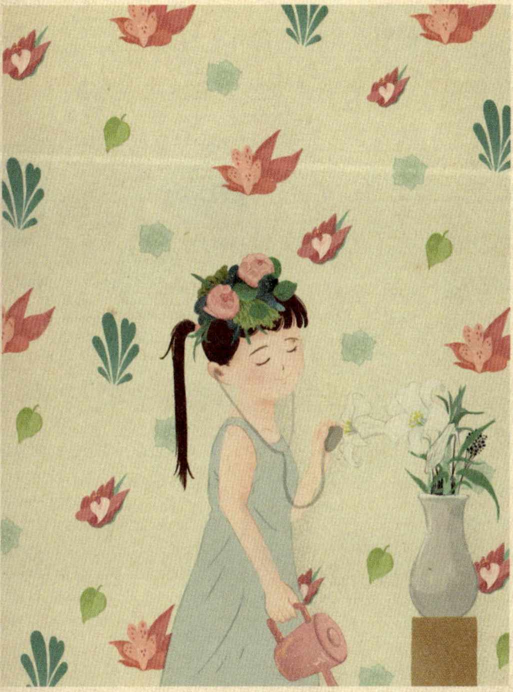

好喜欢,你今天晚上再讲给我听,好吗?月季爸爸和月季妈妈,是不是又给你生了一个小弟弟了呢?好了,我今天有好多工作要做,就说到这里吧,咱们晚上见。"

花花的声音是那么的轻松悦耳,可是她感受到了紧张,感受到花花的世界如此奇妙,而她像一个局外人,一个多余的人。事实上,妈妈和小姨对花花的关心和疼爱,正刺痛着她幼小的神经。她甩动步伐,踢飞了花朵,践踏着花朵。花花发现了她,在这一刻,她也看见了窗外的风筝,是一个有鲜花图案的风筝。

"花风筝,我想放花风筝。"花花说。

她也想放花风筝,更想抢在花花前面放花风筝。妈妈买来风筝,对她说:"风筝上面有这么多花啊,这是什么花呀?"

她说不出来。花花在一旁说:"牡丹。"

"你和妹妹一起放吧。"

"不!"

"园园,你和妹妹一起放,小姨给你买好看的衣服。"

她想了想,同意了。

她扯着风筝线往前跑，花花跟在后面追。风很小，风筝一会儿在半空飘浮，一会儿栽在地面上。两个人都有点垂头丧气。花花忽然发现了什么，指了指小区深处的一个平台，说："姐姐，去上面放吧，上面有风。"

她们两个人顺着一个斜坡爬上平台，上面果然有风，风筝飞起来了，风筝上面的牡丹在阳光下发出鲜艳的色彩。花花拍手欢呼，她掌控着风筝线，一副胜利者的神情。

"姐姐，我也想放风筝。"

她摇了摇头。

"姐姐，好姐姐，我也想放。"

她不再理睬花花。

"姐姐，你能听见牡丹的声音吗？"

"我不想听见。"

"姐姐，牡丹会说话，说话的声音很大。"

她坐在地上，看着天上的风筝。花花站在她旁边，直视着她手里的风筝线。花花想抢走姐姐手里的风筝线，可是又不敢。

350

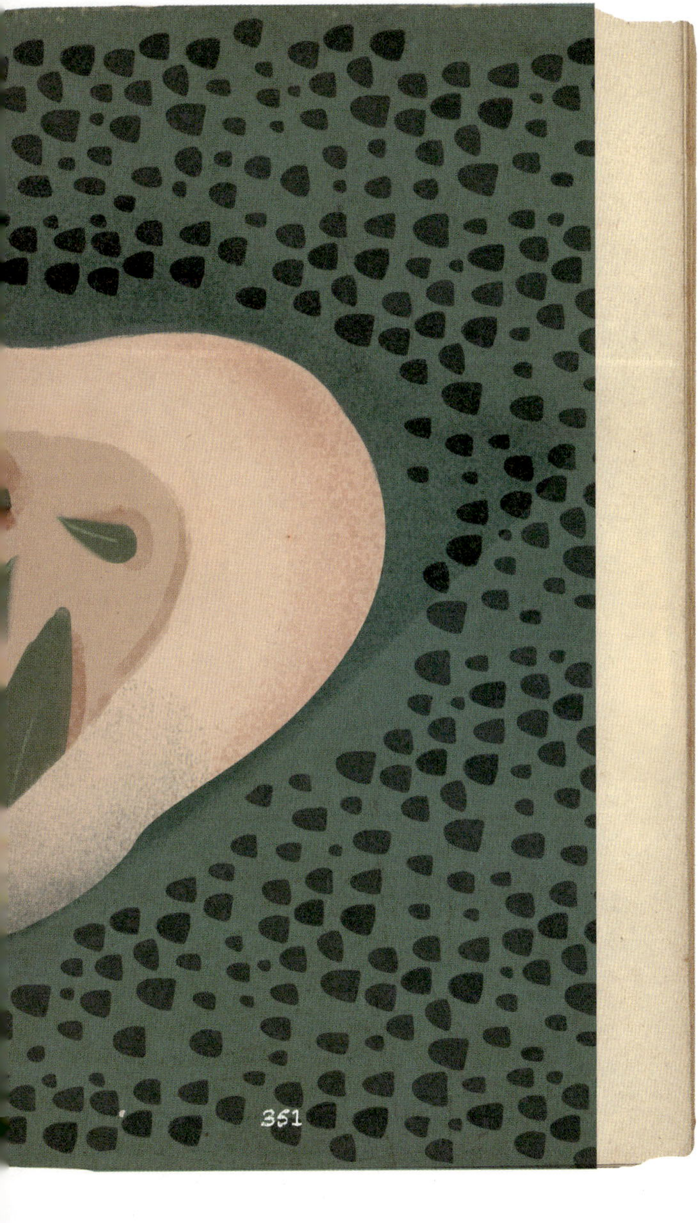
351

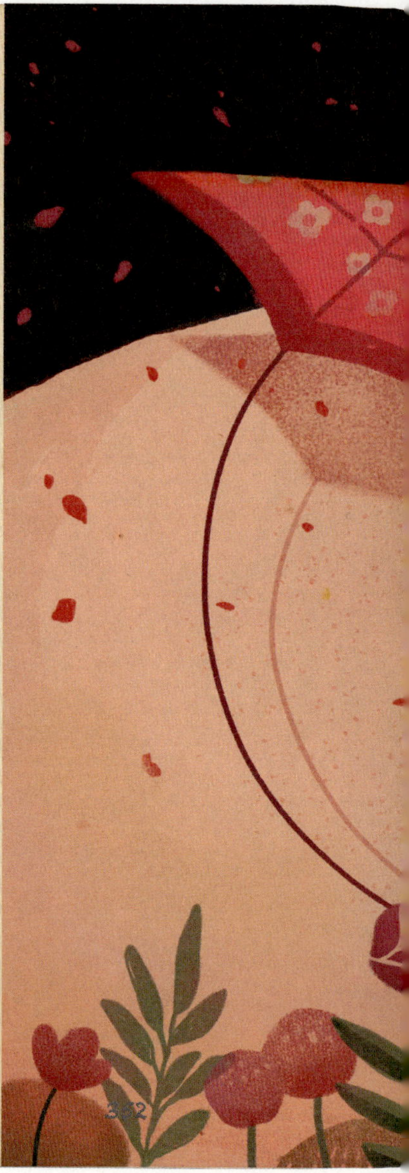

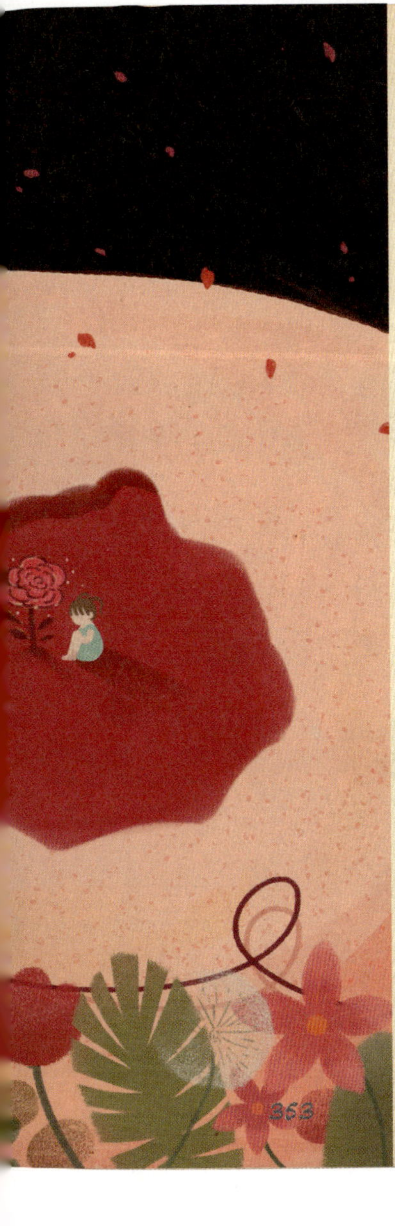

"姐姐,我好想和风筝一起飞。"

她瞥了花花一眼。当花花重复这句话的时候,她似乎听懂了。她松开手,风筝线脱落了,风筝在空中颤抖几下,然后像喝醉了酒似的随风后退翻转起来。花花看见了这一幕,张开双臂,一边跑过去一边大声喊叫着:"花风筝!花风筝!花风筝!"

她看着花花跑下了平台,随后听见花花的一声尖叫。她慢慢走到平台边缘,向下注视:花花安静地躺在地面上,一动也不动。她意识到下面该做什么了,于是呼喊起来:"妈妈!妈妈!小姨!小姨!"她听见自己的声音在天空里散开,同时感觉到这个声音不那么自然,于是她再次喊叫,拼尽全力喊叫,让声音传得更远些。

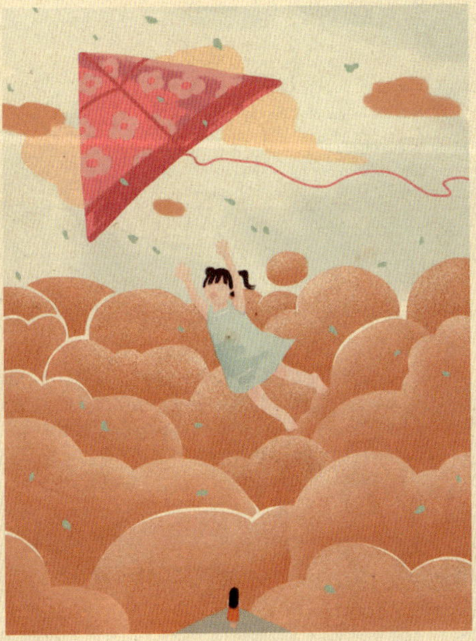

鲁迅的胡子
（插图本）

蒋一谈 著 | 张金旭 绘

359

开往北京的火车正穿越第三十六条隧洞。火车必须穿越长长短短六十七条隧洞,才能最终告别山区驶向平原。我熟悉这条铁路线上的隧洞就像熟悉自己的掌纹——最短的隧洞每节车厢三秒钟就能通过,最长的则需要在黑暗里穿行七分钟。

老式火车时代,窗户即使全部关闭,黑烟也会从窗缝里窜进车厢,呛出旅客的咳嗽和眼泪;现在车厢里没有了黑烟,我却咳嗽起来,是不停地咳,连我自己都烦了,更别说其他旅客了。有一个年轻人对我的咳嗽充满好奇,他拎着两个大行李箱在前一站上了车,我侧身让路,还帮他腾挪空间,居然没得到他的任何谢意。他一定是个心高气傲的人,我讨厌这种人。

现在,我的余光告诉我,他正牢牢地盯着我看。火车穿越第三十七条隧洞的时候,他趁着黑暗走过来,走到我的正面,想仔细探究我哩。我是坐这条铁路线长大的，早已适应隧洞里的光线变化，故意咳嗽一声，想必口水一定喷到了他的脸上。我没听见他的抱怨，这让我多少有些愧疚，就赶忙低下了头。火车就要穿出隧洞了，光明是在一瞬间射进来的。我看见他急转身，摇晃着身体走回自己的座位。

一阵猛烈的咳嗽又想涌上喉咙，我快步走到车厢连接处，没有人在那儿，大声咳嗽吧。喉咙里的唾沫喷到车窗玻璃上。车窗外是家乡的山川田野。每隔几年，我都会发现山上的树木明显减少了许多，终有一日，山会变成秃头；河道在变窄，山里的村庄更显寂寥，再难看见大股大股的炊烟在林间盘旋。这没什么奇怪，年轻人去了城里，留在山村里的尽是老弱病残和幼小的孩子们，他们守在家乡，他们只能如此。想到这儿，我心里很不是滋味，我老家的小山村不也一样吗？我离开家乡，年迈的爹妈还住在那里，陪伴他俩的是家里的两头水牛，十几只鸡，还有那片柑橘林。

我再次咳嗽起来。离家前半天就有了咳嗽的症状，我拼命压抑，脑袋埋在枕头里咳，在厕所里咳，不想让爹妈担心——我爹要是知道了，一定会爬几十里的山路去小镇上为我拿药。喉咙里发出的声音怪怪的，似乎是人造革造的，是假的，没有了平日的润滑感。我试着喊自己的名字："沈全……沈全……"粗糙沙哑，像鬼怪梦游的声音。我咽口唾沫，抹去嘴角的口水，无奈地摇摇头。

不想说话，可偏偏有人找我说话，还是那个自命不凡、心高气傲的年轻人。"您好……"他说，搓着手看我一眼，脸上挂着不自然的笑。我仅仅点了一下头。

"您是……"他继续问道。

"四川人。"我说，沙哑的声音让他很吃惊。

"嗓子不舒服？我有润喉片！"

"不用。谢谢。"

"您在哪站下车？"

"北京。"我懒懒地回答。

"我也是！"他很兴奋，急忙递给我一张名片。

"谢大海……带给您好运的星探……"我在心里默念。

"您是做什么的?"

"干保健的。"

"哪种保健?"

每次对陌生男人说出"干保健的"这四个字,男人通常会追问"哪种保健"。我在心里冷笑,伸出两个大拇指,上下左右扭动着:"捏脚能治病。"

"足底保健!我最喜欢捏脚了!"

我不想再说话,掏出名片递给他一张。我转过脸,窗外的天色渐渐黑了。一阵沉默。眼前有一只走投无路的苍蝇,一次又一次狠命撞击玻璃窗寻找逃路。

"您……想演戏吗?"他碰了碰我的胳膊。

"什么?"我扭过头。

"您想做演员吗?"

"我是捏脚的。"我干咳一声说。

"捏脚的也能成为演员。"他提高声音说,"您有明星相!我一眼就看出来了!"

"我不喜欢开这种玩笑。"

"没开玩笑!"他的神情非常认真,"我们是星探公

365

司,专门为剧组和导演寻找合适的演员,有个导演半年前委托我们寻找一位外形酷似鲁迅的演员,没想到……"

我摆摆手,阻止他继续说下去。我在这条铁路线上奔走多年,在火车上阅人无数,可以和遇见的陌生人瞎聊打发时间,却不会相信他们。"你说……我能成为演员?"我自嘲地摇晃脑袋,指着自己的鼻子说,"我要是能成为明星,这趟火车非翻了不可!"我清楚自己的长相,非常普通,扔在人群里根本找不到,但是我忽然想调侃一番。"请问……要是我能被包装成明星,得花多少钱?"我晃着腿,满眼戏谑地望着他。这一刻,火车恰巧闯进了一条隧洞——旅途中最长的那条隧洞。隧洞里的气浪隔着玻璃冲进耳鼓。我习惯性地闭上眼睛,每次进这条隧洞我都会陷入沉思,仿佛隧洞里藏着我永远挥不去的时空记忆。

从小学到中学,我是个沉默的人。我喜欢诗歌和小说,成为一个诗人或者小说家是那时候的最大理想。二十年前,我来到北京读大学,成为一名正规大学中文系的学生。我拼命读书，勤奋写作，梦想让四年的校园生活很快过去。为了能留在北京，我必须先在一所普通中学教五年的语文课——这是获取北京户口的必要条件，没有妥协的余地。周而复始的教学工作让文学梦逐渐离我远去。我郁郁寡欢，开始相信命运。刚工作那几年，每次坐上春节返乡的火车，我会从起点沉默到终点，只有吃方便面时才能发出点声响。

我现在的老婆是经同事介绍认识的。我们十年前结婚，儿子小虎今年八岁，读小学二年级。老婆是土生土长的北京人，父母在她读高中时先后去世，中专毕业后她成为一名地铁站里的管理员，维持乘客上下车的秩序，有几次差点被恐怖的人群挤下站台。在地铁站工作，她自然见过不少跳轨自杀者和脑袋被撞飞、四肢扭曲变形缠绕的尸体。每天下班后回到家，我老婆的耳朵里还留着地铁进站时的轰鸣，晚上睡觉经常做噩梦。身体常年晒不到太阳，生完小虎，只要一变天她就抱怨腰酸腿疼。不过最让她难忘的是这一幕：那一天午夜时分，她值最后一班，站台上人不多，她看见一个女人抱着一个女孩。她闲着没事,走过去和面带微笑的女人聊了一会儿天,女孩在睡觉,小小的脑袋靠在妈妈的肩膀上。地铁进站了,她突然打了个哈欠,睁大眼睛的时候,站台上的女人已经不见了——她低头看见脚边和裤腿上的血迹。如果再继续工作,她可能会得抑郁症。

我和老婆厌倦了各自的工作,下定决心双双辞职,掏出四万块钱——我们买房后剩下的所有积蓄,投资开办了这家足底保健店。老婆站前台招待客人,我带领几名技师为客人捏脚。这家店可是我们一家三口的饭碗,是我们在北京生活的全部支撑和未来希望。我学习能力很强,很快掌握了足部穴位和人体各器官的关系,还能充当其他技师的保健老师,很多客人打心眼儿里认定我是中医药大学毕业的呢。

我家的店不大,四十多平方米,有五间小按摩房。除去房租水电、技师工资和家庭日常花销,每个月我们家还能存三四千块钱。儿子健健康康地成长,我和老婆又有了自由,心里很满足。虽说有了点钱,可我心理上总有点小别扭——毕竟足底保健师的身份放不到台面上。两年之后，我的自卑感才稍显减退，不再觉得难为情，把职业说给别人听也不再脸红。我从内心里感谢这家小店，因为我发现自己已经忘记了沉默。

对了，我儿子上小学择校的大难事就是被我这双手捏碎的。老婆看中一所名校，校长的儿媳妇（她叫周宜，是一家健康杂志社的主任编辑，看样子刚过三十岁）恰巧是我店的客人，她患有严重的失眠症，我只给她捏了三次脚，她的失眠症状就缓解了不少，我儿子上学的难事就变简单了。我和老婆都很感激她。老婆说周宜小姐来店里按摩脚永远免费，只要我们夫妻俩还干这个生意。

周宜来店里几乎都是我亲自出马为她服务。她是个特别的女人，很享受我的按摩技法，喜欢微闭双眼，身体舒展地躺在沙发上。有一次她的脚趾无意中触碰到我的手腕，说脚心好痒啊。还有一次，她问我和老婆关系怎么样，我支支吾吾，岔开说孩子快九岁了。她没说话，淡淡笑了一声。说实话，周宜比我老婆漂亮，又是职业女性，举止装扮很有味道。老婆是工人出身，又是孩子他妈,已经是个没有风韵的小店老板娘。我承认我被周宜吸引,但不敢直视她的眼睛。我记得她左脚小脚趾下面长着一块红色雀斑。

　　没给我妈捏过脚是我现在最大的遗憾。这次回老家,除了给我爹过七十岁生日,也想顺便了结这个心愿,可是我妈死活不给机会,说什么都不让捏。妈,为啥?我是你儿子!怕啥?我妈说她的脚难看死了,整天山里走,水里泡,早成干疙瘩了。我爹皱着眉头说,儿子在北京有出息了,两三年才能回家一次,回来一趟不容易,让儿子表表孝心。我妈还是不同意。我没有办法,直看我爹。我爹忽然发起火来,说儿子想给你捏,你穿上袜子让儿子捏捏嘛!我妈低着头,灰白的头发遮住了大半张脸。她沉默了一会儿,刚掏出右脚,又反悔了。我妈操持家辛苦了一辈子,一定要享受享受捏脚的好处。我蹲下身,望着我妈,故意笑着说,你穿上鞋我给你捏捏总行吧,就捏几下,只捏几下。我妈想了想,同意了,慢腾腾伸过来穿鞋的脚。我是捏脚老手,手指头像带着电,摸什么捏什么都非常灵敏,隔着鞋面我马上感觉到我妈的脚底有厚厚的茧子,脚面上也有厚厚的茧子,趾甲硬得像龟甲盖。我的手指头禁不住有点抽筋,眼泪开始在眼眶里积蓄。我假装打喷嚏,赶忙跑出了门,对着灰蒙蒙的天空大喊了好几声,才把眼泪憋回去。我妈一直低着头,说这辈子还没被人捏过脚呢,让儿子捏也不习惯。我爹在一旁抽着烟嘿嘿笑。我脸上挂着笑,心里像打翻了五味瓶。我爹倒挺痛快,主动伸出脚,说要享受享受儿子的孝心,可我爹的脚又让我终生难忘。我捏过几千双脚了,我爹的脚绝对是一双独一无二的脚:硬得像石头,硌疼了我的手掌和手指头,脚上的伤疤像长长的虫子,随时准备爬进对面人的衣袖和裤管里,十个脚指甲全是灰的,怎么治也不行了,灰到骨子里了,根本没治了……

天彻底黑了,车厢里的灯光更显明亮。谢大海咳嗽了一声,打破了我们之间的沉默。他手里握着一本画册,非常认真地说:"沈先生,这是我们公司的宣传册,我刚取来的。请相信我,确实有个导演想排一部鲁迅的

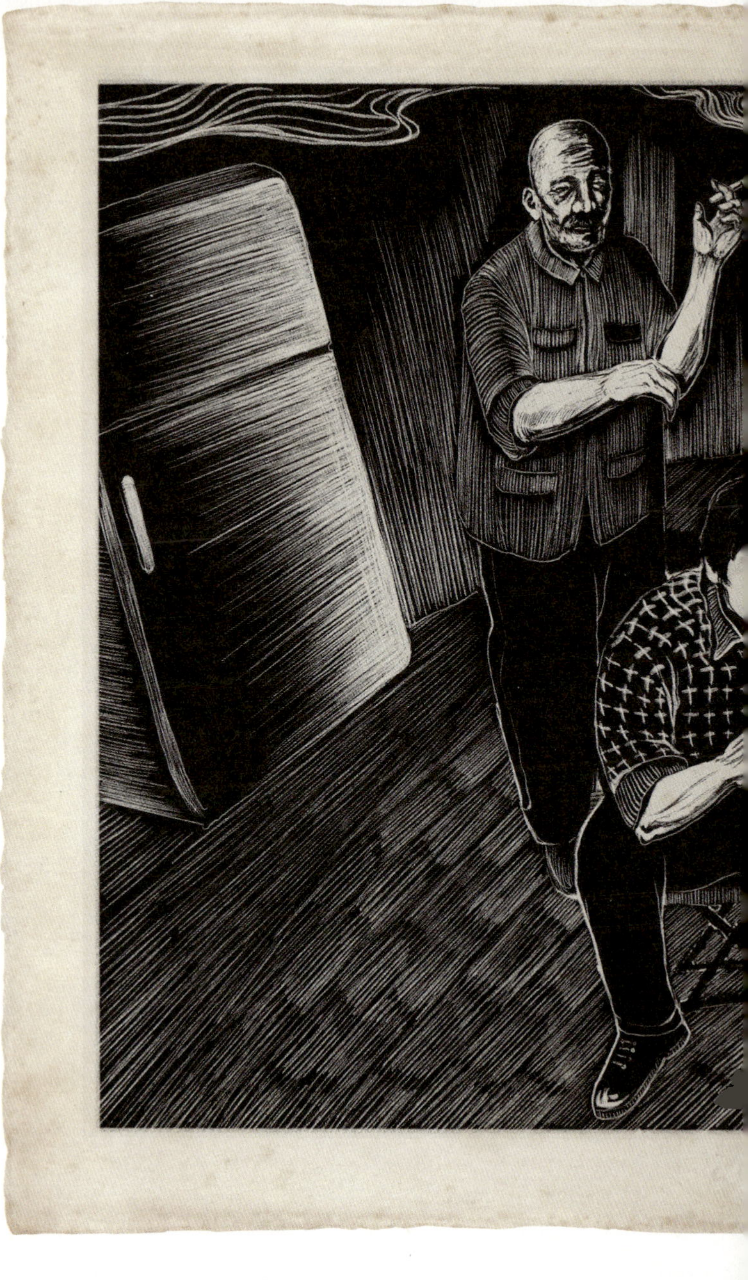

373

话剧，我们帮她找了大半年了，快没信心了，没想到今天能遇见您！"我接过宣传册，看见封面上鲁迅的黑白肖像。他几乎央求道："您的相貌和鲁迅太像了，这个角色绝对适合您来扮演！请到我们公司试妆吧，就占用您一天的时间，付您一千块钱试妆费……行吗？"

谁不知道鲁迅？中学课本里收录的鲁迅文章，我差不多都会背。我的相貌和鲁迅很像？太搞笑了吧！我的脸长在我脑袋上，我自己会不知道？"哪儿……像？"我盯着鲁迅的肖像，转动脑袋，笑了，"我和鲁迅都是男人，这一点倒没问题！"

他抓住我的胳膊，把我拉进旁边的盥洗室，盯着镜子里的我说："旁观者清！"然后把鲁迅的肖像压在镜子上，一只手掀开我额前的头发，"对不起，我必须掀开您的头发！脸形都是四方脸！额头宽窄几乎一样！鼻子长短、鼻梁高度非常像！眼睛大小差不多！下巴一样！耳朵只比鲁迅的小一点，发质比鲁迅的稍软一些，不过没太大影响，后期化妆都能解决！"

我的思路几乎跟不上他的语速。

375

"您……留过胡子吗?"他盯着我的嘴唇。

"我最讨厌留胡子了!"我的右手不自在地抹了抹嘴唇和下巴,"我老婆也讨厌我留胡子,说太脏了。"我不习惯一个陌生男人盯着我的嘴唇看。

"您抽烟吗?"

"以前抽,后来戒了。"我走回火车连接处。

"把头发理短,再粘上鲁迅特有的胡子,手里拿根烟,简直太像了!"他陶醉在自己的话语里,把宣传册按在我手中,"沈先生,请到餐车共进晚餐吧!"我没有推辞,因为我想看看后面还会发生什么。

我和谢大海面对面坐下,随手把鲁迅的黑白肖像立在餐桌上,只需稍稍侧脸,就能看见他老人家不怒自威的眼神。"为鲁迅干一杯!"谢大海举起酒杯说。我喝了一大口,冰凉的啤酒让我的喉咙眼奇痒无比,逼迫我扭过头大声咳嗽,嘴里的啤酒变成一大股泡沫喷射到鲁迅脸上。湿漉漉的鲁迅的脸。谢大海抓来餐巾纸猛擦宣传册,不停地道歉:"鲁迅先生,对不起,沈先生不是故意的。他嗓子发炎了,对不起。"他的道歉让我哭笑不得,旁边的食客纷纷扭头看我们。"沈先生,您别笑我,干我们这一行谁都不能得罪。"他压低声音说,"没事了,我已经替您给鲁迅先生道歉了。"

我在心里念叨着"鲁迅"两个字。我知道,鲁迅现在只存在于课本里、书架上,已经远离我们的现实生活,大家都在为各自的生存奔忙劳累,鲁迅只是一个记忆、一个幻影罢了。

谢大海的手指头敲打着桌子,期待我说出感受。我说这事可以考虑,但要和老婆商量一下。"我能为您做点什么?"他马上问道。我不置可否地望着鲁迅肖像,看他迅速找来笔和纸,飞快地写出了下面的文字:

沈夫人,您好!

我们是一家星探公司,您先生正是我们苦苦寻找的扮演鲁迅的特型演员。特别希望沈先生能到我们公司试妆,我们会付沈先生试妆费一千元人民币(只占用他一天的时间)。导演认可后,会和他本人签约并请他在话剧中扮演鲁迅,当然,沈先生的演出酬金由他和导演协商。

非常感谢您的协助!

谢大海　敬上

我们站在北京西站广场握手道别。出租车拐过一个弯道时,站在路边的谢大海还在不停地朝我招手。我没有回家,直接奔向了足底保健店。足底保健店更像我的家,儿子放学后到店里做作业,晚饭也在店里吃,不远处的那个家只是我们一家三口睡觉的窝。

我走到店门口,几个店员开始大声喊了:"沈老师回来了!沈老师回来了!"为了体现足底保健的文化养生特性,我规定店员称呼我老师,不能称呼老板或经理,谁叫错一次就扣五块钱——我不是真想扣他们的钱,只是更喜欢被他们称呼为"老师",我毕竟教过十年的语文课,内心里总忘不了那段教学时光。老婆听见我的声音,一脸烦恼地跑出来,把我拉进小包房,抱怨道:"怎么现在才回来?"

"不是说好一周嘛。"

"今天是第八天!"她敲打着桌上的台历。

"车票买不到,就晚回来一天。"

"你走这几天,咱家损失多少钱,你知道吗?回头客都是冲你来的,你不在他们都走了!一天少十个客人,少挣三百八十块钱!八天少挣多少?回家看你爹妈,路上一去一回,又要花多少?你算过吗?"说实话,老婆在单位上班的时候,对金钱还不怎么在意,开了这家店,变得特别爱算计。看我沉默不语,她一脚踢翻垫脚的板凳,跺着脚说:"这店要完蛋了!"然后黑着眼圈,叽叽喳喳讲给我听,讲到最后我倒在沙发上,手指头胡乱敲打着沙发扶手。"别敲了!你倒是说话啊!"她皱着眉头踢我的脚。

昨天街对面新开了一家足底保健店,面积有我家的五倍大,光技师就有二十几个,迎宾小姐一溜排在店门口迎接客人,"欢迎光临"的叫声从早到晚没停过。"我居然没看出他们在装修,伪装得真好,一开张就想把咱们给吃了!"老婆不停地叹气,手臂抖动着,"你快想想办法啊!"

"没这么严重。"我小声说。她显然被我激怒了,整个身体都因剧烈喘息起伏。大鱼吃小鱼,小鱼找虾米,这是明摆着的。不过我早想好了,大不了把这店盘出去,再租个更小的店,哪怕只能放两个沙发都行,我有技术,挣口饭钱不难,在北京饿不死我们一家三口。这是我心里的想法,我刚想说出来,儿子的欢笑声突然穿门而入。"爸爸!带好吃的了吗?我想吃,我饿了!"儿子扑入我的怀里,我拿嘴巴上的胡子扎他的小脸蛋。"就你那几根软不唧唧的胡子还扎儿子呢!"老婆丢下一句话,摔门而出。儿子打开行李箱,翻出桃片,撕开包装,塞进嘴里好几片。

"儿子,想爸爸了吗?"我抚摸着他的头发。

"还行吧。"

"想,还是不想?"

"想……又不太想……"儿子说。

无论儿子说什么我都不会生气,我是他爸爸,他是我亲儿子，就这么简单。他还小，长大后就会明白，我现在所做的一切都是为了他。老婆带儿子回家后，我召集技师开会，一小股死气沉沉的气息在不大的店里弥漫着。

"沈老师，今天才有两位客人。"

"就一位，周宜小姐是免费的。"

"周小姐来了？"我插话。

"上午来的，还问您什么时候回来。"

"明天不知道会不会有客人……"

"对面那家店面太大了！"

"价格和咱家的一样！"

"沈老师，咱们降价吧！"

"你降别人也会降。"

"别急，别急，小店有小店的好处。"我说，送给每人一盒桃片，"这店有沈老师的独家按摩秘籍，他们偷不走。"我扫视大家，继续说："有我吃的就有你们吃的，沈老师有信心！"我用力鼓掌，心里一点儿底都没有。几名技师跟着鼓掌，掌声噼里啪啦，稀稀落落，却也让小店里多了点生气。

深夜回到家,老婆和儿子已经入睡,十几张皱巴巴的人民币散乱在桌上,这是今天的足底保健营业收入。我足足发了五分钟的呆。生活中的困难不打招呼就来了,挡都挡不住。未雨绸缪,我做到了吗?没有。这几年,我的确沉浸在小富即安的满足感里。我掐自己一把,想推开卧室门,门被她从里面反锁了。只要她不高兴,客厅的沙发就是我的床,我是男人,不想和她多计较。我把谢大海写的字条放在桌上,不知道她天亮后看见会有什么反应。

窝在沙发里,倦意将我沉沉包围。我迷迷糊糊,看见一个既像我老婆又像周宜的女人蹲在我旁边,一只手举着鲁迅黑白肖像,一只手举着台灯,照着我的脸。"有点像,还真有点像。"女人说,上下左右打量我的脸,随后腾出一只手摸我的左脸和右脸,还摸我的额头、鼻子、耳朵和嘴唇,最后女人的手停在我的胡子上,轻轻摩挲着,说:"鲁迅的胡子是这样的吗?"我点点头。

"胡子又黑又硬,真吓人!"她笑着说。

"你喜欢软胡子,还是硬胡子?"

"我在想,他老婆怎么和他亲嘴?这么硬,怪扎人的。"
"亲亲就习惯了。"
"是,亲亲就习惯了。"
女人俯下身亲我。我惊坐起身,屋里又黑又静。

本想睡个懒觉,可老婆的大嗓门惊醒了我:"试妆?演鲁迅?啥时候了,你还有这闲心!"我揉揉眼,走进卫生间,她跟上来继续说:"你得天天盯在店里,把这几天的损失补回来,咱家可赔不起。我去店里了,你也快一点!"听见她的关门声,我长长地喘了一口气。

早晨的阳光已经开始火辣辣了。我来到足底保健店,看见周宜正和我老婆有说有笑。"沈全,快来!昨天周小姐也来了一趟。"

"欢迎。"我笑着说。

"昨天路过这儿,你们家对面也开了一家啊。"周宜指指外面。

"周小姐,你去过那家店?"老婆的语气是胆怯的。

"怎么可能,你先生的足底按摩水平可是一流的!"

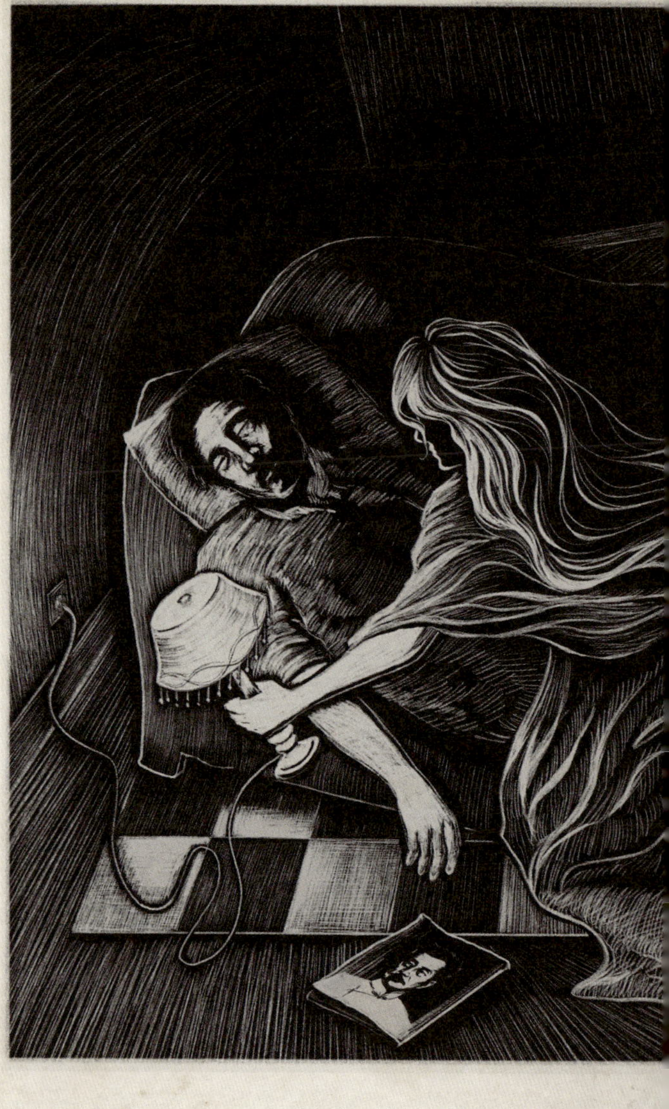

385

老婆开心地笑了,领着周宜进了包间。服务生忙着端木桶、放药水,老婆咯咯笑着跑出来对我说:"周小姐说要在杂志上给咱们店做宣传,免费的,还说要采访你哩。你可给周小姐服务好了。"我点点头,昨晚的浅梦让我有异样的感觉。我低头走进包间,不好意思看她。周宜小声说:"有公司想请你去演戏?"我淡淡一笑,手举温热的毛巾裹住她的双脚。她的脚很好看,脚趾和脚面上没有皱纹,脚底很软,有细腻的肉感。

"你老婆说,你不干正经事,想去演戏。"周宜坐直身子,凑近我的脸——这个距离已经超出一般朋友可以接受的限度。"认识这么久,真没看出来,你还真有点像鲁迅哎。说不定是个机会,去试试吧。"我没有躲避她的眼神儿,屏住呼吸,静静地看着她的眼睛,当然我的余光已经扫视完她的整个脸庞。

"不想和她生气。"我说的是心里话。

"你想去吗?"

我垂下眼帘。在小店里憋了几年,真想出去透透气;再说了,我很喜欢鲁迅,教书十年,鲁迅的文章、思想和形象早已深深印刻在我的记忆里,除了鲁迅,没有第二个现代文学家和思想家让我如此敬佩。"想去试试。"我说。周宜停了一会儿,说:"沈全,我觉得你行。真的。"我咽口唾沫,开始按摩周宜的右脚。不知为何,我的手指下意识地加重了力道,似乎想把储存在身体里的按摩技法全都揉进她的肌肤里面。"疼……"她吸了一口气说,声音里没有半点埋怨。我减弱手劲儿,看见她睁着眼望着天花板。"鲁迅四十岁的时候还写出了《阿Q正传》。"她说,"男人四十岁不晚,应该出去试一试……"我今年四十岁,不过此刻,我觉得她似乎在说她的丈夫。"我丈夫在外面有了女人……好几年了……没什么……"她闭上眼睛。我按摩的节奏顿时紊乱了。

周宜走后,我第一次感觉到魂不守舍。结婚这么多年,除了老婆,我还没碰过其他女人——当然不是指给女人按摩脚。黄昏来临,无事可干的技师们站在门口,眼睛齐刷刷地望向对面新开的足底保健店。我没有责怪他们，一个人躺在屋里胡思乱想。从现在到深夜，本应是小店生意最好的时候，我盼望着有客人进来，即使为他们免费服务我都乐意。

夜幕降临，街灯大亮的时候，我家的小店更显寒酸。新开的那家店被闪烁的霓虹灯包围，硕大的广告招牌闪闪发光，映衬着上面的宣传语：千里之行始于足下！迎宾小姐身着紧身旗袍，笑容可掬，我也忍不住趴在窗户上看，内心有嫉妒和羡慕，我甚至一度幻想我是这家店的老板。白日梦醒了，大脑由热变冷。老婆不知什么时候站在了我身后，一边叹气一边踢着木桶。我突然听见技师们在喊："欢迎！欢迎！"一男一女两位年轻的客人走了进来。

"沈老师在吗？"年轻的女孩走上前说，"我们周主任让我们采访他。"

老婆脸上绽开笑容，使劲儿拉我的衣袖。我含笑点头，手掌在外罩上磨蹭，想伸出手表示欢迎，又怕对方忌讳。女孩没有丝毫犹豫，握住我的手说："沈老师，您好！周主任说，要为您好好拍几张照片，她说您和鲁迅很像……"她停住话头儿，眨眨眼睛，一脸惊奇，捅了捅挂照相机的同伴，"是像！真像！"同伴也点点头，急忙摆好灯光支架。

"周宜，谢谢……"我在心里默默说道。女孩把笔记本上面的拍照要求递给我看：正面一张，侧面一张，双手一张，按摩时工作照一张。老婆侧过脑袋看见了，问道："我们两口子要拍合影吗？"女孩略显尴尬地一笑，说这次不用拍的，老婆似乎有些失望。"要赶这一期杂志。"女孩说，"沈老师什么时候去试妆？"老婆皱起眉头，看看女孩又看看我。女孩对我老婆说："沈老师像鲁迅的报道发出来后，您这家店就出名了，客人一定会络绎不绝的。"

"真的？"老婆瞪大了眼睛。

没有客人进来，拍工作照时我只好按摩老婆的脚。以前没觉得她的脚有多难看，今晚我却有点反胃。她的两个大脚趾往外长，上面还竖着几根褐色的毛，我用手遮盖，在镜头面前随便比画了几下。送走客人返回店里，我听见老婆在和谢大海通电话。两人虽未谋面，但"鲁迅"的字眼儿让两个人很熟络。我听见话筒里谢大海激动的声音:"明天上午!就明天上午!"老婆大声说:"好!好!"她兴奋地挂了电话,忽然变了表情,慢慢走到我身边,双手用力按住我的脸颊,一字一句地说:"你成名了……会不会抛弃我们娘俩?"

"瞎说什么!"

"敢!我就阉了你!"

第二天上午,我如约来到谢大海名片上的公司,谢大海兴奋地领着我走进化妆间。"鲁迅!鲁迅!我找到鲁迅啦!"化妆师听见他的喊叫回头看我,咂舌说:"你和鲁迅有啥关系?底子真不错!"谢大海推我坐在化妆椅上,哈哈大笑,一脸得意。

第一步:洗头。剪短我的头发,吹半干,喷上发胶。

第二步:洗脸。抹粉,轻轻为我擦拭。

第三步:为脸部化妆。次序:额头、眼睛、眉毛、鼻子、嘴唇。

第四步:为我的耳朵粘上一团肉色的橡胶,轻捏定型。

第五步：在我的嘴唇上面抹上胶水，粘上一片厚厚的黑胡子。鲁迅的胡子。我想伸手摸摸，化妆师按住了我的手。

以上是大致步骤，其间反复了几回，比如喷发胶，刚开始喷一次，化妆完毕又喷了好几次。"发质还是太软……只能用强力定型的……只能如此！"化妆师边摇头边自言自语。我一抬眼，在镜子里看见谢大海瞪大的眼睛和张大的嘴巴，我也看见自己的眼睛越瞪越大。

真是一个活脱脱的鲁迅！和照片上的鲁迅像极了，我之前的面孔不见了，消失了！化妆真神奇啊，我动了动嘴巴。"胡子刚粘上，别乱动！"化妆师大声提醒我。

嘴唇上的胡子。浓密的八字胡，或者一字胡。看上去又硬又黑。不太习惯。嘴唇不敢乱动。感觉门牙痒痒的。现在，我脖子下面的蓝格子T恤衫太不搭调了。

"长衫！鲁迅的长衫！"谢大海叫道。

深灰色的长衫穿在身，我不由自主转了一大圈，长衫下摆随之飘动起来。"沈先生，成了！"谢大海拍着手说。化妆师歪着脑袋看我,说:"您上辈子和鲁迅有亲戚关系吗?"他的话问住了我,不过在一瞬间,我还真觉得自己上辈子和鲁迅有啥关系。"香烟,香烟呢?鲁迅喜欢抽烟!"谢大海四处寻找,化妆师掏出一根烟,点着后夹在我的手指间。我把烟放在嘴边,触碰着胡子,吸一口吐出来,吸一口吐出来,感觉嘴唇上的胡子像一团无味的墨汁。谢大海手扶我的肩膀,说:"真他妈像!导演肯定满意!等我的信儿吧!"他把我拉进旁边的摄影棚,让摄影师围着我前后左右拍了几十张照片。

"OK!"他打着响指说。

"还要见导演吗?"

"等我的电话!"谢大海塞给我一千块钱,"先让导演看您的照片,您去卸妆吧。"

可我突然想带着妆、穿着这件长衫回家。谢大海思索了几秒钟,笑着说:"沈先生啊沈先生,您入戏真快啊!"他扭头招呼化妆师拿来一包卸妆水。

外面骄阳似火,热气在半空飘浮,远处的建筑物似乎也被烤软变形了。站在街边，我想全北京只有我这一个穿长衫的男人。只走了几十步，前胸后背已有汗迹，我大可不必这样做，可我就想这样做，心甘情愿这样做，即使路人瞪大眼睛看我，以为我是神经病，我也无所谓。

平平淡淡生活了几十年，我真的想体验另一种人生经历，哪怕我做给自己看。我沈全居然像鲁迅？我这辈子居然像鲁迅？沈全，你就当回鲁迅吧！哈哈，大夏天穿长衫的沈全，不，是穿长衫的鲁迅！傻不傻？不傻，我一点都不傻。我一定要过这把瘾！扮演鲁迅的这把瘾！

一个流浪汉跑过来，迟疑了好一会儿伸出手来要钱。我撩起长衫，从裤兜里掏钱，却感觉自己的动作稍快了些。我放下长衫，重新慢慢撩起来，掏出一张小面额的纸币，又觉得味道不对，就又摸出两个钢镚递给他。流浪汉不看手里的钱，瞪大眼睛，上上下下打量着我。"看清了，钢镚不是袁大头，是人民币！"我对他说，快走几步进了地下通道。

来了一辆出租车，我拉开车门，慢慢托起长衫，弯

394

腰钻进汽车后座。司机一个劲儿在后视镜里瞄我。"你好眼熟……"司机眯着眼说,"你是演员吧?"我笑笑,心里甜滋滋的。"先生,你和一个人很像!"他继续说,"像,像……"司机敲着脑门,敲了两个红绿灯也没想出来。我像鲁迅,真是个文盲,我在心里说。接下来一路沉默。车到足底保健店,司机还是没想起来我到底像谁。

"师傅,想出来了吗?"我打趣道。

"瞧我这脑子,在嘴边就是想不起来。"

"鲁迅!"我大声说,"我像鲁迅!"

"不是鲁迅!不是鲁迅!"他拨浪鼓似的摇头,让我很吃惊,"是濮……濮存昕!濮存昕!他也演过鲁迅,你们俩可真像!"说完他一转方向盘走了,留下我尴尬地站着。我马上给谢大海打电话,他告诉我说濮存昕扮演过鲁迅,演的是故事片,是正剧,最后他提醒我:"扮演鲁迅,您的外形条件绝对胜过濮存昕!"

刚挂电话,我的手机又响了,是周宜打来的。

"周小姐,谢谢。"我首先致谢。

"叫我周宜。"

"好，好，谢谢。"

"试妆怎么样？"

"还行，感觉还行。"

"我让摄影师马上赶过去给你拍照。"

"好的。"

挂了电话，我长长地喘了一口气，望着街对面那家足底保健店，忽然心花怒放起来。我憋着兴奋的呼吸跑进小店，小店里静悄悄的，没看见技师，儿子正在工作台后面做作业，他无意中探出脑袋看见了我，大呼小叫起来："妈妈！妈妈！妈妈！"老婆跑出来，先是尖叫一声，看见我手里甩动的人民币，马上明白过来，猛捶我的胳臂，扯着嗓子喊："儿子，别怕！是你爸爸！"儿子站起身，怯怯地望着我。

"儿子，是我！"我大笑着抱起他，在屋里转了几圈，用胡子蹭他的小脸，"儿子，看看爸爸像谁？"儿子推开我的嘴巴，摇摇头。技师们从屋里跑出来看我，个个瞪大了眼睛。

"沈老师，是您吗？"

"沈老师，咋回事？"

"沈老师，您是不是不想干足底了？"

"谁说我不干足底了！我抽空演演戏而已！"我放下儿子，从抽屉里取出宣传册，"儿子，你爸像不像这个爷爷？"儿子只看一眼，什么也没说，兀自埋头做作业。

"儿子，像吗？"我继续问道。

"这老头儿是谁啊！"儿子不耐烦地说。

"鲁迅！"我弯下腰说。

"谁是鲁迅？干吗的？"儿子说。

"老师没给你们讲过？"

儿子摇摇头，专注地研究起我嘴唇上的胡子来，突然伸出手扯胡子，扯得我嘴角掀起来，有钻心的疼痛感。"别动爸爸的胡子。没有了胡子，爸爸就成不了明星了。"我推开他的小手。站在一旁的技师们笑起来，几个人边翻宣传册边对话。

"谁是鲁迅？"

"他是干吗的？"

"你们真不知道鲁迅？"我非常吃惊。

"知道。"

"好像是写字的吧。"

"是作家,还是斗士。"

"鲁迅是民国作家,和他弟弟闹崩了,关系很僵。"

总算有人知道鲁迅。我喘口气,说:"今天有客人来吗?"

"没有!"他们异口同声地回答。

"很快就会有客人了。"我说。

老婆拉我进屋,我把一千块钱甩在桌上,说:"感觉还行,让我等通知。"

"我这左眼皮一上午都在跳。"

"左眼跳财,右眼跳灾。"儿子探进小脑袋说。

"你打扮成这个样子真难看!"老婆说。

"难看吗?我觉得挺好看的,挺酷的,在街上走好多人看我呢!"我瞥她一眼,走进卫生间,站在镜子前端详我这身装扮。长这么大,还是头一次穿长衫。长衫的味道,几十年前知识分子的装扮,可是上厕所真不方便,应该和女人穿旗袍上厕所的感觉一样吧。试一试?

我撩起后面的长衫,扯到前面,脱下裤子,慢慢蹲下去。真不习惯。抱着一堆衣服上厕所,哈哈,真有意思,鲁迅也是这样上厕所的。走出洗手间,我抬眼看见了昨晚的摄影师,他竖起大拇指,把我拉到店门外面,固定好位置,举起了手里的照相机。

我喜欢这身装扮,晚上睡觉也不想卸妆。老婆指指客厅的沙发,说:"我可不想和长胡子的男人睡一张床。"

"卸了妆感觉就没了。"

"我会做噩梦。"

"好吧,我把胡子摘了。"

"瞧你的头发又硬又直,耳朵也变形了,屋里有胶水味!"

我不再理论,在沙发上躺下。儿子走过来,轻轻抚摸我的胡子,哧哧笑了两声。

"爸爸,你的胡子怎么变硬了?你会成明星吗?"

我抓过他的小手,贴在胸口上,闭着眼说道:"会的……会的……"

好像到了后半夜吧,我起身走进卫生间,把脸上的妆卸了下来。我把胡子和耳朵上的塑胶仔细包好,放在角落里。

可是接下来发生的事情比想象中的糟多了。其一,我一直没等来谢大海的电话,打过去询问,他说还要再等几天;其二,我店里的五个技师,三个不辞而别,一个生病,一个按摩技法刚刚入门;老婆更是急火攻心,嘴上烧起了两个大水泡。

一天净赔两百块钱。我决定降价,在店门口贴出告示:足底按摩,每位二十八元。墙上的胶水还未干透,老婆皱着眉头说:"对面的店昨天就提价了!告示牌在门口立着呢!每位五十八元!整整提了二十块钱!"对方根本没把我们放在眼里。这滋味儿真不好受!老婆在一旁落泪,说还不如把小店关了,找个单位凑合着上班去,刚说完就抽自己一嘴巴子,"哪个单位会要四十岁的女人!唉……"

我默默走出门,来到小商店买了一包烟,连续猛抽几大口，忍不住给谢大海打电话。电话通了，可就是没人接，我给他发短信：谢大海，请回电话。两个小时过后，等来他的短信：事情有变化，不好意思。我在开会，回头给您电话。事情明摆着，导演对我的试妆不满意，谢大海这样回复只是出于礼貌而已。

又过了两天，周宜本人亲自送来了杂志。我有生以来第一次在杂志上看见自己的照片，还真不好意思。鲁迅的扮相让我忍不住问自己——是我吗？真的是我吗？

"这扮相肯定没问题！"周宜说。

"不一定，不一定。"我摆了摆手。

"谢谢周小姐，"老婆说，"让沈全给你做足底吧。"

"让其他技师做吧，沈先生马上成名人了。"

"啥名人，快进屋吧。"我说。

周宜进屋落座，沮丧感一下子笼罩住了我。

"从今往后，我来做足底你一定要收钱。"周宜突然说道。

"那怎么行！"我非常惊讶。

"不收钱我就不来了。"

"别开玩笑。"

"没开玩笑,刚才你老婆说现在一天赔两百块钱。"

"别往心里去,她就是说说。"

"你想让我多来,就一定要收我的钱……"她静静地看着我。

我无奈地摇了摇头。

"怎么了?"她轻声问道。

我掏出手机,让她看谢大海的短信。

一阵沉默。我觉得有点对不住周宜。

"不演鲁迅……你就不是鲁迅了吗?"

我没懂她的话,迷惑地看着她。

"你就是鲁迅。"

"我不知道你在说什么。"

"模仿秀!"

"模仿秀?"

"还没明白?"

我皱起眉头。

"鲁迅先生站在足底保健店门口,欢迎客人,为客人

403

服务。"她侧着脑袋,直视着我的眼睛,"想明白了吗?"

我眨眨眼,在这一刻,我忽然想明白了——我的小店有救了。我完全可以以鲁迅这扮相站在足底保健店门口,招呼大家到我们这家店享受足底保健服务。鲁迅在此,长相酷似鲁迅的足底保健店老板沈全在此!你希望得到名人服务吗?来吧!沈全扮成的鲁迅先生会带领技师们为大家提供足底保健服务,服务绝对一流!对了,想让鲁迅先生亲自为你服务必须提前预约,因为现在的沈全已不是过去的沈全,现在的沈全就是惟妙惟肖的、活着的鲁迅!全世界独此一家的足底保健店诞生了,说不定我能开连锁店哩。一定能开!一定!我沉浸在幻觉中,真想扑上去拥抱周宜,可我没有这个胆量,我隐约听见周宜的自言自语:"鲁迅……足底……按摩……技法……"

"是的,鲁迅足底按摩技法!"我手心里全是汗。

"沈全,你想去我家坐坐吗?"

我沉默不语,身体僵硬起来。

"家里就我一个人。"

"我……"

周宜的手指滑到我的胳膊上,我躲开了。周宜整理一下衣服,眼睛看着手机,大声说:"刘阿姨,你好,我在外面,很快就回去了。"她在假装和人通电话。她站起身,走过我的身边,走到外面,我听见她和我老婆的对话。

"结账。"

"周小姐,哪能收您的钱。"

"我们杂志社能报销。"

"你们福利真好,开发票吗?"

"开一张吧。"

"多开点?"

"不用,就开二十八元吧。"

我感觉脸颊和脖颈一阵阵发热。

周宜是在真心实意帮我,不仅给我思路,还让摄影师把我的扮装照冲洗出来挂在店门口,可我拿什么感谢她?那天傍晚,站在店门口的巨幅照片前,我内心有伤感，也有纠结。照片上的人是我自己，为了生活，我需要装扮成一个我非常尊敬的男人，这是冥冥之中的命运安排吗？

但不知怎的，在一瞬间，我宁愿相信照片上的人就是鲁迅先生本人，他来到当代中国，注视着满脸焦虑的中国人，注视着车水马龙和钢铁水泥大厦，注视着散发暴戾的空气。鲁迅先生一定会非常吃惊，哦不，或许一点也不觉得意外——他太了解中国历史和中国人了。即使鲁迅先生来了，又能帮上什么忙呢？他顶多是个大名鼎鼎的知识分子，或者是个死不悔改的中老年愤青，或许他只想沉默不语，一句话也不想说，或许他的笔早已钝了，胡子也已经花白了，谁知道呢？

是的，谁知道呢？我叹口气，闭上眼睛。鲁迅先生，请允许我装扮一下您吧，如果这一招管用，我一天给您老人家磕三个头。我握紧拳头，自言自语，盼望着明天赶快到来。

我慢腾腾走回家，屋里黑灯瞎火。我不想开灯，在沙发上躺下。今晚就在沙发上过一夜吧。一夜无梦。天蒙蒙亮了,我走进卫生间,发现洗漱台面上堆满了化妆用品:发胶瓶、定型液、胡子、修补耳朵的塑胶、眉笔和粉饼。这是老婆为我准备的。今天早晨的化妆是一个仪式,一个抓住新希望的仪式,这种感受让我的眼睛有点湿润,我尽力把眼泪压回去。头发、眉毛、耳朵……我在镜子里看见老婆和儿子站在门口,静静地望着我。我们谁都没有说话。

老婆陪儿子吃完早餐,送他去了学校。我没有胃口,穿上长衫直奔足底保健店。

小店还未开门,巨幅照片前已围拢了十几个晨练的人。

"本店老板兼首席技师沈全先生即将扮演鲁迅一角,他是当今最像鲁迅的特型演员。"

"沈全先生带领全体员工为您提供最佳的足底保健服务,保证服务一流。"

"瞧这广告,真够绝的!"

"足底保健每位二十八元。"

"真不贵,回头试试。"

"对面那家要五十八元呢。"

"您就是沈全先生?"有人认出了我。

"您和鲁迅真像!"

我被大家围住了。

"您演的是啥戏?什么时候播?"

"电影,还是电视剧?"

"鲁迅的电影肯定赔钱。"

"瞧鲁迅这胡子。"

"一般男人真长不出这种胡子。"

我双手抱拳,一字一句地说:"经常按摩脚,从此不怕老!欢迎光临本店!"

"是您本人为我们服务吗?"

"是!"我说。

"那我今天就试试!"

"我也试试!"

"鲁迅先生为我按摩按摩脚,有点意思。"

"哈哈,鲁迅先生!"

"鲁迅先生,哈哈!"

我手不停歇,一上午按摩了六双脚,门外还有十几位排队的客人,仅剩的两名技师干巴巴站在外面,有劲儿使不上,没有一个客人愿意让他们服务。这一点不奇怪,他们就是冲着"鲁迅"招牌来的。长衫的前胸后背早已湿透,长衫是不能脱的,脱了长衫,鲁迅的味道就会大打折扣。额头上的汗珠流进眼睛,我用手背擦拭几次,不小心蹭歪了胡子。

"鲁迅先生,你的胡子歪了,哈哈……"

我赶紧扶正,尴尬地笑笑。

"左边再低一点,哎……这回胡子正了!"

我再次笑着扶正。

"鲁迅先生给我按摩脚,想不到啊!"

"鲁迅先生握笔的手啊!"

"我得把这事儿记一下啊!"

个别客人的语气里多了戏谑的色彩,我不能正面反驳,只能用手劲儿报复。"疼死了,疼死了……"我往死里按他的膀胱反应区,就是铁人也会被我按哭的。

午餐顾不上吃了。又按了五双脚。两个技师高兴得合不拢嘴。"十一双脚了!收入三百零八块钱了!到晚上,还能再按摩十几双脚哩。"老婆盘算着,屋里屋外飘荡着她的笑声。我在心里不停地念叨:"鲁迅先生,谢谢您!"

屋外突然响起嘈杂的声音。两个技师一前一后跑进来,对我说:"沈老师,市场纠察队的来了!一男一女,挺凶的!"我赶紧迎出去,满脸堆笑,毕恭毕敬。

"鲁迅?"男的斜着眼看我。

我点点头。

"你就是沈全?"女的接着问。

我又点点头。男的围着我转了一圈,说:"你这干足底的成演员了,真看不出啊!"

"过奖,过奖。"我脸上的笑很僵硬。

"拍什么戏啊?"女的问道。

"话剧,鲁迅的话剧。"

"公演了吗?"男的说。

"还没开始排。"

"什么时间排?"男的继续追问。

"不知道。"

"你演过戏吗?"女的又问。

"没有。"

"没演过戏就敢说大话啊,"男的坐下来,晃起了腿,"'最像鲁迅的特型演员'……广告法明文禁止用'最'这个字眼,知道吗?"

"我马上改!"

老婆紧靠着我,身体抖个不停。

"鲁迅不是一般的名人!"

"你不能打鲁迅的旗号开店!"

"我的长相有点像鲁迅……"我搓着手说。

"别自恋!你是化了妆之后才像鲁迅!"女的提高声音说。

"你把胡子摘下来试试?"男的站起身,一只手臂快速伸向我的嘴边,我急忙躲闪,胡子居然掉下来,在空中打了几个转,滚落在地上。我兀自站在那儿,感觉一股热气从腹部升起,但我尽力压抑着,慢慢俯下身,拾起胡子,拍拍上面的灰尘。男的嘎嘎嘎地大笑,高声

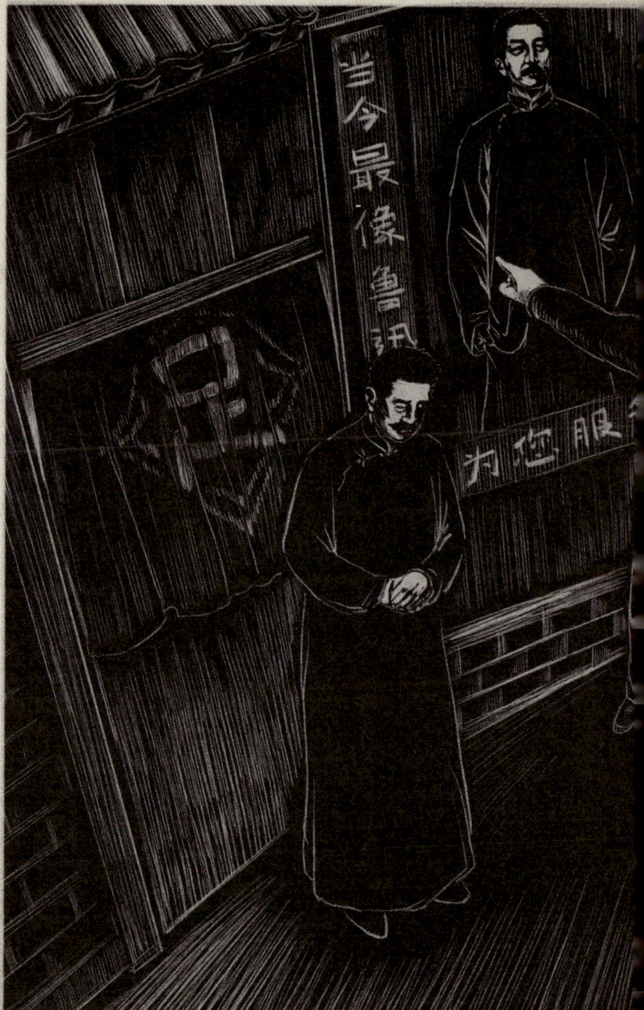
当今最後鲁
为您服

413

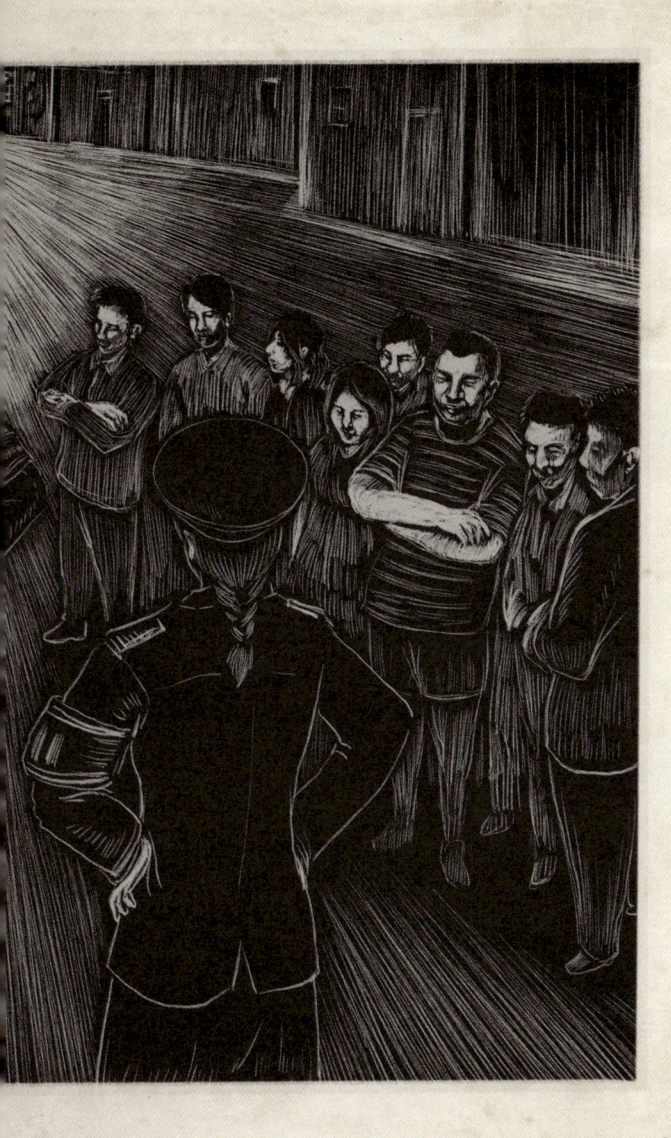

说:"还像吗？还像吗？哈哈……哈哈……"

"你叫人把店门口的照片扯下来，不能挂！"女的说。

围观者也在七嘴八舌地议论。

"现在不是挺流行山寨版嘛。"

"就是！山寨版'鲁迅'，挺好的！"

"这算违法吗？"

我紧握胡子，平复着情绪，说："拍完戏……我能挂吗？"

两人怔住了，对望了一眼，女的说："你要是真成了大明星，兴许能挂。"我不再说话，径自走出屋，女的紧跟出来，说："鲁迅是名人，是大名人！你不能把鲁迅和足底保健扯在一起！弄不好，鲁迅的儿子、孙子也会找你麻烦的，赶快把照片揭下来吧！"随后两人迈着有力的步伐并肩走了。

所有的人都盯着我看。空气似乎凝固了。两个技师哭丧着脸蹲坐在那儿。

"愣着干吗！还不赶快把照片揭下来！"我冲他们叫喊。

围观者为我出谋划策。

"来人你就揭,人走你就挂。"

"照片贴屋里也行。"

"其实就你这身打扮就够了,别的都不用。"

"越看越觉得你像鲁迅。"

"真开了眼了!"

"看看胡子还能粘上吗?"

"谢谢,谢谢。"

我粘上胡子,抱拳致谢,心里乱成了一锅粥。我想到谢大海。

谢大海对我的到来没有表现出吃惊,反倒显得很不自在。他扶着我的肩膀来到楼梯拐角。"沈先生,这事儿黄了,"他懊恼地说,"不是您的原因,当然也不是因为我们,委托我们公司寻找演员的那个导演违约了!"我不明白其中的原因,怔怔地望着他。"这个导演交不起剩下的委托金了,"他说,"她只交了两千块钱定金,还差我们不少钱。"

"导演对我的扮相满意吗?"

"她看了您的照片,很满意,可是她必须交齐委托金余额,我们才能让你们见面,这是行规。"

我木然地点点头。

"沈先生,以后有鲁迅的戏我们会推荐您去,好吗?"他按亮了墙上的电梯按钮。

"差你们公司多少钱?"我脱口而出。

"她没有这个经济实力。我们前几天才知道她还在读书,今年才毕业,她想先见您,想给我们公司打个欠条,保证半年内把委托金补齐。我尽量替她说情,可是我们老板不同意。"

"差你们多少钱?"我提高了声调。

"八千。"

"必须把钱交齐,你们才会让导演和我见面,是吗?"我心里有一股莫名的愤怒。

"这是行规,跟她的合同也是这样约定的。"

"行规。"我似乎在自言自语。电梯门打开,又慢慢关上。我默默点点头,说:"我想见见这位导演。"

"这恐怕不合适。"

"我替她把钱补齐,"我盯着谢大海,"我把钱补齐还不行吗?"我的声音在楼道里回荡着。

"沈先生,我劝您冷静一点,即使替她交钱,这个导演也没有经济实力排话剧,她把问题想简单了,您犯不上这样做。"

"我想这样做。"我长舒一口气。

"从业这么多年,您是我见过的最怪的人。"

对谢大海的评价我不置可否。我听见自己说了这么一句话:"我这辈子还是头一次对一件事情如此着迷!"

我没把这事说给老婆听,这八千块钱是我从周宜那儿借来的(我从不存私房钱,现在有些后悔)。我又欠周宜一个人情。我把钱递给谢大海,他把收据和一张便笺纸拍在我手里,说:"这是导演的电话,您直接跟她联系吧。"

"苏洱。"我默念着纸条上的名字。

"要是知道她还在读书,我不会接这个委托单。"

"她是学生？"

"后悔了？后悔还来得及，我可以把钱退你。"

"不，不，谢谢。"

我一个人走出门，定了定神，想给苏洱打电话，刚按下电话号码，我又挂断了。我反复揣摩着开场白，思忖着苏洱的反应。天色阴沉下来，刮了风，天上的云一半黑一半灰，要下雨了。我走进一家茶馆，在角落坐下，决定给苏洱发短信："苏洱导演，您好。不知您是否满意我的鲁迅扮相，我叫沈全。我曾经是中学语文老师，很喜欢鲁迅的作品，我想您对鲁迅一定也有自己的理解，要不然您也不会有排鲁迅话剧的念头。我想见见您，很想知道您的导演思路，如果我能参加鲁迅话剧的演出，那将是我的意外惊喜和收获。"

按下发送键，我长长地喘了一口气。硕大的雨滴砸在玻璃上，发出的声响盖过茶馆里的音乐。我看着茶单，一杯竹叶青的价格比我家的足底按摩费还贵两块钱。我的手机振动了一下，屏幕上显示出一行字："我是苏洱，我想见您。"

"您定时间和地点吧。"我马上回复,手指有点发抖。

"现在。在后海茶家傅茶馆吧。"

"好的。"

"沈先生,您最好能带着妆来。谢谢。"

"好的。我两个小时后到。"

到了后海才体会到前海真是一片浮躁之海。此刻,雨滴渐小,后海一片安静,一排排杨柳枝在湿乎乎地飘动,水面上浮游着一大群野鸭子,鸭爸爸鸭妈妈带领着孩子们嘎嘎嘎地叫着往前游动,品尝着游人扔过来的面包屑。

我一路走去,看见了"孔乙己"的招牌和里面弯弯的小径两旁种植着的翠竹。鲁迅写出了孔乙己,孔乙己现在也是响当当的人物啊。我听见路人的议论。

"你……您……"

"真像鲁迅啊!"

"你是'孔乙己'的形象大使吧?"

"在拍戏?"

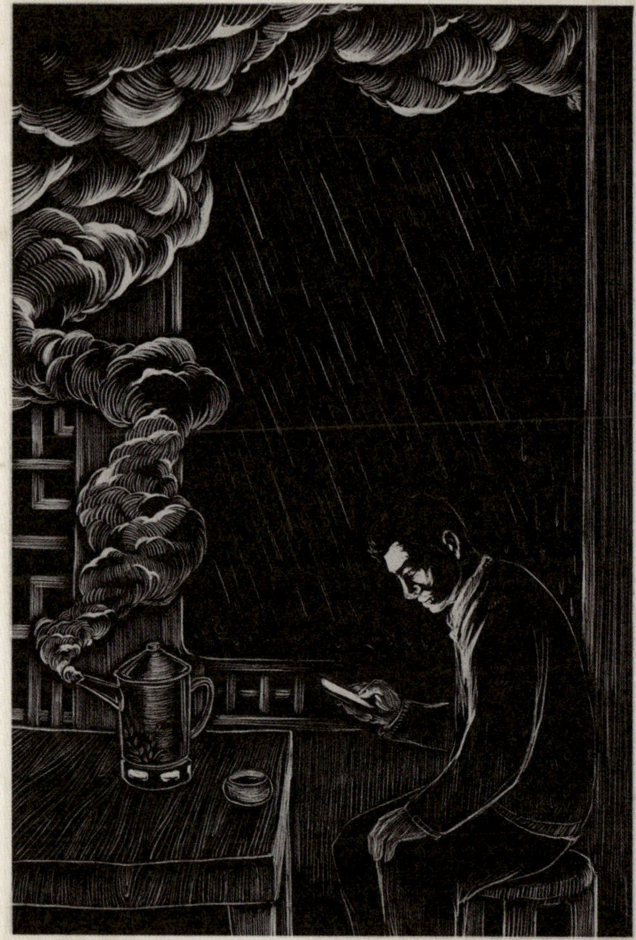

"妈妈！快来看鲁迅！"

"爷爷！鲁迅！鲁迅！"

我笑而不答，继续往东走，走进茶家傅茶馆，这是一个栏杆围起来的幽静小院落。"你好，你好。"我听见了一个问候，是从背后传来的。"你好，你好。"又是两声问候。"你好。"我回应道，转过身却没看见人影，我抬头看见一只鹩哥，一只会说话的鹩哥。眼前的鹩哥站在鸟笼里的木棍上面，扭动脑袋，打量着我；它有黑幽幽的羽毛，黄黄的嘴，它的爪子也是黄黄的，非常神气。

"你好，你好。"我望着它说道。

"您好。"这回是一个女孩的声音。她穿着一件灰色亚麻布的休闲长裙，手里端着一杯茶，眼神专注地望着我。她的眼神儿里隐藏着淡淡的忧郁。"您是苏导演？"我问道。她微微点头，侧转身让我先进茶馆，我能感觉到她的眼睛一直盯着我的后背，不过我一点都不紧张。进了包间，我落座后掏出香烟，又在犹豫是否点上。我们彼此沉默着，笑了笑。

"很像……"她轻缓说道，若有所思地望着窗外。

鲁迅的胡子

"谢谢。"

"您为什么要帮我?"她望着我。

"没什么,"我说,"我也想尝试一下演戏。"

"您是足底保健师?"

"混日子。您是学生?"

"今年毕业。"

"在哪儿读书?"

"中戏研三。"

"你……特别喜欢鲁迅?"

她沉默不语。

"是你的毕业作品吗?"

"您知道鲁迅怎样掏烟吗?"她岔开了我的问话。

我摇摇头。她把一盒香烟推过来,说:"放在你的裤兜里。"我照办了。她接着说:"把手伸进裤兜,手指头摸香烟盒,别掏出烟盒,夹出一根来,对,抽出来。鲁迅不习惯先掏出烟盒再拿烟,他最喜欢抽哈德门牌的香烟,在外面见朋友他也不喜欢让烟给别人。"

我抽出一根烟,定定地看着。"鲁迅不是这样拿烟的，"她说，"他习惯用大拇指和四根手指拿起一根烟。"

"不是夹在食指和中指中间吗？"我笑了笑。

"这是鲁迅的习惯。"

"朋友到他家做客，鲁迅让烟吗？"

"鲁迅会在家里放两种烟，一种价钱贵的，放在白色锡筒里，是前门牌香烟，招待客人用的；一种便宜的，装在绿色锡筒里，是鲁迅自己抽的。"

"你知道的真多！"

"是我父亲告诉我的。鲁迅是个老烟鬼，我五岁的时候就知道。"

"鲁迅喝酒吗？"

"几乎每饭必酒，和朋友在一起还会喝醉。"

"鲁迅喝醉酒会发酒疯吗？"

"这个话题我父亲没说过，"她幽幽地说，"没有香烟就没有鲁迅，没有胡子也没有鲁迅……"

她从包里掏出笔记本电脑，打开，电脑屏幕上出现一张中年鲁迅的照片——一张没有胡子的鲁迅的照片。鲁迅的人中很长，整个嘴唇看上去光溜溜的，脸部表情被扭曲了。我忍不住大笑了几声。

"很可笑吗?"她合上电脑说。

"不,不。我很喜欢鲁迅,我在中学教过十年的语文课,很熟悉鲁迅的作品,鲁迅的名言警句我能背很多。"

她沉默着,似乎想听我说下去。

"'人生得一知己足矣,斯世当以同怀视之。'我很喜欢鲁迅这句名言。"我说。

她抿了一小口茶。

"女人的天性中有母性,有女儿性;无妻性。妻性是逼成的,只是母性和女儿性的混合。"

她换了一个坐姿,顺便调整了一下呼吸。

"人生最痛苦的是梦醒了无路可以走。"

"说过的话不算数,是中国人的大毛病。"

"斗争呢,我倒以为是对的。人被压迫了,为什么不斗争?"

"世间只要有权门,一定有恶势力。"

"我看一切理想家,不是怀念过去,就是希望将来,而对于现在这一个题目,都交了白卷,因为谁也开不出药方。"

我一口气说了很多。她望着杯子里浮动的茶叶片,陷入了沉思。

"你还没回答我刚才的问题,你为什么要排鲁迅话剧?"

她的身体一动不动。沉默良久之后,她望着我,一字一句地说:"为我父亲……"

苏洱的父亲今年七十岁,研究鲁迅已有几十年。他六十岁退休的时候,职称还是副教授。他认为自己的教学生涯不该这样,他想不明白,越想越烦躁。两年前,他突然得了妄想症,逢人便讲鲁迅先生最欣赏他的研究成果,他是鲁迅先生最得意的学生,鲁迅先生要来看他;一年前,他又被查出得了肺癌,医生说他的生命最多只有三个月了。

"我父亲快去世了,我不想让父亲带着遗憾走,我也对父亲说过,鲁迅先生会来看你的。这一年来,我挑选了好多扮演鲁迅的演员,您的扮相是最合适的。"苏洱的背影在颤抖。她继续说："我父亲年轻时候的梦想就是能看见鲁迅。要是能早出生十年，他就能看见鲁迅先生了，他经常这么说。他是北京人，研究鲁迅一辈子，退休后他一直说绍兴普通话，好像这才是他骨子里的语言。鲁迅的杂文、小说，他到现在还能背出来。小时候我们做游戏，我念出鲁迅文章的前两句，他就笑着把后面的文字背出来，从没出过错。我是他唯一的女儿，我母亲十几年前去世了。"她转过身，眼神里流露出渴求的光泽，"我欺骗父亲，说鲁迅会来看他，只想让他愉快，心存希望，可是听了我的话，他完全当真了。他相信女儿的话，他知道在这个世界上，只有我不会再欺骗他。每次见到我，他就会问鲁迅先生什么时间来家里啊。能见鲁迅一面，我父亲就彻底知足了。我知道父亲有怨气，他不服气其他鲁迅研究者的学术水平，什么一级教授、二级教授，什么长江学者、黄河学者，什么博导，他不会阿谀奉承，也不觉得自己在学术上很窝囊，但他希望得到鲁迅的赞扬。"

"鲁迅的赞扬？"

"是的，鲁迅的赞扬。我不明白父亲为什么这样敬重鲁迅，看重鲁迅，"她叹口气，连连摇头，"那个时代的知识分子都这样吗？"

我不知道说什么好。其实在我心里，我也非常矛盾，如果周围没有人提起鲁迅，我或许会把鲁迅淡忘；但是当这个名字在耳边响起的时候，我身体里突然会有奇异的感受。

"我或许不该欺骗父亲。"

"你做得对。"

她定定地望着我，嘴唇在微颤。

"如果你信得过我，我愿意试一试。"我说。

她咬紧嘴唇，压抑着激动的情绪。

"我需要剧本，想看看鲁迅的台词。"我说。

她嗫嚅着，捋了捋头发，神情有些不好意思。

"你在想什么？"我说。

"您……您扮演的鲁迅，没有台词……"

"没有台词？"我很惊诧。

"我父亲对鲁迅太熟悉了。"

"我对鲁迅也了解不少。"

"当哑巴总比说错话好,我不想让父亲看穿。"

我真是哭笑不得:"你说你父亲希望得到鲁迅的赞扬,那我怎样赞扬你父亲?"

"竖起你的大拇指就行。"

我竖起自己的大拇指,满眼狐疑。

"一句话也不要说。"她说。

"一句话也不要说……"

这一刻,我倒真想见见这位老教授——不,是老的副教授。

"我会还您钱的。您能帮我,可我不知道怎样感谢您,"她的眼神儿游离过我的脸和身体,"您想怎样都行,我都愿意……真的……"

我明白她话中的含义,不过我装作没听见,一口喝干了杯中茶,胡乱嚼着几片茶叶。"这茶馆环境真不错。"我说,掩饰着一股莫名的感动。

站在苏洱的家门前,我咽了好几口唾沫才伸出手指敲门。楼道里非常安静。一只老鼠沿着楼梯行走，看我一眼，慢悠悠消失了踪影。一分钟或者两分钟之后，门打开了三分之一，一位拄拐杖的光头老先生出现在我面前——想必他就是苏洱的父亲。看见我，他的眼神儿突然亮闪一下，随后他慌慌张张地转身，消失在门后。

我等待着。我看见他慢慢探出脑袋，眨巴着眼睛，嘴巴渐渐张大。我笑了笑，走进去，屋里的光线有些暗淡，我忍不住眨了眨眼。老先生激动异常，嘴唇一直在颤抖。我发现屋子的四壁贴满了鲁迅的照片，足足有上百张。老先生往屋里退，我听见他紧张的呼吸。他站在角落里的一个沙发旁边，忽然弯着腰，脸上挂着笑，恭恭敬敬地向我连续鞠躬。他身旁有一个黄褐色的半人高的书柜，书柜上面立着一个大大的相框，里面夹着一个七八岁小女孩的黑白照片。

"我女儿，没骗我……"老先生忽然嘻嘻笑着说，他嘴里的牙齿快掉光了，指着沙发的手臂颤动着，"鲁迅先生，您请坐。我女儿没骗我，她说……您要来看我，我女儿没骗我……"老先生说一口绍兴普通话，他扭头朝屋里叫喊:"苏洱,鲁迅先生来了!"苏洱拉开门走出来,看我一眼,一声不响地站在父亲身边。她的眼圈是红肿的。"鲁迅先生,这是我的小女。"他说,又给我鞠了一个九十度的躬,苏洱挽着他的胳臂。我喘口气,走过去坐下,指指对面的椅子,示意他们也坐下。老先生没有坐,突然举起手里的拐杖,看着苏洱,大声呵斥道:"你为什么不给鲁迅先生鞠躬!我打你!"苏洱赶忙给我鞠躬,老先生这才放下拐杖坐下。这一幕看得我心惊肉跳。

我坐直身子,长长地舒出一口气。老先生颤抖着手臂,拿起茶几上的香烟,抽出一根,哆嗦着递给我,嘻嘻笑着说:"鲁迅先生,您爱抽哈德门牌香烟,您抽吧……"真的是哈德门牌香烟。我接过来,发现烟丝潮乎乎的,还有股臊味。老先生又嘻嘻笑一下,找来打火机,用力擦出火焰,我靠近他干枯的手指把烟点上。苏洱在无力地摇头。屋里的空气和嘴里的烟雾让我忍不住咳嗽了几声。"抽烟对您的肺不好……对不起,鲁迅先生。我是老糊涂了,不该让您抽烟……"他似乎要急哭了,拄着

431

拐杖走过来夺我手里的烟,"给我!给我!对您的肺不好,鲁迅先生。"

我按灭香烟,他才略微平静。他坐在椅子上,双手放在拐杖上面,下巴抵着手背,既满足又欣喜地望着我,像个老小孩。沙发肯定比椅子舒服,我站起身,想让他坐沙发。"不!不!我是学生,我是学生,鲁迅先生,您坐沙发,老师坐沙发。"他扭头看着墙上的照片,突然陷入了某种回忆。"鲁迅先生,您的照片在我家挂了几十年,颜色都变了……"我站起身走过去,仔细端详着,他悄悄跟在我身边,情绪忽然变平静了:"鲁迅先生,照片多吗?"我点点头,他拍着手笑起来,盯着我的胡子,又指着另一幅照片说:"鲁迅先生,这张照片是您在日本拍的,当时您还没有留胡子,胡子是用毛笔描上去的。"我点点头。"以前的照片比这还多,'文革'期间,照片和其他文稿丢了很多,好可惜啊!"他腾出一只手,挽着我的胳臂,扶我坐在沙发上。"苏洱,去把我的作品全拿出来,我想让鲁迅先生评评理!"他喘着气说。

苏洱从书架上抱下十几本书，放在我面前，然后在我耳边小声说："夸他！"现在老先生正大口大口地喘气。我装模作样地拿起一本书，认真地翻阅，翻完一本又翻一本。我竖起大拇指，使劲儿晃动着，老先生眨眨眼，似乎不相信自己的眼睛，有点不知所措。他挂着拐杖，颤巍巍走过来，眼里居然含着泪，哽咽着说："鲁迅先生，真好吗？"我用力点头，拍拍这摞书，拍出了声响，拍起了书上的灰尘。"苏洱，拿笔！拿笔！"他激动地说，"请鲁迅先生指正！指正！"苏洱拿来一支笔，他抢过来，哆嗦着手，开始在十几本书的扉页上签字："请鲁迅先生指正！苏真教授敬上。"我接过书，一本一本放在膝盖上。看着他佝偻的身体和低垂的脑袋，我有点可怜他，但更多的伤感情绪在心里弥漫开来。

"鲁迅先生，这是拙作，请您指正。如果有可能，我想请您写一篇评论我的文章，行吗？"他歪着脑袋，神情专注同时又很羞涩地看着我。我点点头，再次竖起大拇指。这时，我突然看见苏洱的眼神儿有些异样，她快步走过来，挡住了父亲的视线，一只手按住我嘴唇上的胡子，小声说："胡子没粘牢。"老先生还在嘟囔着什么。苏洱转过身，站在我和她父亲中间，说道："爸，您学问高，一般人看不出来，鲁迅先生看出来就行了，您就是大教授，大博导！鲁迅先生研究第一人！鲁迅先生，我说得对吗？"除了点头还是点头，我想改变一下动作，开始为老先生连续鼓掌。老先生看着我，身体晃动着，抬起头，闭上眼，哈哈大笑着说："谢谢鲁迅先生啊！谢谢！谢谢！谢谢啊！"

"爸，鲁迅先生累了，您也该休息了。"

"可是鲁迅先生怎么不说话啊……"

"鲁迅先生今天嗓子不舒服，您准备的哈德门香烟发霉了，鲁迅先生刚才都咳嗽了。"苏洱说。

"茶呢？家里的茶呢？"他拿拐杖敲打着地板说，"鲁迅先生还没喝茶呢，我真是老糊涂了！茶呢？茶呢？"他站起身，在屋子里局促不安地打转，到处找水杯，"龙井茶，鲁迅先生最爱喝龙井茶，茶呢？"杯子就在我眼前，里面没水，我举起来放在嘴边，装作喝干的样子，又把杯子口对着他，使劲儿晃了晃，让他明白我已经喝光了龙井茶,不渴了,他这才露出心安的神情。

"对不起,鲁迅先生,您累了吧?北京天太热,八道湾胡同住着热不热?要不您到我这儿住吧?家里有空调,凉快。鲁迅先生,到我这儿住吧!"

"爸,鲁迅先生累了。"苏洱害怕出漏洞。

"鲁迅先生,我还有最后一个问题,"老先生非常认真地望着我说,伸出一根手指头,"就一个问题!"

我站起身,望着他。

"鲁迅先生,您身边还有优秀的年轻学生吗?我女儿还没有男朋友,您帮她物色一个男朋友吧,谢谢鲁迅先生。"苏洱沉默着,用胳膊肘捅我,示意我赶快走出去。我拉开门,走到门外,再回头时看见老先生的眼里溢满了泪水。也许他早已流了泪,屋里光线太暗,我没有看清。"鲁迅先生,谢谢您来看我……我学问没做好,真没脸见您……谢谢您来看我……"

我嗓子眼儿里痒痒的,眼睛开始发涩。我朝他点点头,挥了挥手,扶着楼梯栏杆快速朝楼下跑去。"鲁迅先生,见到您,我三生有幸啊……"老先生的声音在楼

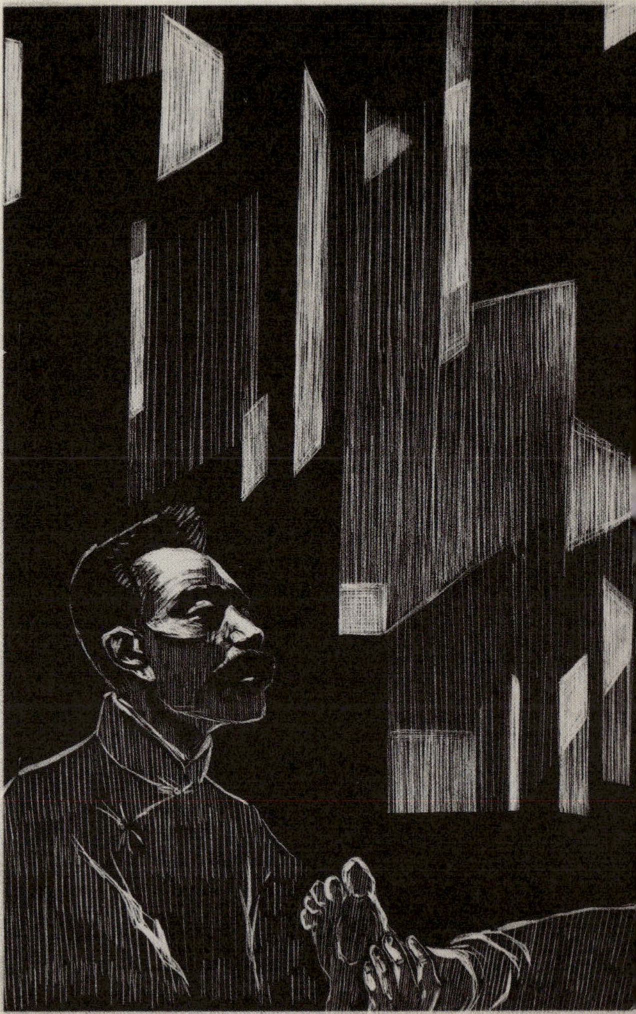

437

道里持续回荡着。

晚上回到家,我想了又想,还是忍不住把苏洱的故事说给老婆听。她似乎明白了故事的味道,默默走进里屋,拿来存折,递给我说:"明天一早取钱还给周小姐吧。"我打开存折,看着上面的数字:余额一万七千元。

"这女儿真好……"老婆说,手背在蹭眼角了。

"咱们也有一个好儿子。"我说。

"演戏好玩吗?"

我叹口气,把胡子揭下来,握在手里仔细端详,说:"好像不是在演戏。"

"你可别陷进去了。"

"我想把现在的店盘出去,租个小店,能放两个沙发就行,我能养活咱们一家三口。"

"现在的店不是刚……"

"我不想再打着鲁迅的名义。"

"为啥?"

"……"

"说啊。"

"……"

"唉……"

"我想实实在在地生活……"我说。

躺在床上,身心从未有今天这样放松。老婆和儿子已经入睡。窗外月色很好。我手举胡子,对着月亮,嘴角带着笑意,看见了一抹黑,我在一抹黑里坠入梦乡:我给苏洱发短信,谢谢她给我一次扮演鲁迅的机会,我不需要她的钱,也没有别的企图。我在卫生间里仔细洗脸,梳理头发,粘好胡子,穿上长衫,走进新租来的足底保健店。新店很小,只能放两个沙发,但我很满意。苏洱的父亲闭着眼睛,躺在沙发上,我坐下后给他做足底保健按摩。老先生舒服地喘着气,不停地自言自语。一只脚按完,他微微睁开眼睛,不,是快速瞪大眼睛,想抽回自己的脚;我用力按住。老先生惊恐不已,像只受伤的绵羊,痛哭流涕起来:"鲁迅先生,使不得啊……鲁迅先生,使不得啊……"苏洱忽然从窗帘后面站了出来,手里握着手机,早已是泪流满面……